ハヤカワ・ミステリ文庫
〈HM㉖-1〉

闇より暗き我が祈り

S・A・コスビー
加賀山卓朗訳

早川書房
9139

MY DARKEST PRAYER

by

S. A. Cosby

Translated by

Takuro Kagayama

First published 2025 in Japan by

HAYAKAWA PUBLISHING, INC.

This book is published in Japan by

arrangement with

FLATIRON BOOKS

through TUTTLE-MORI AGENCY, INC., TOKYO.

祖父に捧げる……

正しいことをおこなうのは決して容易ではないが、つねにそうする価値があると教えてくれた祖父、アイザック・スミス・シニアに

〝復讐は痛みの告白である〟
――古いラテン語の諺

闇より暗き我が祈り

登場人物

ネイサン（ネイト）
　　　　・ウェイメイカー……………葬儀社で働く青年
ウォルト……………………………………ネイトのいとこ。葬儀社代表
カーティス・サンプソン……………………同代表
ダニエル・トマス……………………………同補佐
イーソー・〝Ｅマネー〟・ワトキンス………ニュー・ホープ・バプテスト教会牧師
リサ…………………………………………イーソーの娘
エロイーズ・パリッシュ／ルイーズ・シア……………………ニュー・ホープ・バプテスト教会の信徒
ウォーレン・ヴァンデケラム………………銀行の頭取
スティーヴン………………………………ウォーレンの息子
ラヒーム・レノルズ／スカンク………………………ネイトの友人
ウィリアム
　　・ジェファーソン・ローレント………クイーン郡の保安官
ヴィクター・カラー／サンドラ（サンディ）・ギルクリスト……同保安官補
ルース・アン・ホートン……………………同受付窓口係
ハロルド・〝フェラ〟・モンタギュー………チンピラ
オーガスティン
　　・〝シェイド〟・サンクレア………麻薬王
カーヴァー…………………………………シェイドの部下

プロローグ

ヘッドライトが闇と墓地一帯におりた霧を切り裂くのが見えた。スカンクがゆっくり慎重に運転しているのはわかった。道は穴ぼこと轍《わだち》だらけだ。ゲッセマネ・バプテスト教会はノース川にほど近い郡の反対側にある。この教会の裏に墓を掘るのは、井戸を掘るくらいの重労働だ。おれがまだ親父の眼の光ですらなかった何十年もまえ、信者の長老たちが桑の森のそばの野原を買い上げたのだ。曲がりくねった桑の木の枝は、ヘッドライトに照らされて踊る骸骨のように見えた。おれは新しく掘って大きなベニヤ板二枚で蓋がしてある墓穴のそばに立っていた。杖をつくように柄の短いキャンプ用ショベルに寄りかかって。足元には折りたたみ式の脚立があった。

スカンクが到着し、トランクを墓穴の端まで寄せて車を停めた。外に出てきて鍵の束を鳴らし、そのひとつでトランクを開けた。すさまじいにおいに襲われるだろうと思ったが、死体はダクトテープと厚い防水シートでしっかり包んであった。ベニヤ板を取りのけると、墓のぽっかりあいた口があらわになった。明日、埋葬業者がこの穴に一トン近いコンクリートの容器を入れる。数時間後、そのなかに百三十キロの棺がおろされ、それらすべてを五十キロの土が覆う。四隅まで土が入って押し固められると、埋葬業者は次の仕事に移る。ここを最後の安息の地とする死者がふたりになることは、スカンクとおれしか知らない。

おれの喉には、ガソリン混じりのウイスキーを何杯も飲んだかのように熱く脂っこい膜が張っていた。口のなかに急に唾が湧いてきた。スカンクが振り向いて、こっちをじっと見た。

「どうした。大丈夫か？」彼が言った。おれはショベルの柄を握りしめた。

大丈夫じゃない、と答えたかった。大丈夫だと感じることは二度とない気がした。

「ああ、問題ない。さっさと終わらせよう」おれは言った。

第1章

死体を扱っています。

何で生計を立てているのかと訊かれたときには、こう答える。すると人々は、ふたつのうちどちらかの反応を見せる。さりげなく部屋の反対側へ離れていって、その夜の残りはずっと横目でおれのほうをうかがっているか、神経質そうに笑って話題をもっと穏当な方向に進めるか。葬儀社で働いていると答えることはいつでもできるが、それじゃちっともおもしろくないだろ？

海兵隊にいたときには、迷彩服でスターバックスや現代の聖地《メッカ》〈ウォルマート〉に行ったり、式典のあと基地に戻るまえに何か買おうと礼服で店に立ち寄ったりすると、気づいた人たちが近づいてきて、「お務めご苦労さま」と言ってくれた。おれが「支援ありがとう」とか、その手の短い返事をつぶやくと、彼らは顔に満足げな笑みを浮かべて去っていった。たまにこう言いたくなることもあった。「死体を扱いましたよ。脚を吹き飛ばされたり、手を切り刻まれたりした死体を。ボールベアリングとか釘とか、とにかくどこかの子供が手製の簡易爆弾に入れたものが体じゅうにめりこんだ死体を。みんなトラックに積んで基地まで運び、また哨戒《しょうかい》に出て、人の話を半分しか聞いていない神に、今日はほかの兵士がおれの死体を扱う日になりませんようにと祈りました」

だが、それで人々がかならずほんわかした気持ちになるとは思えない。

いまおれは、ヴァージニア州クイーン郡にある〈ウォルター・T・ブラックモン〉葬儀社で死体を扱っている。今日は隣のマシューズ郡に住んでいたジーサ・トリヴァー夫人だ。地元ではママ・Jで通っていた。教会の執事を務め、長老として運営にもたずさわっていたが、七十八歳で亡くなった。ビンゴゲームで彼女の幸運のお守りのイエス像を動かした隣の人を責め立てている最中だった。もし途中で死なければ、その罵倒を「あんたの心に祝福を」で終えていたはずだ――南部では〝ファック・ユー、ビッチ〟という意味である。

葬儀社の礼拝堂でデューク・ホルストン神父が地獄と劫罰《ごうばつ》についてマイクに吠えているあいだ、おれは出入口近くに立っていた。会葬者はみな自分の尻をなめる炎を感じたかのように、体をもぞもぞ動かしていた。デュークは耳のうしろに、小さな衛星受信アンテナのように見える植込型骨導補聴器をつけていた。説教のあとで人々に話しかけるときにも、スーパーで買い物をするときにも、声が大きい。何年もまえに音量を調節できなくなったのだと思う。彼が葬儀社のスタッフに式の引き継ぎを呼びかけると、おれのいとこのウォルターと、同じく葬儀社代表のカーティス・サンプソン、補佐のダニエル・トマスとおれが棺に歩み寄り、黒いスーツを来た四人のカロン（ギリシャ神話で、死者の霊を黄泉の国に運ぶステュクス川の渡し守）のようにそれを運び出す。おれのスーツは体に合っておらず、奇妙な角度で縫製されているように見えた。ネクタイの結び目は、ほどくまえから左か右にずれようとする。リサイクルの店でフォーマルウェアを買うからそうなるのだ。

「では、えー、葬儀社のかたがたに、あー、この先を、えー、引き継ぎます」デューク神父がつかえながら言った。ウォルターがこちらにうなずき、おれたち四人は礼拝堂の中央通路を進みはじめた。エアコンがフル稼働していても、空気はむっとして息が詰まりそうだった。人々があちこちで使っている団扇《うちわ》の動きが、まだ温かい死肉を食べ終えて飛び立つハゲタカの群れを思わせた。ママ・Jを最後の旅へと運びながら、神妙な面持ちの棺の担い手たちに、礼拝堂の扉を出たところで棺の両側に三人ずつ立ってくださいと指示した。故人の孫たちだが、祖母の葬儀にわざわざスーツを着ようとは思わなかったようだ。ズボンの外に裾を出してドレスシャツを着ている者もいれば、バスケットボールのユニフォームや、ママ・Jの顔が刺繍されたTシャツを着ている者もいる。低予算のヒップホップのミュージックビデオに出演しているような孫たちの手で霊柩車に乗せられるのを、ママ・Jの魂も天から誇らしく見おろしていることだろう。これから墓地に向かう会葬者をダニエルが礼拝堂の外に案内しはじめると、ウォルターがおれを手招きした。わがいとこは大きな丸いチョコレートの塊のような男で、キャラメル色の額にはいつも汗が浮いている。髪をジェリーカールの角刈りにする執念は、『レ・ミゼラブル』のジャベール警部を感心させるほどだ。黒いスーツはおれのより値段が高いが、上着のどのボタンも助けを求めて叫んでいるようだった。

「ネイト、花を積んだバンで行ってくれ。おれは霊柩車に乗って、カーティスに運転させる。墓地に行く途中で人が減って、ここに四時には戻ってこられるといいがな。あまりに腹が減りすぎて、スコーンが糖蜜の道をがに股で歩いてる幻覚が見える」ウォルターは言った。少ししかめっ面になっていた。おれのいとこは三つのものを愛している――妻と金と食べ物だ。墓地に着いてママ・Jを埋葬し、事務所に戻ったあとでニックのレストランのディナー・スペシャルに間に合うように退勤する時間を、すでに計算しているにちがいない。おれが何か答えるまえに、礼拝堂の扉のすぐ外から怒声や叫び声が聞こえた。

おれはウォルターの横を通って外に出た。霊柩車の近くで、ママ・Jの息子のカーターと、もうすぐ彼と離婚するラ・ユニークという珍妙な名の妻が言い争っていた。何人かの会葬者が携帯電話を持ち上げているのも見えた。

ふたりを引き離そうとしている人たちもいた。死者に敬意を払うべきだとまだ信じている家族だろう。人混みからすっと抜け出した男がいた。その手に金属でできた何かが握られている。それが傾きかけた太陽の光を受けて一瞬キラッと輝いた。

おれは人々のあいだをかいくぐって進み、カーターの頭のうしろで振り上げられた細身の男の腕をつかんだ。男が持っていたのは、トレーラー牽引《ヒッチ》具の球体部分だった。男のクマネズミのような小さな眼が、驚きと怒りの入り混じった表情でおれをまじまじと見た。

そこでカーターが振り返った。

「ラ・ユニーク、おまえの男は、くそビッチみたいにうしろからおれを殴りつけるのか？こんな男のためにおれと別れたのか？　おまえらふたりとも地獄に堕ちろ！」カーターは叫んだ。男は腕をひねっておれの手から引き抜こうとしたが、彼の腕全体よりこっちの手のほうが大きいくらいだ。今度は首をまわしておれの前腕の内側に嚙みつこうとした。おれが右足で彼の左膝の横を蹴りつけると、プロポーズでもするかのようにガクッと膝をついた。ごくやさしく蹴っただけだ。相手の骨を折りたくはなかった。そのまま男の腕を反時計まわりにひねって、トレーラー牽引具を手から取り上げた。

「皆さん、どうぞそれぞれの車にお進みください」おれはできるだけ大きく太い声で言った。それが思ったより大きくなりすぎたのか、あるいは、おれが不届き者を制圧するのを見て、みな落ち着いたのかもしれない。ほとんどの会葬者はおとなしくしたがった。カーターがトラックに乗りこんだあと、おれは不届き者の腕を放し、牽引具を返してやった。

「さあ、自分の車に帰れ」おれは言った。もし目つきが人を殺すものなら、おれはその瞬間に遺体の防腐処理台にのっていたことだろう。彼は足を引きずりながらうしろに下がったが、その間もずっとこっちを睨みつけていた。

「憶えてろ、かっこつけ」彼は言った。おれは体に合っていないスーツの肩をすくめ、建物のなかに戻った。女のまえであの男に恥をかかせたのだ。脅しをかけてこなければ、むしろがっかりだった。なかでウォルターが待っていた。

「馬鹿《フール》も蝿《フライ》もいないほうがましだが、馬鹿を知れば知るほど蝿のほうが好きになる」ウォルターは言ってニヤリとした。おれも笑みを返した。葬儀の仕事をする者には、すぐれたユーモアのセンスが欠かせない。

「墓のそばで、もうああいう猿芝居がないといいけどな」おれは言った。

「だな。あとはトルーディ・ワイズが墓場でペンテコステ派全開になって、取り憑かれたように踊って祈りまくるのにつき合うだけだ。もうこの式でぐずぐずしてる暇はないぞ。さっきワトキンス牧師の教会の女性たちから電話があった。やっと彼の娘が捕まったとさ。

グロリアに夕食を持ってきてもらわないと」ウォルターはおれと正面の扉に向かいながら言った。傍目にもがっくりと両肩を落としていた。

イーソー・ワトキンス牧師はマシューズ郡のニュー・ホープ・バプテスト教会で働いていたが、二週間ほどまえ、牧師館で死んで発見された。ローレント保安官と部下たちは詳細についていっさい語っていないものの、地元でささやかれる噂では自殺ということだった。ワトキンス牧師はやもめで兄弟もいなかった。ひとりだけいた娘は、おれが海兵隊に入ったあと町から出ていったきり音信不通になっていた。気持ちはわかる。

イーソー・ワトキンス牧師は、かつて〝Eマネー〟・ワトキンスとして知られていた。地元で窃盗を働き、麻薬を取引し、ときには違法な質屋も営んでいた。クイーン郡の貧しい地域で理髪店も経営していた。当時はそれが、コールマン橋のこちら側にある唯一の黒人理髪店だった。子供のころ、親父とそこに入ったことを憶えている。椅子に坐って自分の順番を待つあいだ、親父を品定めしていたまわりの男たちの眼が忘れられない。派手な玉のれんのうしろにバスルームがあって、そのドアのすぐ横に人々が持ちこんだビデオデッキだのテレビだの、貴重品が積んであった。それらと引き換えにEマネーが渡す数ドルで、みんな電気代や学校の制服代を支払ったり、ピカピカの新品の吸引パイプに詰めるコカインを買ったりしていたのだ。おれを散髪用の椅子に坐らせる親父を、ワトキンスがじろじろ見ていたのを思い出す。ワトキンスは、親父が郡でも指折りにきれいな黒人女性と結婚した白人であることに嫉妬していたのだ。それがわかったのは、おれがもっと大きくなってからだった。

おれが海兵隊にいたあいだのどこかで、イーソー・ワトキンスは信仰を得た。おれが故郷に帰るころには、ニュー・ホープ・バプテスト教会はジェイムズ川からこっちで最大の教会になっていた。おれの両親が殺された週には、最初の聖堂の三倍の広さがある新しい聖堂を建てはじめていた。海辺の高級住宅地に近い、保護湿地であるはずの土地にワトキンス牧師が堂々と教会を拡張したことに、郡民は黒人も白人も驚きあきれたものだった。

「ほう、興味深い。リサ・ワトキンスには、高校の劇文学の授業でおれのうしろに坐ってたとき以来会ってないな。当時は痩せっぽちで小柄だった。激しい咳でもしたらあばら骨が折れそうだとずっと思ってたよ」おれは言った。

「おれは憶えてないな。でもおれが四年のとき、おまえは三年で、彼女は一年だったんだな。おれたち最上級生は、下級生のことを知る時間がなかったんだ。便器を爆破するのに忙しくて」ウォルターは言った。おれはやれやれと首を振った。最後の登校日に学校の便器に爆竹を仕掛けるのは、クイーン郡立高校の最上級生に長年受け継がれた伝統だった。

門出の祝い方にもいろいろあるということだ。

ママ・Jの葬儀を終えたあと、おれは車でリッチモンドまで行って、監察医務局からEマネーの遺体を引き取ってきた。娘が来て葬儀に必要な手続きをすることになったので、遺体を預かることができたのだ。監察医務局に行くたびに、ちがう監察医や研修医や係員と出会う。たずさわる仕事が恐ろしげなわりには、たいてい彼らは陽気で親しみやすい。遺体のある場所で働く人がみな奇人変人というわけではないのだ。葬儀屋はこの固定観念とも闘わなきゃならない。

葬儀社に戻ってワトキンスの遺体袋を処理台に置いたとき、ドアベルが鳴った。おれは通路を歩いてドアを開けた。

玄関前の階段に、完璧な身なりの年配の黒人女性がふたり立っていた。ひとりは背が高くて痩せており、眼の輝きに活発さがうかがわれた。もうひとりは彼女より背が低く、人生の苦労が顔に出ていたが、しわは老齢より笑いでできたもののようだった。きちんとした女性たちであるのがわかって、おれは丁寧にお辞儀した。

おれの下半身にいる獣は、ふたりのうしろに立っている女性に気づいた。やはり背は高いけれど、こちらはしっかり肉がついていて、要所でほとんどの女性が夢見て憧れるしかないカーブを描いている。両肩の出る白いブラウスを着て、タトゥーと見まがうほどぴったりした黒いミニスカートをはいていた。長い脚の先には黒いピンヒール。茶色の肌はつやを帯びて明るく輝き、背中から腰のくびれまでハニーブロンドの豊かな髪が垂れている。つけ毛にかなり金をかけているが、そんなことを気にする男はいない。彼女のふっくらした唇は、男が抱くダークな夢のすべてを叶え、望んでいると思いもしなかったことまで実現してくれそうだった。エメラルドグリーンの眼がおれをすばやく値踏みして、冷たく暗くなった。おれは三人の女性を招き入れた。

「えー、ミスター・ブラックモンは裏にいますが、とりあえず事務室にご案内しましょう。彼はすぐ来ます」おれはつかえながら言った。ふたりの年配女性は玄関の左手にある事務室に向かいながら微笑み、ありがとうと言った。若い女性はふたりについていった。腰が揺れるたびに黒いミニスカートが右へ左へ動いた。彼女は微笑みもせず、口も利かなかった。おれはその歩く姿を見ながら、三秒ルールにしたがおうとした。三秒より長く見つめると、スケベ男の領域に入る。年配女性ふたりはニュー・ホープの役員だろう。そして三人組の三人目は、まあ、大人になったリサ・ワトキンスにちがいない。

第2章

おれは更衣室に首を突っこんで、フォーマルからビジネスカジュアルの服に着替えているウォルターに来客を告げた。ウォルターは、病院で残業中のグロリアが食事を持ってこられないことにぶつぶつ文句を言っていた。それからおれは建物の奥にある小さなねぐら――自称〝わが家《ホーム》〟――に行って、出来合いのスーツから普段着に替えた。黒いTシャツとジーンズに、黒いコンバットブーツだ。着替えがすむと、ガレージを通って外に出、霊柩車とバンを洗いはじめた。南部では九月の終わりから十月の初めにしかない完璧な気候になっていた。日中の気温は二十五度を超えず、夜は十五度より下がらない。寝る気になれば寝やすいが、おれはひと晩でせいぜい三、四時間ほどしか寝られない。

霊柩車の洗剤を洗い流していたとき、コンクリートの上を歩いてくるまぎれもないハイヒールの音がした。カーポートの先を見やると、リサ・ワトキンスだろうと見当をつけた女性が黒いレクサスにもたれて立っていた。煙草をスパスパ吹かしている様子は、まるで毒を盛られて、フィルターのなかに解毒剤を求めているかのようだ。おれはホースの水を止め、カーポートの外に出た。

「やあ、何か問題でも？」訊いたのは、葬儀の相談中に事務室から飛び出す人がよくいるからだ。愛する人の今際の際に立ち会うのもつらいが、書類で最後の埋葬の手順を見せられると、一部の人たちにはとどめの一撃になるらしい。ときにそれが耐えがたくなる。女性はまた煙草を吸った。眼は潤んでいないが、胸が大きく上下していた。

「別に。あのおばさんたち、わたしのパパのこと知ってるつもりだけど、じつは何も知らない。あそこでしゃれた棺について相談したり、葬儀に参列する教会執事のリムジンを注文したり。パパを教皇かなんかみたいに崇めてるの。わたしはあの人がちゃんと埋められるようにサインしに来ただけ。あんな馬鹿らしい話し合いを聞く必要はないわ」彼女は煙草を吸う合間に言った。

「高校のとき、劇文学の授業でおれのうしろにいなかったか？　ストーン先生だった。授業のまえにいつもお祈りをする妙な先生。ティム・ドーソンに、〈ダンジグ〉なんて聴いてたら地獄に堕ちますよと指導したけど、ティムは、先生こそ生徒のバスケチームの練習をあんなにじろじろ見てたら地獄に堕ちますよと言い返した」おれは言った。

女性は一瞬微笑んだ。まばたきを半分しても見逃すところだった。

「ごめんなさい、憶えてない」

おれは手を差し出した。「ネイサン・ウェイメイカーだ。いいさ。きみが一年のときおれは三年だったから、憶えてるとは思ってなかった。リサ、だろ？」

「ええ。それならうちのパパも知ってたの？」

「子供のころ、何度かあの理髪店に行ったことがある。けど教会には行かなかった」おれは言った。彼女はうなずいた。

「教会ね。かわいそうに、あのおばさんたちも、ほんとにつまんないことで苦労を背負いこんじゃって。わたしが最後にパパと話したとき、あの人がなんて言ったかわかる？」

「いや、わからない」

彼女は長々と煙草を吸った。「これまでにやったイカサマのなかでいちばんうまくいった、麻薬取引より割がいいって。パパはそういう人だった」彼女は言った。おれはどう答えればいいのかわからなかったので、ウォルトから教わった葬儀屋の礼儀正しい定型句に逃げることにした。

「お父さんをきちんと送り出すよ、リサ」おれが言うと、最初彼女は反応しなかったが、すぐに笑った。短く鋭い笑い声だった。あまりの寒気でガラス板がひび割れたような。

「どう送り出そうが、わたしはなんとも思わない。とにかくできるだけ地獄に近くなるように深く埋めて」彼女は吸いかけの煙草を地面に捨てた。

おれがまた別の華々しい葬儀キャッチフレーズを思いつくまえに、カーティスが小さなハイブリッド車で乗りつけて、外におりてきた。

「よう、ネイト。こんにちは、お嬢さん」おれたちのほうに近づきながら言った。カーティスは、背は低いが新札のようにきれいで清潔だ。フォーマルなズボンの折り目はチーズを切れるほどぴしっとしていて、ひげも信じられないくらい丁寧に整えている。体じゅうの毛を整えているのではないかと思うが、本人に確かめたことはない。おれは彼の眼がリサから離れないことに気づいた。

「こんにちは」リサは言い、背を向けて事務所に戻っていった。

彼女がいなくなると、カーティスはおれを見て、何か企んでいるようにうなずいた。

「ありゃまた農務省Aグレードのビーフだな！　次の元妻と出会った気がするぞ」彼は言った。三十五歳の若さで過去に三度結婚しているのだ。おれも異性に健康的な欲望を持っているほうだが、おれが好き者ならカーティスは色狂いだ。狩猟家が壁に剝製の動物を飾るように、カーティスはベッドの支柱に刻み目を入れている。

「あんたには医者が必要だな。あれはイーソー・ワトキンスの娘だ。おれはいっしょに学校にかよったよ。もちろん劇文学の授業のときには、あんな外見じゃなかったけど」おれは笑って言った。

「そうなのか？　彼女をどこかで見た気がするんだ」カーティスは眼を細めてちょっと考え、思い出せないとあきらめた。長々と考えこむタイプではない。

「お客さんはどのくらいここにいる？　お偉い人に今日働いた分の小切手をもらわなきゃいけないんだが」カーティスは言い、ブレザーの襟についた小さな埃を払った。

「さっき来たばかりだ。テレビ部屋に入って待ってればいい。もう少しかかるだろうから」おれは言った。カーティスは顔をしかめた。そういう答えは聞きたくなかったようだ。何か言いかけたところで、リサ・ワトキンスがまた建物から出てきた。今度はひと言も言わずにまっすぐレクサスに向かった。車が大きな音を立てて息を吹き返し、彼女はタイヤを鳴らして駐車場からルート三十三号に出た。おれは車のテールライトが遠ざかって消えていくのを見つめた。数秒後、ウォルターが玄関のドアまで出てきた。

「ネイサン、女性たちが話したいそうだ」感情を抑えた声で、顔はだんだん不機嫌になっていた。おれは建物に入った。カーティスもついてきた。ウォルターが事務室から会社の小切手帳を取ってきて、おれの横を通りすぎながら耳元でささやいた。

「おまえに仕事を頼みたいのかもしれない。事務室を使え」聞いたおれは下唇の内側を噛んだ。女性たちが事務室に坐ってこっちを見ていた。もうそこでふたりの期待の重さが肩にのしかかるのを感じた。

　おれは部屋に入って、ウォルトの椅子に坐った。椅子は彼の体型に合っていて、おれの広い肩は入りきらない感じだった。「どんなご用ですか？」おれは訊いた。女性たちは顔を見合わせ、またおれを見て、またお互いを見た。ふたりとも褐色の顔は緊張しながらも、強い決意を表わしていた。

「エロイーズ・パリッシュといいます」背の高い女性が言った。「ワトキンス牧師がいたニュー・ホープ・バプテスト教会の信徒です。あなたはゴードン・ウェイメイカーの息子さんね。ご両親に起きたことはひどかった。本当に胸が痛みます。あのヴァンデケラムの息子が罪を免れたことも。あの週、わたしはあなたのために祈りました。でも、いまのあなたを見られたら、ご両親は誇らしく思うでしょうね。あなたはジム・サッターが娘さんを連れ戻すのも手伝った。わたしの娘はこの先の介護施設でサッターの奥さんと働いてるんですよ。娘から話はすべて聞きました」おれは何も言わなかった。

「わたしはルイーズ・シアです。わたしたち、わかってます。その……あなたが、善良な心の持ち主だってことは、ネイサン」もうひとりの女性がつかえながら言った。彼女の声は低いつぶやきまで小さくなった。

「ヒューイットの息子が託児所で子供たちに手を出したときにも対処してくれたと聞きま

した」彼女は言った。

おれの向かいにいるふたりの年配女性は、威厳を絵に描いたようだった。どちらも白髪頭を高く持ち上げている。彼女たちの夢は壊したくないが、おれは善良な心の持ち主ではない。この心は両親が死んだ日に打ち砕かれた。保安官事務所を辞めたあと、あちこちの郡で人々のために簡単な仕事をして、困ったときに助けてくれる人という評判が立っていた。警察がやれないこと、やろうとしないことをしてくれる人だと。

「ただジムとリッチモンドまで行って、彼の娘を見つけたときに怖い顔をしただけです」おれが言うと、パリッシュ夫人は微笑んだ。

「いいえ、あなたは怖くありませんよ。たんに大きくてやさしいテディベアです」彼女は言った。シア夫人が、それはちがうでしょという眼をちらっと向けたが、パリッシュ夫人は気づかなかった。あるいは気づいていたけど、どうでもよかったのかもしれない。シア夫人は咳払いをした。

「じつは、ワトキンス牧師に何が起きたのか保安官にずっと尋ねているんですが、何も話してくれないんです。もう三週間になるのに、ひと言も！」そう言いながらハンドバッグの持ち手をきつく握りしめた。ヘビでも絞め殺そうとしているかのように。

「警察は、娘さんが町に戻ってくるのを待ってたんだと思いますよ」おれは言った。シア夫人は首を振った。

「わたしたちもそう思ったの。でも、リサと三人で事務所に行っても、やはり何も話してもらえなかった。おまけにリサが、お父さんがどうなろうが知ったことかという態度をとるものだから」シア夫人は言った。

「そこでおれを保安官事務所に送って、ワトキンス牧師のことを尋ねさせようというわけですか？」ふたりはうなずいた。おれは身を乗り出した。

「おふたりともご存じかと思いますが、おれは五年前に保安官事務所を辞めました。彼らはおれにも何も話しません。あなたたちに対する態度と同じです」

「彼に何が起きたのか知りたいだけなんです」シア夫人は真剣な表情で言った。

「何が起きたと思います？」おれは訊いた。シア夫人はパリッシュ夫人のほうをまた見た。

「彼は殺されたんだと思います」そのことばはひとつの単語のように一気に出てきた。すべての音節が汚染されていて、舌を腐らせたくないと思っているかのように早口だった。

おれはウォルトの信じられないくらいきれいな机に指をトントンと打ちつけた。

「本当に？　聞いた話とはちがうけど」おれが言うと、パリッシュ夫人が肩を強張らせた。

「ワトキンス牧師は自殺なんかしません！　そんな話がどこから出たのか知らないけれど、事実じゃないのはわかってます！　イーソーがそんなことするはずありません！」声がうわずった。おれはうなずいた。

人種混合の人間として育ったので、おれは両方の血筋の文化を認識することができる。ちがう点より似ている点のほうが多いことにいつも驚くが、おふくろの出身である黒人のコミュニティについて気づいたことがひとつある。自殺という死因を認めたがらないのだ。一部の人にとって、自殺は黒人の長所とされる精神のたくましさを貶《おとし》めるもののようだ。一度ウォルトに頼まれて遺体を引き取りに行った家では、故人が銃を膝に置き、冷蔵庫に遺書のメモまで残していたのに、殺人者が彼をだまして口に銃をくわえさせたと推理している人たちがいた。おれがパリッシュ夫人の発言を端《はな》から無視する気になれなかった理由はたったひとつ、彼女たちの知らないことを知っていたからだった。

クイーン郡の保安官事務所は金で買える。脅しにも屈する。無能なときもある。この三つが同時に起きることもある。おれの両親を車ではねてノース・リバー橋から落とした酔っ払いのレイシストが殺人罪にならなかったのは、そのせいだ。クイーン郡保安官事務所のおかげで、スティーヴン・ヴァンデケラムは、おれの母親と父親を殺しておいて一日も刑期を務めることがなかった。それどころか、ふたりが死んだ一週間後には、カリブ海のアルバで誕生日を祝っていたのだ。その間おれは、おれが生まれてから絶縁状態だった父方の家族に連絡をとろうとしていた。

　われわれはウォルトの時計が時を刻む音を聞きながら坐っていた。おれのうしろにあるピクチャーウィンドウのブラインド越しに、沈む太陽の最後の光がまっすぐ入っていた。おれは彼女たちが望むこと、おれが知っていることについて考えた。自分の記憶に照らしても、人伝に聞いたことから考えても、ワトキンスはあらゆる面で不快な男だった。殺害にせよ自殺にせよ、彼がいなくなって世界が困ることはあまりなさそうだ。実の娘でさえ彼の死に涙を流していなかった。保安官事務所をつつきまわすのは気が進まなかった。おれは円満に退職したわけではない。六人いた警官のうち四人は明らかにおれを嫌っていて、ひとりはなんとか耐えてくれ、女性警官のひとりはときどき激しくやらせてくれたが、それもおれが酔ってしたときに別の女の名前を呼ぶまでのことだった。シア夫人はおれが黙っているのを一種の交渉術と思ったにちがいない。

「お礼は支払います」彼女は言った。

「金の問題じゃないんです、ミセス・シア。お手伝いしようにも、できることはあまりないと思うので」

「二千ドル。いくつか質問をしてくださるだけで」彼女は言った。おれはまちがいなく、指を電球ソケットに突っこんだみたいに眼をむいた。いくつか質問をするだけで二千ドル？　ワトキンスの教会にそんな金があるのが信じられなかった。バスルームではトイレットペーパー代わりに十ドル札を使ってるとか？

「あなたは神を信じますか、ネイサン？」パリッシュ夫人が訊いた。おれはまばたきした。

「うちの両親はあまり熱心に教会にかよわなかったんです。ですが、この世に善と悪があるのは信じます。正のエネルギーと負のエネルギーというか。情けは人のためならずということも信じています。逆に、非道なことをすれば自分に返ってくることも」

ジム・サッターの娘を捕らえていたスキンヘッドたちのことを考えた。州都の郊外にあったあの暗い小さな納屋で、連中が彼女にさせていたことを。おれが丸頭ハンマー二丁と、銃身を切りつめたショットガンと、友人のスカンクとともにその納屋を急襲したときのあいつらの顔を。

彼らはハンマーやショットガンよりスカンクに震え上がったと思う。

「こんなことを訊いたのは、もしあなたがキリスト教徒なら、そんなにためらわずに助けてくれると思うからです。わたしは信徒になってさほどたたないので、ルイーズが言いたくないことも言えます。つまり、この件はクソみたいなんです。どう考えてもおかしいわ。だから答えが欲しい。たしかにイーソーはいい人でないときもあったし、今回のこれを自業自得と言う人もいるでしょう。でも、自宅で殺されてもしかたないようなことは断じてしてません。それに、保安官はこの事件の捜査にちっとも身が入ってないの。彼らからすれば、またひとり黒人が死んだだけですけど、わたしたちにとっては、かよう教会の牧師で友人でもあった。だからもっときちんと調べてあげたい」パリッシュ夫人の率直で真剣な眼がおれを射貫いた。活発でセクシーだった二十代のころには、いましも寝室のドアを閉めようというときに恋人にこんな表情を見せたのだろう。シア夫人の顔は緊張してゆがみ、うっかり鋲の上に坐って叫ぶのをこらえているかのようだった。パリッシュ夫人のことば遣いが少々気に障ったのだと思う。

いま振り返ると、そのときには、まあ、いくつか質問をするだけなら害にはならないと軽く考えていた。

馬鹿と蠅。その日のおれはふたつのうちのどちらかだった。ヒントを言おう。おれに羽はない。

第3章

パリッシュ夫人とシア夫人は、翌朝いちばんで保安官事務所に立ち寄るというおれの約束を取りつけて去っていった。おれは遺体袋からワトキンス牧師を出すために支度室に戻ったが、すでにウォルトとカーティスが遺体の処置を進めていた。

「すまん、ウォルト。ご婦人たちが放してくれなくて」おれは言った。

「心配すんな。おれとカーティスでやってる」ウォルトが言った。彼は一応、おれの上司ということになっているが、従業員に接するような口は利かず、おれも彼の信頼につけこんだりはしない。

「何をしてほしいって?」ウォルトがワトキンス牧師の首を小さく切開しながら尋ねた。作業中の手元から眼は上げず、両手は岩のように揺るぎない。遺体の支度があまりにうまいので、故人が棺から新しいスーツ姿で飛び出してナイトクラブでダンスでもしそうに見える。ウォルトは多くの同業者が理解していない何かを理解していた。葬儀屋として本当に成功するには、科学者、芸術家、ビジネスマンのどの面も兼ね備えていなければならないのだ。

「ふたりとも、誰かが彼を殺したと信じてる」おれはワトキンス牧師のほうに手を振った。「で、ローレントの尻に火をつけて犯人を捜させてくれと頼んできた」そこでウォルトが眼を上げた。

「それ、いい考えだと思うか？　おまえが保安官事務所に行って捜査に口を出すことが？」尋ねる声は一オクターブ下がっていた。

「心配しなくていい。誰かの顔を殴ったり、誰かを窓から放り出したりはしないから。それか……」おれは続けようとしたが、ウォルトが手袋をはめた手を上げて制した。

「思い出したぞ。彼女のあの尻、どっかで見たと思ったんだ！」カーティスが言った。すでに手袋をはずして携帯電話の画面をスクロールしていた。

「彼女とやった記念におっぱいの写真を送ってもらったなんて言うなよ」おれは言った。

「それは頭のなかだけだ。これ見てみろ」カーティスは携帯を差し出した。

おれは画面を見た。女性ふたりがからむ動画だった。ひとりは黒人で、もうひとりは白人。黒人女が白人女の体をだんだん下へと愛撫していく。相手の両脚のあいだに宝物でも埋まってるみたいに。

「女同士は趣味じゃないんだ、カーティス」おれは言った。

「まあ見ろって」カーティスはチェシャ猫のようにニヤリとして言った。

黒人女が女性器への深いダイブからふと顔を上げ、エメラルドグリーンの眼が輝く顔全体が見えた。おれはカーティスを見て、携帯に眼を戻した。

「だから見たと言ったろ！　彼女、この映画じゃキャット・ノワールって名前だ。そのシーンは二〇〇九年のAVN賞でベスト・ガール・オン・ガール賞を獲得したんだ。彼女は自分の舌だけで……まあとにかく、これでなぜレクサスに乗ってるかわかったな」カーティスは言った。おれは彼に携帯を返した。ふいに手が汚れている気がした。まるで汚れたおむつでも持っていたかのように。

「ふたつ質問がある。その一、どうしてあんたの頭には歴代のAVN受賞者が入ってる？　その二、女がレクサスを買うにはポルノスターになるしかないと思ってるのか？」カーティスの笑みがわずかに揺らいだが、またもとに戻った。彼は画面のウィンドウを閉じた。

「ボロ儲けだと言いたいだけさ。なんたって、多くの女性が無料でやってることで稼いでるんだから。いいとか悪いとか言うつもりはない。セックスに罪はないだろ、なあ。聖書にも一節あるくらいだ。ソロモンの雅歌なんて全部セックスの話だぞ。サービスに対価が支払われるのはいいことだ。そう言いたいだけ」カーティスはハロウィンのかぼちゃ提灯のようにニヤリとした。その笑いを顔から消してやりたいと一瞬思ったが、おれは心の声を無視した。

「ちなみに、おれたちも対価を支払われるぞ」ウォルトが防腐処理装置に保存液を入れながら言った。「彼の娘からじゃないけどな。彼女は契約書にサインして、善き牧師の仕事に関するすべての権限をニュー・ホープ運営委員会に移した。すでにミセス・パリッシュから小切手をもらってる」

「あそこの献金皿はピザプレートぐらいの大きさなんだろうな。保安官事務所を訪ねるだけで二千ドルくれるってさ」おれは言った。

「そりゃ驚きだ、ネイト。ぼったくりじゃないか?」ウォルトが言った。

「金額を決めたのはあっちだ。無料でやってもよかったのに、あっちから提案してきた。実際、ちょっとだけだが気が咎めるよ。保安官事務所の入口から顔を突っこんで、故人のことを尋ねて去るだけだから。まさにこれまででいちばん楽に稼いだ二千だな。アトランティック・シティのブラックジャックのテーブルについて、手札十六でヒットしたときより楽勝だ」

「いやはや、大盤振る舞いでめでたいこった」カーティスが言い、ワトキンスの腕と脚をマッサージしはじめた。こうして保存液を行きわたらせる。

「ひとつ教えてやるよ。彼は自殺じゃない」ウォルトが言った。

「そう思う？」おれは訊いた。

「思うね。銃創のまわりに火薬の痕跡がない。それに傷の角度を見てみろ。二メートル近く離れたところから自分を撃つやつがどこにいる？　いるわけない。自撮り棒でも使わないかぎり。だから誰かが彼を撃ったのさ。おそらく三二口径か、三八口径で」ウォルトは言った。

すばらしい。リサ・ワトキンスはポルノスターのようだし、牧師はまさにあのご婦人たちが疑っているとおり殺されたにちがいないとウォルトが請け合った。十分もたたないうちに、おれの楽勝の二千ドルは地雷原になった。

「自殺じゃないなら、誰がやったのかな？」カーティスが訊いた。

「そこは気にしない。おれが頼まれたのは、保安官事務所に行って捜査状況を訊くことだけだから。以上。おれはシャーロック・ホームズじゃないんでね」おれは言った。

「どっちみち、その大きな頭に鹿撃ち帽はかぶれないと思うぞ」ウォルトがニヤニヤしながら言った。

第4章

親愛なる故ワトキンス牧師の縫合、接着、保存液注入が終わるころには八時になっていた。カーティスが用事で帰るというので、おれはウォルトを手伝って、牧師を防腐処理台から化粧台に移した。そのあとふたりで建物の入口まで戻った。

「おれもこれで帰る。腹ペコだから何か食べないと。葬儀は来週火曜、マシューズ郡の教会だ。あ、それと明日の朝、棺のトラックが来るから、もしここにいたら対応を頼む」ウォルトが言った。

「わかった。たぶんいるよ。今晩はちょっと出かけるかもしれない。グロスターの〈コーヴ〉に行ってみる。ラヒームがいたら、ビリヤードを一、二ゲームしようかなと」ウォルトがドアのまえで立ち止まった。ドアの中央を横に走るバーに手を置き、こっちを振り返った。

「大丈夫か？　あのご婦人たちと保安官のことを話して、嫌な思い出が甦っただろう」彼は言った。おれは両腕を天井に向けて伸ばした。背骨がキャンプファイヤーのようにパキパキ鳴った。

「大丈夫だ。出かけるときには、ちゃんと鍵をかける」おれは言った。

「じゃあおやすみ」

「おやすみ」

ウォルトが出ていったあと、おれはドアに鍵をかけ、通路をガレージのほうへ歩いた。左手の洗面所と第二礼拝堂のあいだのドアで止まり、ポケットから鍵を出して開けた。おれの小さなねぐらは雰囲気も装飾もあったものではないが、静かに横になれる場所ではある。あまりに静かすぎて、通路を駆け戻ってどこかへ——どこでもいいから——逃げ出したくなることもあった。心のうつろな空間で自分の考えがこだまするのを聞かなくてすむなら、どこでもよかった。部屋の右奥の壁際にシングルベッドが置いてある。左には抽斗が縦に四つ並ぶ小ぶりの箪笥。それぞれの抽斗についた大きな真鍮の把手は、海軍提督の上着の飾りボタンのようだ。殺風景という表現を超えるほど部屋にはものがない。おれはベッドに横たわって眼を固く閉じた。パリッシュ夫人とシア夫人のことを考えた。保安官事務所のことも。小鬼《ゴブリン》がのったのかと思うほど胸が圧迫された。

起き上がって顔にコロンをかけた。携帯電話を取り出して、友人のラヒームにメッセージを送った——何時間かビール、ビリヤード、だべるのは？　ちょうどひと騒ぎしたい気分だったという返事が来た。三十分で〈コーヴ〉に行けるけど？　おれはそれでいいと答え、さっさと部屋から出てトラックに飛び乗った。

第5章

〈コーヴ〉はかつてバイク乗り向けの小さなバーだった。常連客は、有罪になった重罪犯からもうすぐ有罪になる重罪犯まで。ところが二年前、店主のリッキー・キャリファーと彼のガールフレンドが忽然と消えた。ふたりが最後に姿を見られたのは、蒸し暑い六月の金曜の夜に店じまいしたあと、ルート百九十八号と十四号の交差点にあるガソリンスタンドにいたところだった。大方の推測では、借金の取り立てから逃れるために町を出たということだった。合法の借金もあれば、そうでないものもある。町の噂では、地元で〝ディキシー・マフィア〟と呼ばれている連中と対立していて、いつかほとぼりが冷めたころに何食わぬ顔でまた現われるだろうと言われていた。おれはそうは思わなかった。リッキーと女がいなくなる一週間前、たまたま町におれの友だちのスカンクが来ていたのだ。スカンクがときどきディキシーのやつらのためにフリーランスの仕事をしているのは知っていた。もし彼らがスカンクにリッキーを追わせたのなら、リッキーの新聞の購読はたぶん止めていい。

店の外にトラックを駐めたとき、大気は店内の音楽で脈打っていた。おれの車は一九五七年型のマットブラックのシボレーだ。283立方インチV8エンジンを積み、床に四段階のシフトレバーがついている。親父が死ぬまえの夏、ふたりで改造した。ボディは自分の貯金で買ったが、改造はほぼすべて親父とおれが手がけた。五七年型はずっとおれの夢で、親父といっしょにそれを改造するのは夢の実現だった。

〈コーヴ〉の正面は南北戦争前の邸宅に似ていた。広いポーチに白いコリント式の柱が四本立ち、灰色の板張りの屋根を支えている。おれはブロックの階段を三段上がって、退屈そうな用心棒のまえを通りすぎた。用心棒のひげは濃すぎて、そのなかにモーセの十戒を納めた箱が隠されていてもおかしくない。店内に入ると、高い丸天井からさがった提灯の柔らかい赤と緑の光があたりを満たしていた。右には艶のある黒いチーク材のバーカウンターが長く伸びている。左はブース席とテーブル席で、そのそれぞれの中央にハリケーンランプふうの明かりが置いてある。左手のいちばん奥にはDJがノートパソコン、スピーカー、マイクとともに坐っている。彼の左側のスタンドつきのフラット画面が意味するところはひとつ、もうすぐ恐怖のカラオケナイトが始まるということだ。金曜の夜にしては客は少なめだが、十時をすぎれば常連がどっと入ってくるのはわかっていた。

おれはカウンターのある広いエリアをスイングドアのほうへ進んだ。〈コーヴ〉の奥の部屋には古風なビリヤード台が四つある。そのひとつずつの上に、ドル札の緑色のシェードがついた明るく白いライトがさがっている。

ラヒームが、する必要のない練習のために球を打っていた。彼は生まれながらのキュー使いだ。だからおれは彼と金を賭けて打たない。ラヒーム・レノルズは引き締まった痩身で、肌の色はタフィのような温かい茶色、頭全体の髪をドレッドロックに編んで肩まで垂らしている。人懐っこい笑みと表情豊かな眼を持っていて、その眼は彼が話していることに興奮すればするほど大きくなる。おれたちは小学校二年生からの知り合いだった。

ラヒームはニューポート・ニューズのリサイクリング工場で環境問題の専門家として働いている。ニューポート・ニューズは川向こうの街だが、ここことは別の惑星と言っていいくらいだ。川のこちら側の男たちは相変わらず朝四時に起きて、夏はカニ籠を仕掛け、冬は刺し網漁をする。平底の船のエンジン音がいくつもの郡で響いている。一方、ニューポート・ニューズやハンプトンやノーフォークの人々が船に乗るのは、何時間も日光浴をしてビールをがぶ飲みするためだ。こっちの郡の人々は生きるために船に乗り、食卓に食べ物を並べ、わが子たちを大学にやるために、潮と魚の内臓のにおいをさせて家に帰る。

ラヒームが顔を上げて手招きした。おれと手を打ち合わせ、ぐいと引き寄せて軽くハグした。

「ゲームでその尻をぶっ叩いてやろうか？　なるたけやさしくしてやるけど、おれの棒は半端なくぶっといぜ」彼が言った。

「おれたちが友だちでよかったよ。でなきゃ口説かれてると思うところだ」おれは言った。「おい、たとえおれがゲイでも、おまえは趣味じゃない。もっと女っぽい腰つきのクソ貴公子タイプにするな」

「その発言全体が、説明する気にもならないほど問題だらけで不快だ」

「さすがはネイサン・ウェイメイカー、ミスター政治的公正の二〇一二年優勝者」

おれは次のゲームの支払いにポケットから一ドルを出した。

「さっさと球をそろえろよ、ビッチ」おれが言うと、ラヒームは笑った。

その夜の残りは気だるい夢のようにすぎた。浴びるほどのビールと酒。真夜中になると、愛の神エロスがおれたちに微笑んだ。ホテルのツインルームに泊まっていて、後腐れのないセックスに進歩的な考えを持つ女性ふたりと知り合ったのだ。結婚式に出席するためにこの町に来たが、最後の最後で花嫁がやっぱり独身お別れパーティはやりたくないと言ったらしい。そこでふたりはホテルにいちばん近いバーにくり出し、花嫁の代わりに祝うことにしたのだとか。ラヒームもおれも喜んで支援することにした。

おれたちは大量のチェリーボムとレモンドロップとテキーラのあと、最後には彼女たちの部屋に落ち着いた。おれが相手をすることになった花嫁付添人は背が低く、かわいらしいぽっちゃり加減のプエルトリコ人で、胸は魅力的なダブルDサイズだった。最初に会ったとき、彼女はおれが誰かに似ていると言った。その夜のあいだじゅう何度もそう言っていたが、これまで受けたなかでもそうとういい感じのフェラチオをやりはじめて三分後、ついにおれの股のあいだから顔を上げて、大きな口でニヤリとした。豊かな黒髪がおれの両方の腿に垂れかかった。彼女はおれに人差し指を振って叫んだ。

「わかった！　あなた、映画の『ランダウン』に出てたあの人をちょっと太らせたみたい！」彼女の友だちともうひとつのベッドにいたラヒームが鼻を鳴らすのが聞こえた。

「ザ・ロック（俳優ドウェイン・ジョンソンのレスラー時代のリングネーム）のことか？」おれは訊いた。

「いいえ、もうひとりのほう。ドウェイン・ジョンソン」彼女はそうつぶやくと、おれの腹の上に顔からばたっと倒れ、しばらくもぞもぞしたあと、大いびき《ソー・サム・シリアス・ウッド》をかきはじめた。おれはため息をついて仰向けに転がり、おれ自身の深刻な勃起《シリアス・ウッド》を忘れようとした。ど田舎の金曜の夜はいつもこんなもんだ。

第6章

いつものように、ほんの数時間しか寝なかった。太陽が地平線から出るか出ないかのうちに、ベッドからゆっくり出た。服を見つけ、サイズ十四（約三十二センチ）の靴で可能なかぎり静かに部屋から出た。花嫁付添人に携帯番号を教えたかどうかは憶えていなかった。教えていたとしても、たぶんかけてこないだろう。彼女が働く会計事務所のスタッフ会議の合間に、隣の同僚を驚かすおしゃべりの話題になって終わり、という気がした。

〝ブラック・ベティ〟（ラム・ジャムの曲ではなく、ウォルター・モズリイの小説にちなんでトラックにつけた呼び名）に乗りこみ、二車線のハイウェイで帰路についた。廃墟になりかけたショッピングモールと、暗い灯りのついたファストフードの店を何軒か通りすぎると、なだらかな丘陵地帯に入り、鬱蒼とした巨大な森林に呑みこまれて、頭のなかの声がおれを非難しはじめた。

おまえはティラノサウルスが酔いつぶれるほどのアルコールを摂取した、と声は言った。

〈コーヴ〉からホテルまでベティを運転しちゃいけなかった。そして言うまでもなく、あと二時間で葬儀社に行って棺のトラックを迎えなきゃいけないし、ワトキンス牧師の教会から来たご婦人たちには、今日の午前中に保安官事務所を訪ねると約束した。二日酔いで安物ワイン《サンダーバード》のボトルの中身みたいなにおいをさせて、保安官と話すわけにはいかない。おまえはわざと酔っ払ったのか、と小さな声は尋ねた。保安官事務所へ行くことに緊張していた？　泥酔して記憶を失えば、教会の女性たちに頼まれたことを忘れてしまったと言いわけできる。無意識のうちにそう考えたとか？

おれはその声に、自分のアヌスと性的関係を持ちなさいと丁寧に返し、パール・ジャムの曲がかかっているラジオのボリュームをめいっぱい上げた。非難がましい内なる声は、エディ・ヴェダーのよく聞き取れない歌詞にかき消された。

葬儀社に戻ると、ガレージの入口で棺をのせたトラックがエンジンをかけたまま待っていた。おれは運転手の快活な白人中年男に手を貸して棺を教会の台車にのせ、ふたりで押してガレージのなかに入れた。そしてシャワーを浴び、酒のにおいとまずい選択の名残を皮膚から洗い流した。体をふき、いつもの仕事向けのカジュアルな服装——黒いゴルフシャツ、黄褐色のチノパンに、もちろんはき慣れたブーツ——を身につけた。ふだんは初デートのためにとってある丹念さで歯を磨き、鏡を見て眼がひどく充血していないことを確認してから、保安官事務所へ向かった。

　クイーン郡保安官事務所は裁判所《コートハウス》から百メートルほど、郡庁舎からは十五メートルほどのところにある。それらすべてがクイーン郡の中心部にまとまっていて、食料雑貨店は郡関係の建物から一キロ半ほど行ったところに二軒、中心部にはほかに医院がふたつ、レストラン三つ、手芸店と金物店、車高を上げた四駆車向けの特大洗車機が二台ある洗車場、薬局、銀行、そして図書館があった。

　おそらく住民生活に及ぼす影響の大きさから、われわれ地元の人間は、このエリア全体を〝コートハウス〟と呼ぶ。これも初めておれが新兵訓練《ブート・キャンプ》に参加したとき、まわりからおかしな眼で見られた方言のような言いまわしだ。

　クイーン郡保安官事務所が入った煉瓦の建物のまえにベティを駐めた。エンジンがカチカチ鳴って完全に冷えるあいだ、両手が痛くなるまでハンドルを握りしめた。胃が飛び跳ねていた。おれはかつて保安官補だった——言わせてもらえば、優秀な。必要なとき以外、強権は振るわなかったが、簡単に引き下がることもなかった、通報を受けて行った家で、妻が顔に冷凍豆の袋を当てていたら、夫の逮捕にいつも以上の熱意をこめることに抵抗はなかった。そんなときには、正しい仕事をしているのだと自分に言い聞かせた。弱い人たちを守り、自立できなくなった人たちを助けている、と。そんな考えがどれほど馬鹿げていたか、スティーヴン・ヴァンデケラムが教えてくれた。現実の世界で誰かが完全に守られることなどない。安全は幻想だ。安全などどこにも存在しない。悲劇と悲劇のあいだに休止期間があるだけで。

トラックから出て、保安官事務所の入口まで歩いた。スチール製の両開きのドアの一方を引き開け、ロビー兼受付エリアに入った。まわりの壁は無味乾燥なオフホワイトで、天井のまぶしいライトが部屋の隅から隅まで、ひび割れひとつ逃さず照らしていた。奥の壁に鉄格子とプレキシガラスのはまった小さな窓口があり、その左側に黒、右側に赤の金属製のドアがある。黒いドアは事務室につながり、保安官補五人と特別捜査官ふたりがそれぞれ仕切りで隔てられた机を持っている。ローレント保安官の部屋に行くには、そこを通らなければならない。朝九時。保安官はおそらく机の向こうに坐り、いつも手放さない葉巻を吹かしながら、合間に前夜の逮捕記録を読んでいるだろう。州からは、官公庁の全オフィスは禁煙という通達が出ている。知事公邸の目下の入居者はどうやら頑固者で、この通達から察するに、健康問題にはうるさそうだ。いや、環境問題だろうか。ときどきどっちかわからなくなる。

ローレントは安物の葉巻の煙をふうっと吐いては州政府への不満を表明した。過去、現在、未来にわたって。彼はクイーン郡で不動の地位を占めている。一九一三年にウッドロウ・ウィルソン大統領が除幕式に参加した、ルート三十三号沿いの森林警備の火の見櫓《やぐら》と同じだ。保安官補の何人かが生まれるまえから保安官をしていると思う。

受付窓口のルース・アン・ホートンも、よく知られていないだけで、ローレントと同じくらい不動の地位を占めていた。主任通信指令係と秘書を兼ねた保安官事務所の母親役だ。歳は六十すぎで、二ドルのステーキのように手強《タフ》い。本物の〝鉄のマグノリア〟（強い南部女性を表わす言いまわし。マグノリアは南部を代表する花）だ。髪と化粧が完璧で、〈ドゥーニー&バーク〉のハンドバッグにフル装填した拳銃を入れていないかぎり家を出ない。この日、彼女は頭に誰かがアイスクリームをひとすくい落としたような、ふわふわの髪をのせていた。ミルク色の肌に血の赤の口紅がくっきりと目立ち、つけまつげは蠅でも捕まえられそうだった。

建物に入ったところで立っていると、赤い金属製のドアが開いて、保安官補のサム・ディーンが若い男をひとり連れて出てきた。サムはおれより少し年上で、長い顔に悲しい眼をしている。若者は貧乏白人《レッドネック》的にしゃれた恰好で、迷彩柄のシャツを着て、南部連合旗のついた帽子をかぶっていた。コーディネートの仕上げはジーンズと茶色のワークブーツ。覚束ない足取りで窓口まで歩いていった。ルースがプラスチックのトレイを取って、プレキシガラスの下部に開いた小窓から差し出した。若者が無言でそこから自分の持ち物を回収すると、ルースはトレイを小窓から引っこめた。

「おれの五十ドルは？　ゆうべは現金五十ドルがあったぞ」若者が言った。低くかすれた声だった。いかにも疲れてうんざりし、脱水症状になっている。ほぼまちがいなく飲酒運転《DUI》だ。

　運が悪けりゃ、おれもこうなってた。

「あなたには食べ物を出した。洗面道具も使わせた。毛布や枕も用意した。お金はそれらの経費よ。返してもらいたい？　だったら郡の担当者に申し立てなさい。六週間から八週間で小切手を送ってくれるわ」ルースが言った。一日四パックの〈バージニア・スリム〉のせいで声はガラガラだ。

「六週間から八週間？　なんだよそれ、六週間から八週間って。おれはここに五十ドル持ってきたんだから、五十ドル持って帰る！」若者は叫んだ。サムが彼の肩に手を置いた。

ルースは若者にしっかり聞こえるように窓口に顔を近づけた。

「あなたがここに来たときの血中アルコール濃度は、げっぷに火をつけてマシュマロが焼けるくらいだった。ズボンにおしっこを垂らし、〈L・L・ビーン〉のシャツにゲロをつけてた。黙って家に帰って必要書類を提出してもいいし、法執行官の直接命令に背いてもうひと晩泊まってもいいけど？　わたしはどちらでも。あなたがいなくなるのか、今晩用の新しいシーツが必要なのか知りたいだけだから」彼女は言った。若者はうなだれ、所持品受領証にサインした。おれが横にどくと、サムがうなずき、若者を外に連れていった。

「相変わらず指導が厳しいね、ミズ・ルース」おれが言うと、ルースは悲しい笑みを浮かべた。

「ネイサン、ネイサン、ネイサン。誰かがやらなきゃいけないことよ。ところであなた、何しに来たの？」彼女は平らな胸のまえで腕を組み、首を少し傾げた。

「あんたのきれいな顔を見たかったのさ」おれは言った。ルースはガラガラ声で大笑いした。

「お世辞を言っても面倒なことになるだけよ」笑みが少し広がった。

「じつは、ローレント保安官と話したかった」そう言うと、笑みが消えた。

「何について？」

「ただ話がしたかったんだ。個人的なことで」と嘘をついた。進行中の捜査について訊きたいと彼女に言ったら、問答無用で追い出される。それも、こっぴどく叱られたあとで。いっとき気まずい沈黙ができたあと、ルースがまた口を開いた。

「なるほど、ネイサン、わかるわ……あのヴァンデケラムの息子とあなたの両親のことについては、わたしたちみんな心を痛めてる」

「ああ。いまヴィクターはどこに？」おれは訊いた。名前を出したとたん、ルースの頭のなかに、おれが彼を窓から表に放り出すイメージが浮かぶのはわかっていた。

「いまパトロール中。ネイサン、あの報告書に起きたことはとんでもないまちがいだった」彼女が言った。痛ましいという気持ちが顔に表われていた。ファンデーションの下に蜘蛛の巣を思わせるしわが見える。

「ルース、とにかくローレントを呼んでみてもらえないか？」また居心地の悪い沈黙が流れたが、彼女は背を向けて机に戻り、旧型の電話の受話器を取って、しばらく話した。さらに緊張の瞬間が続き、彼女が窓口に戻ってきた。

「入ってくれって。いま開けるわ。ネイサン、わたしはただ……」おれは続きを言わせなかった。

「ありがとう、ルース。あんたは悪くなかった。わかってる」話しているうちに、両親がセックスをしている部屋のドアを開けてしまったような気分になった。ルースがボタンを押すと、黒い金属製のドアのロックが解除される音がした。おれはドアの先に入った。うしろは振り返らなかった。いまのちょっとしたやりとりが終わって、おれと同様ルースもほっとしているのがわかった。事務室内に保安官補はひとりしかいなかった。レス・ドレイトンだ。机で顔を上げ、おれを見て、食べていたホットドッグを喉に詰まらせそうになった。おれはかまわずそのまえを通り、ローレントの名前とタイトルが入ったすりガラスの窓を叩いた。

「入りたまえ、ネイト」ローレントが言った。

ウィリアム・ジェファーソン・ローレントはずんぐりした消火栓みたいな体格の男だ。大きな顔は、他人には見えない階段をのぼってきたばかりのように、つねに紅潮している。戦艦めいたグレーの制服ははちきれそうだが、その大きな体には農夫の体力が詰まっている。クルーカットの髪はごま塩というより塩が多い。傷だらけの机にのった鉄の灰皿で葉巻がくすぶっていた。小さな黒い眼は、急速に広がる顔のたるみや垂れ肉のなかに埋もれつつある。

ローレントはアメリカの古いタイプの強面だ。映画『暴力脱獄』のルーク・ジャクソン的なタフ。昔、いかにも田舎者の男ふたりが町の薬局から金を奪おうと思いついた。ちょうど彼らが強盗に入ったとき、ローレントはたまたま非番でその場に居合わせ、着古したポプリンの上着の下につけたホルスターから四五口径のセミオートマチックを抜くと、強盗犯になりかけた男たちを撃った。ひとりは即死、もうひとりは裁判を受けるために法廷にストレッチャーで運びこまれた。ローレントは彼のちんぽこを撃ったのだ。死んだ男のほうが運がよかったと思う。

「なんの用だ、ネイト?」彼は尋ねた。坐れとも言わなかった。おれは両手をポケットに入れて彼を見つめ返した。

「イーソー・ワトキンスの事件の捜査はどうなってます？」おれは訊いた。ローレントは無表情だったが、拳をぎゅっと握って親指と人差し指をこすり合わせていた。

「ネイト、きみはワトキンス牧師の親類か？」保安官の声は冷たく事務的だった。

「いいえ、ですが――」

「彼の遺産管理人だったり、法的になんらかの責任を負っていたりするのか？」

「いいえ、しかし――」

「だったら、ワトキンス牧師について質問をする権利はいっさいないだろう」彼はそう言い、葉巻を取って何度かゆっくり吹かした。

「ひとつわかっていることがあります。あれは自殺じゃない。遺体はいまウォルトのところにありますが、傷のまわりに火薬の跡がないし、ウォルトが言うには、二メートルほど離れたところから撃たれている。あなたはそういう話を公にしたくないようだ。どうしたんです、保安官？　この件ももみ消せと誰かに言われたんですか？」

ローレントは悪意に満ちた眼でおれを睨みつけた。椅子から立ち上がると思ったが、いっそう激しく葉巻を吸っただけだった。そして吸いさしを口から取ると、灰皿に五百グラムほど灰を落とした。

「私はこの郡で三十二年間、保安官をしている。初めて選ばれたときには二十三歳だったが、誰かの命令にしたがったことはいままで一度もない。きみの両親に起きたことは事務的なミスだ。あんなことにならなければよかったと思っている、心から、ネイト。だが、きみが私の誠実さに難癖をつけるのをここで黙って聞くことは、断じて受け入れられない」彼の眼は黒曜石の破片のようだった。

「今日ここに来たのは、ウォーレン・ヴァンデケラムがあなたに圧力をかけてしたがわせたのかどうかを議論するためじゃありません。ワトキンスの教会のふたりの役員から、彼の事件の捜査がどうなっているのか調べてほしいと頼まれたんです。凛々《りり》しい女性たちで、どうしても答えが欲しいと言って引き下がらない。地元のテレビの調査報道番組に出れば見映えのする人たちです」おれは言った。

「ネイト、こっちもニュース記者に痛くもない腹を探られるのはごめんだ。ミセス・シアともうひとりの人に、われわれはできることをすべてしていると伝えてくれ。隅から隅まで捜査している。ワトキンス牧師に何が起きたか、かならず調べ上げると」そう言ったとき、ローレントはおれの眼を見なかった。彼の眼はおれの肩の先に向けられていた。

「保安官、こいつに説明する必要なんてない。おれが外に放り出しましょうか？」ヴィクター・カラーがおれのうしろで言った。

第7章

　ヴィクター・カラーの荒い息遣いが聞こえた。おれは振り返らなかった。彼を見たら何をしてしまうか、まだわからなかった。

「どうしてる、ヴィクター？」おれは訊いた。

「ひと言命じてください、ボス。こいつは公務執行妨害で逮捕できる」ヴィクターはおれの質問を無視して言った。彼の足音がうしろから近づいてきた。

「ヴィクター、表に出てろ。さあ、早く。話を続けさせてくれ」ローレントがうんざりして言った。

「振り返るぞ、ヴィクター」おれは言った。自分の声が妙に聞こえた。やさしすぎ、気を遣いすぎている。恋人に話しかけるときのように。

　ヴィクターがおれの耳に口を近づけた。安手の男性用芳香スプレーのにおいが波のように押し寄せた。

「念のため言っとくが、おれがこの部屋から出ていくのは上司が直接命令したからだ。おまえなんか怖くないぞ、ネイト。まともに闘ったら、おれのボロ勝ちだ！」

「まともな闘いなら、その両腕をへし折ってやる。そこの窓から放り出したのは慈悲だと思え」おれは静かに言った。

「ほざいてろ」ヴィクターは虚勢を張ったが、とにかくすごすごと部屋から出ていった。

「わかったか、ネイト？」ローレント保安官が訊いた。じっとおれを睨んでいた。

「何がです？」

「あの女性たちにわからせるんだ、保安官事務所が真相を究明すると。ただ時間が欲しい。イーソーは根っからの牧師じゃなかった。神を見いだすまえにしていた何かで、誰かの恨みを買ったのかもしれない。ここは小さな町だ、ネイサン。永遠に隠しておけるものはない。人の口に戸も立てられない。あらゆることが、いずれは明らかになる」

彼は言いながら、あの黒い眼でおれに圧力をかけた。

「話してみますよ、保安官」おれは言った。

「いますぐにな、ネイト。さて、そろそろ失礼させてくれ。仕事がたまっていて、やれる時間はかぎられている」彼は机の上のマニラフォルダーを開いた。おれは背を向け、ドアのほうへ歩いた。

ルースがブザーを鳴らして外に出してくれた。そこで受付のカウンターにもたれていたヴィクターとぶつかりそうになった。

「とっとと帰れ。制限速度を守って、テールライトが割れてないのを確かめとけよ。いいな？　おまえに停止を命じたくないからな、ネイト」彼が言った。

「割れたガラスの破片は全部顔からとれたのか、ヴィクター？」おれは訊いた。ヴィクターはまっすぐ立って拳銃のグリップに手を持っていった。

「あの日、おまえがずるい手を使ったのはみんな知ってる」彼は言った。いまやその顔はローレントより赤くなっていた。熟れすぎて破裂しそうなトマトのように。

「自分にそう言い聞かせてればいい」おれがまた歩こうとすると、ヴィクターが行手をさえぎった。

「おれに勝手なことを言える立場か？　おれは正式に任命された法執行官で、おまえはたんに頭のいかれた宿なしの元軍人だぞ。ああ、わかるよ、自分の両親に起きたことでおれに腹を立ててるのは。そのことはもう謝ったろ。そろそろ過去は乗り越えろ、ネイト。クソみたいなことは起きるもんだ。いつか近いうちにおれは保安官になる。だから口の利き方には気をつけるんだな」彼は言った。おれは両手をポケットに突っこんだ。ヴィクターの首から両手を遠ざけておかなければならなかった。

「いくらもらったんだ、ヴィクター？　そのバッジの上にクソをしてヴァンデケラムを見逃すのに、いくらかかった？」

「見逃すで思い出したが、スティーヴン・ヴァンデケラムの姿を誰も見なくなって、どのくらいだ？　三年？　そのことについて何か知ってるか、ネイト？」ヴィクターは冷たい笑みを浮かべて言った。

「おまえがウォーレン・ヴァンデケラムのしなびたちんぽをなめる代わりに、やるべき仕事をしてたら、息子のスティーヴンの居場所は誰もが知ってただろうよ。なぜなら、やつは刑務所に入ってるはずだから」おれは言った。

「どこに彼を埋めた、ネイト？　おまえの両親が住んでた家のそばか？」彼はささやいた。

「そこをどけ、ヴィクター」

「法執行官を脅すのか？」彼は銃を握りながら言った。

それでもおそらく今日は適当な日ではないと思ったのだろう。あるいは、おれの声のなかに、ふざけていない何かを聞き取ったのか。それとも、最後におれに手を出したときにどういう目に遭ったかをようやく思い出したのか。おれにはわからなかった。

いずれにせよ、ヴィクターは脇にどいて、おれを通した。

「いつか近いうちに、ネイト。憶えとけ。いつか近いうちに」ヴィクターは、もはやぼろぼろの男らしさを保とうとして言った。おれは何も言わなかった。話は終わった。保安官事務所から出た。

ブラック・ベティに戻るころには、体が震えていた。車に入り、数分間じっと坐って両手の拳を腿に押しつけていた。夜、ベッドに入るときに痣を見ることになるだろう。

第8章

葬儀社に戻って数時間寝た。短く眠っては夢を見て目覚めた。この日の午後、おれの心の劇場で上映された看板作品は、ヴァージニア州クイーン郡で正式に任命された保安官補の職を辞した日だった。しっかり焼きついた記憶を夢と言っていいものだろうか。夢でありながら、細部が強調されすぎた映画を観ているようで、すべての動き、すべてのことばに特別な意味があった。おれはウォルトがドアを叩く音で目覚めた。ウォルトは、おれが寝ているときに揺すったりつついたりしてはいけないことを知っている。そんなことをすると、ろくなことにならない。とりわけこんな夢を見たあとには。

「おい、生きてるか?」ウォルトがドア越しに訊いた。なかば本気で心配していた。

「すぐ行く」ウォルトが通路を離れていくと、おれはベッドから出て伸びをした。またブーツをはき、ロビーのほうへ行った。ウォルトはたっぷり朝食をとって、朝よりずっと幸せそうに机の向こうに坐っていた。おれはそのまえの椅子にどすんと腰をおろし、片脚を肘掛けに投げ出した。

「警察のみんなは元気だったか?」ウォルトは読書眼鏡の上からおれをのぞいて訊いた。

「全員無事に配置についておりました、大尉。窓もすべて自分が去ったときのままで」おれは言った。ウォルトはあきれて首を振った。

「で、どうだったんだ?」

「万事順調だったよ。クイーン郡保安官事務所は相変わらずの配慮とプロ意識で粛々と仕事を進めてる」おれは言い、天井に眼を向けた。ウォルトはため息をついた。

「そんなにひどいのか?」彼は訊いた。

「どうかな。表面上はとくに怠けてるようには見えない。けどなんだろう、どこかうまくいってない気がした。そのうちどれだけが、おれとすばらしいこの郡の警察との良好な関係のせいで、どれだけが実際にうしろ暗いことがあるせいなのかはわからないけど。どっちにしろ、あまりあのご婦人たちの役には立てそうにないよ。12チャンネルのジーン・コックスに電話するほうがうまくいきそうだ」おれは言った。

「たぶんそれがいちばんさ。保安官事務所にいる連中のあとをおまえが追いかける必要はない。ヴィクター・カラーはひたすらおまえを刑務所に入れる理由を探してるしな。もし可能なら、ケツをきちんとふかなかったくらいでおまえを逮捕するぞ」彼は言った。

「ケツをきちんとふかないのは犯罪だ。あんたのあとで便座に坐る人間に訊いてみればいい」おれは言った。ウォルトは笑った。

「クソくだらん話はやめて、バンを取ってこい。今朝、老人ホームから電話があった。ミス・ヴァーレイン・ホームズがご退場だ」

おれは建物の裏に車を駐め、錆びたドアの横にあるインターフォンを押した。そばには従業員の喫煙エリアがあった。

「はい?」疲れた声が応じた。

「ブラックモン葬儀社から来ました。ヴァーレイン・ホームズさんを引き取りに」おれは言った。

「ああ。どうぞ」相手が言い、インターフォンは静かになった。おれは大きなドアを開け、キーッという不快な音に顔をしかめた。明らかに潤滑油が必要だ。

廊下を半分ほど進んだところで、背が高く肌の色が濃い黒人女性に出迎えられた。長いブレイズヘアで、医療用スクラブを着ている。ついてきてと手を振った。おれは喜んでついていった。彼女の尻は半分に切ったかぼちゃのように丸く固そうだった。個室のひとつに入り、おれは唖然として彼女の横に立った。

「こういう状態で見つけたんですか?」と訊くと、介護士はうなずいた。

「廊下の向かいの部屋のミスター・ジョンソンが、お孫さんからバイアグラをもらったと打ち明けました。〝ご婦人に気配りしよう〟と思ったんだそうです」介護士は言った。前述したとおり、おれは遺体の引き取りに真剣に取り組む。たとえ故人が体重二百キロで、床から持ち上げると体のあちこちがヘルニアになるとしても、遺族は愛した人をわれわれが敬い、厳粛な態度で扱うことを期待する。おれは遺体の移送(これもウォルトの用語だ)をできるだけ滞りなく、なめらかにおこなうように最善を尽くすが、ウォルトのもとで三年間働いていても、ミス・ヴァーレインのような亡くなり方を見る心の準備はできていなかった。

うつぶせになって腰を持ち上げるのが彼女の好きな体位だったようだ。ミスター・Jとの行為の最中に事切れたにちがいない。ジョンソン氏はパニックになり、誰にも言わずに自分の部屋に引っこんだ。介護士のひとりが彼女を発見したときには、すでに死後硬直が始まっていた。大きな尻を高々と持ち上げ、ほとんど髪のない頭を突っ伏すように枕に押し当てて。あ、もちろん彼女は素っ裸で、誰かがシーツをかけてやっていた。故人の尊厳を保ちたいのはわかるが、そのせいで眼はいっそう惹きつけられる。まるで〝セックス・テント〟とでも呼べそうな造形だった。

「大好きだったことをしている最中に亡くなったんでしょうね」おれは言った。介護士は吹き出したが、まずいと思ったのか笑いを途中でこらえ、ようやく抑えこんだ。

「わたしの人生はなんて悲しいの。今月は老人ホームにいる人のほうが誰かと寝た回数が多いなんて」彼女は言った。思わずその悲しい状況をなんとかしてあげましょうと提案しそうになったが、おれには仕事があった。

おれはクリエイティブな技術を駆使してミス・ヴァーレインを車に乗せ、葬儀社まで無事運んだ。ウォルトに、これは過去最高に珍しい移送じゃないかと訊いてみた。

「トップ5に入るのはまちがいない」彼は言った。彼女を処理台に運び終えるや否や、おれの携帯電話が鳴った。パリッシュ夫人からだった。〝無視する〟ボタンを押そうかと思ったが、そうしたところで、避けられないことを先送りするだけだ。

「こんにちは、ミセス・パリッシュ」おれは言った。

「保安官事務所に行ってみました？」彼女の声は期待に満ちていた。

「ええ、行きました」

「そう。保安官はなんて？」

「できることはすべてやっていると請け合いました。事件は捜査中だと」おれは言った。

回線に沈黙が数秒流れた。

「でも、あなたは彼のことばを信じていない。でしょう、ネイサン？」それは質問というより指摘だった。

「いや、捜査はしてると思いますよ、ただ精いっぱいやってないだけで。なんならテレビのニュース番組に電話してローレントを追及させては？　それはいつだってできますよね」おれは言った。

また沈黙。

「謝礼はいりません。ご心配なく。おれはほとんど何もしてないし、その二千ドルで食べ物とか買ってあげれば助かる貧しい家族はかならずいるでしょう」おれは言った。電話の向こうから荒い息が聞こえた。

「教会に来て会っていただくことはできません？　よろしければ直接会ってお話ししたいの」彼女の声の調子から〝ノー〟の答えは受けつけないのがわかった。

「一時間後でも？」

「かまいません。ひとりでおいでになる？」彼女は言った。

「誰か連れていきましょうか？」おれは彼女の質問に驚かなかった。キリスト教徒の既婚女性がひとりで独身男性と会うのは体裁が悪いかもしれない。たとえ教会のなかでもだ。教会では誤解を避けるために会衆席を広めにとっているかもしれない。これは南部に古くから根づいた礼儀作法の名残である。
まあ、礼儀といっても、逃げた奴隷を鞭打つときを除いてだが。
「いいえ」彼女は言って電話を切った。

第9章

ニュー・ホープ・バプテスト教会は、育ちすぎたアメーバよろしくルート十四号と百九十八号の角に広がった、ガラスと煉瓦の巨大な建物だった。おれは百ある駐車スペースのひとつにベティを駐め、正面入口に向かった。ロビーは広く、葬儀社のロビーと同じくらいあった。右には磨き上げられた頑丈そうな木の階段があり、太い木の支柱のまわりをまわるように二階へと続いている。左にはドアが並び、〝家族室〟、〝個別相談〟といった名前が記されている。〝音楽主事〟のドアの横の壁に飾られたイーソー・ワトキンス牧師の油絵が、おれを見つめていた。描かれているのは肌の色が濃く、顎は弱々しいが眼は明るい茶色、ごま塩の髪を短い角刈りにした男で、最後におれが見たときより絵のなかのほうがずっと具合がよさそうだった。

金色の巨大な両開きの扉を押し開けて、スタジアムを思わせる礼拝堂に入った。説教壇は芝居がかった琥珀色の光を浴び、百メートルほど向こうにあるように見えた。座面がクッションの会衆席が見渡すかぎり並んでいて、人間の息子や娘たちの魂をめぐって神と悪魔が死ぬまで戦う古代ローマのコロシアムのようだった。そして人々は神をみずからの闘士に選ぶことができる。適切な代金を支払えば。棘のある言い方かもしれないが、あの金色のクロムの扉は安価ではない。

説教壇の近くの席にパリッシュ夫人が坐って聖書を読んでいた。おれは会衆席で立ち止まり、咳払いをした。彼女はおれを見た。不自然な薄笑いが浮かんでいた。

「いつも聖書の御言葉を読んでるんです。心の平和のようなものが得られるかと思って。でも、たんに混乱が深まるだけなの」彼女は言い、少し横に移動した。おれは彼女の隣に坐った。

「ミセス・パリッシュ、ここで会うのはかまいませんが、話せるのはせいぜい電話で話したことぐらいです」おれは言った。彼女は体全体をこっちに向けて、茶色の眼からいつもの強い視線を送った。昔はきれいな人だったんだろう。おれはまた思った。彼女は自分の若さの亡霊に取り憑かれているように見えた。

「ネイサン、あなたはイーソーの死に関する保安官の捜査がどこかおかしいと考えているでしょう。なぜそう思うのか教えてくれない？」彼女は言った。ひと晩じゅう泣いていたかのように声がかれていた。

おれはそれに気づかないふりをした。

「それは……その……なんとなく、いつもとちがう気がして」

「たとえば?」

おれは大きく息を吐いた。「たとえば、州警察に支援を要請してない。要請するのがSOP――」と言いかけて、彼女の当惑した顔に気づいた。

「通常の運用手順《スタンダード・オペレーティング・プロシージャー》なんです。殺人や自殺があると、クイーン郡保安官事務所のような小さなところはたいてい州警察の支援を求める。ただ、要請するかどうかは地元の保安官の判断です。州警察はヴァンパイアみたいなもので、地元の保安官が招かないかぎり入ってこようとしない」おれは言った。彼女は坐ったまま体を動かした。

「ほかには?」

「彼らが捜査を見送ったことは過去にもあります。これはおれの勘だけど、この件の裏にはわれわれが知っている以上のことがある気がする。だから言ったように、テレビ局に電話をかけてローレントに圧力をかけるのも手です。ほかにわれわれができることは、あまりないと思う」

「あなたはイーソーに何が起きたと思います?」

「ミセス・パリッシュ、それは見当もつきません」おれが言うと、彼女は立ち上がった。

「あなたに見せたいものがあるの」彼女は説教壇を通りすぎ、合唱隊が立つ段のうしろにあるドアを抜けた。ついていくと、白いタイルの廊下に出た。いくつか並んだ大きな天窓から陽の光が注いでいた。天界のような場所で、来世に渡るときに見えると言われるトンネルを思い出した。それか、除細動器で現世に戻されるときに見える。廊下の突き当たりに〝財務〟と表示のある部屋があった。パリッシュ夫人は茶色のポリエステルのズボンのポケットから鍵を取り出し、ドアの錠を開けた。

事務室のなかは茶色と黒で統一され、革張りの椅子とチーク材の長いダイニングテーブルが二卓あった。右側の床には強盗映画に出てくるような巨大な金庫が置かれていた。そこから部屋の奥のほうへ、胸までの高さの黒いファイリングキャビネットがふたつ並んでいる。パリッシュ夫人はそのキャビネットのひとつから黒い三穴バインダーを取ってきて、テーブルに置き、手を振っておれを隣に坐らせた。金庫のそばには真鍮の献金皿が十二枚、きれいに積まれていた。

「わたしは教会運営委員会の会長です。毎週日曜、ほかの三人の役員と献金の集計をします。うちの教会は献金と十分の一税については成績がいいんです。ほぼ毎月、平均して二万ドル前後入ってきます」彼女は言った。

「どうやらおれは仕事をまちがえたようだ」おれは言った。リサ・ワトキンスのことばが頭をよぎった。

「その多くは教会の活動にまわされます。あるいは建物の維持とか。この規模になるとかなり経費もかかります」彼女は言った。

「イーソーもかなりの謝儀をもらってたんでしょうね」おれが言うと、パリッシュ夫人は大きく息を吸った。

「ええ、そうね」

「ミセス・パリッシュ、おれを感心させたかったのなら、目的は果たしました。葬儀社に辞表を提出して黒い祭服を買いますよ」おれは言った。パリッシュ夫人はバインダーのページをめくった。手が震えていた。

「半年ほどまえ、わたしは毎月の献金が増えていることに気づきました。それも大幅に。月に二度、通常の日曜の二倍の献金がありました。そして誰かが十分の一税を五千ドルも納めたりした。とんでもない金額《ライク・ア・マザーファッカー》よ。しかも現金で」彼女は言った。おれはいまこの席で雷に打たれてバーベキューにされないだろうかと、まわりをうかがった。とくに信心深くもないおれでさえ、教会内でマザ……カーと口にしたことはない。パリッシュ夫人に顔を近づけて息を吸いこんでみた。強烈なミントのにおいがしたが、その奥にはむかつくほど甘いラムのにおいが混じっていた。この人はひどく酔っ払っている。

「ミセス・パリッシュ、何が言いたいんです?」おれは訊いた。

「六年前まで、わたしは乱れた生活を送っていたの、ネイサン。十六歳で愛のために結婚して、娘ができたあと、三年後の十九歳で憎しみのために離婚した。そして三十歳でお金のために再婚。クラレンス・パリッシュはわたしより十五歳上で、それがちょうどよかった。彼がわたしの娘を育ててくれているあいだ、わたしは出かけて好きな相手と好きなことをした。踊って、お酒を飲んで、ファックして。夜通しパーティをするためにハイになり、落ち着いてクラレンスと子供たちに接するために酔っ払った。そのうち乱暴な人たちとつき合いはじめた。もう酒のボトルを制御できなくなったと感じたのはそのころです。むしろボトルがわたしを制御していた。そしてある夜、完全に一線を越えてしまった。どんな人にも起きることよね。気づくとバッド・ニューズ(ニューポート・ニューズの蔑称)の四十五丁目通りで迷子になってた。竜巻に呑みこまれた凧《たこ》みたいにハイになってね。自分の車をどこに駐めたか思い出せなかったから、公衆電話を見つけてクラレンスに迎えに来てもらった。その間、派手なドレスに靴は片方だけ、ハンドバッグにはかつらを入れて通りに立ってたの。

クラレンスは、調子がいい日でもコウモリ並みに視力が弱い人だけど、この夜は真っ暗だった。新月で、雨も降りだした」語る彼女の左眼から涙が流れた。

「クラレンスはリッジ・ロードで丘を越えるときにセンターラインからはみ出して、北への旅行から帰ってきた家族のミニバンと衝突した。その夜、クラレンスを含む五人が亡くなった。わたしはしばらく正気を失った。そこで姉がこの教会に誘ってくれたの。ここの牧師は闇のなか、罪深い道を歩くのがどういうことか知っているからって。牧師がきっと助けてくれると姉は言った。実際、助けてくれました。牧師だけじゃなく、ここにいるみんなが。たとえわたしが自分自身を赦せなくても、神はわたしを赦してくださる。そのことを学ばせてくれた。六年前のことです。そこから今朝まで六年間、わたしは一滴の酒も飲んでいなかった。そしてあなたと話し、あなたはわたしがすでに知っていたことを話した。今回のイーソーの件はまちがっている。どう考えても、完全に、まちがってます。そしてわたしは、この寄付が事件とかかわっているのではないかと思う」彼女は言った。いまや涙をはらはらと流していた。顔から何滴か落ちて、ラッカー仕上げのテーブルに当たった。おれはそれを見ていた。最初は彼女が何を言っているのかわからなかったが、そこで頭のギアが古い三段変速のようにカチリとはまった。

「献金皿に追加の五千、月に二回の五千ドルの十分の一税は大金です。その金は汚れていて、誰かが洗浄しようとしていた。あなたはそう考えるんですね？」おれは言った。彼女はうなずいた。たしかに筋は通る。教会は免税されるし、会計検査も入らない。悪い金を洗浄したければ、教会の銀行口座から引き出せる確実な手段さえあればいい。ワトキンスがその手段だったのかもしれない。教会のマーチャンツ銀行の口座にワトキンスの名前がついているのはまちがいない。

「彼が変わってなかったのだとしたら、ネイサン？　昔のように、わたしたちみんなをだましていたのだとしたら？」彼女は訊いた。涙が浮かぶ眼の奥に苦痛と混乱が見えた。答えはわからなかったので、おれは自分の質問をした。

「それを警察に見せましたか？」と訊くと、彼女は首を振り、手の甲で涙をぬぐった。おれは彼女が無理して落ち着きを取り戻すのを見守った。

「わたし、彼を愛してたんです。本人には一度も言わなかったけれど。胸を張って健康的と言える愛ではなかったかもしれない。ここに来るまえのわたしの生活の乱れようを思えばね。ですけど、愛は愛でした」彼女は言った。おれは両手首のつけ根を腿にこすりつけた。

「おれにどうしてほしいんです、ミセス・パリッシュ？」

「わたしたちが州警察に連絡しても、来てくれないでしょう？」彼女は訊いた。おれは自分の言おうとしていることが信じられなかった。袋詰めの猫ぐらいクレイジーだ。

「証拠がないかぎり無理ですね。説得力のある証拠が」おれは言った。彼女はテーブルの下で手を伸ばして、おれの手を握った。力強かった。

「その証拠を手に入れてほしいの。イーソーを殺した犯人を見つけて。追加で二千ドル差し上げます」彼女は言った。四千ドル。ウォルトがくれる給料もいいほうだが、これほどよくはない。

「守れない約束はしたくありません、ミセス・パリッシュ。おれは探偵じゃないし、もう保安官補でもない。小さな町は秘密の隠し方を知っている、そう思わない人もいるけど。そして殺人はクソみたいに大きな秘密です――失礼。何か見つけて州警察の興味を惹くことはできるかもしれませんが、だからといってイーソーを殺した犯人が見つかるとはかぎらない」

「でも、あなたは善良な人よ。それは昨日わかった。あなたはわたしと似ている。ひどい体験をしたり、ひどいところにいたりしたことはあるけれど、それでも善良。ご両親はあなたを正しく育てたわ。だからどうか、できることをして」彼女は言った。どうしてまたおれの両親のことを持ち出す？

「わかりました。それなら、ワトキンス牧師について知っていることをすべて教えてください。彼がかかわっていたこと、彼に腹を立てていた人間、住所、交友関係、日頃の習慣、そういったことすべてを。そのあと少し訊いてまわります。でもまず、その多額の十分の一税を納めたのは誰ですか？」おれは訊いた。パリッシュ夫人はバインダーを見つめ、十分の一税の項目の右に指を走らせた。眼を細めて名前を読んだ。

「ハロルド・モンタギュー」

おれは笑った。

「どうしたの？　知っている人？」彼女は訊いた。

「ええ。保安官事務所で働いていたときに三、四回逮捕しましたよ」

「なんの容疑で？」

「麻薬所持です。大量の」おれが言うと、彼女は困ったように席で体を動かした。

「その寄付のほかに、イーソーのまわりで何か起きていたことはありますか？　誰かが彼に激怒するようなことは？」おれは訊いた。パリッシュ夫人はバインダーを閉じ、両手の指を組んだ。心の葛藤が表われていた。ようやく話しはじめた。

「〈オールマイティ・ハウス・オブ・クライスト〉の支部教会にならないかという交渉が進展中でした。反対している信者もいましたけど、ワトキンス牧師に危害を加えるほど反対という人はいなかった」彼女は言った。「トミー・ショート牧師について聞いたことは？」

おれは眉間にしわを寄せた。

「オールバックの髪で、体にぴっちりしたシャツを着た男ですか？　いつも食用油《クリスコ》の缶と格闘してきたみたいに脂ぎっている?」聞いてパリッシュ夫人は笑った。

「ええ、その人よ。ショート牧師とワトキンス牧師は、去年のバプテスト総会で会ったの。以来、ニュー・ホープがあちらに加わるという話が続いていて。わたしも個人的には賛成なんですけど、昔からいる人たちはあまり支持していません」彼女は言った。

「たとえば、誰です?」

パリッシュ夫人はまたもぞもぞし、下唇を噛んでから答えた。

「いちばん反対してたのは、ジョン・エリス・ジョーンズでした。うちの主任執事です——でした」

おれは眉を上げた。「でした?」

「彼とワトキンス牧師は、わたしの母親の言い方を借りれば、どうしても馬が合わなかったみたいで、ジョンは半年前に教会を去ったんです」

「彼の名前と電話番号を書いてもらえますか、もしわかったら」おれが言うと、彼女は立ち上がり、ファイリングキャビネットに行って古い会報を取ってきた。そこにジョーンズ氏の名前と携帯電話番号、教会内でのかつての役職が載っていた。

「ミスター・モンタギューの情報も探してみましょうか?」彼女は訊いた。

「いや、彼の居場所はわかると思います、ミセス・パリッシュ。ところで、ワトキンス牧師の娘さんはどうなんです？　このことについて何か彼女と話しましたか？」おれは訊いた。

「彼女は父親の身に起きたことをあまり気にしてないみたいで。葬儀が終わったらすぐに町を出るそうです。家は売りに出して、できるだけ早くカリフォルニアに帰るって」

「お父さんの人生をおれが調べることで腹を立てられても困るので。この町のどこに滞在していますか？」おれが訊くと、パリッシュ夫人はあきれたように天井に眼を向けた。

「断言してもいいけれど、ネイサン、あの人はこれ以上無関心になれないほどよ。イーソーとは長いこと疎遠だったんじゃないかしら。でも、彼女と話したいなら、グロスターの〈ハンプトン・イン〉にいると聞いてます」夫人は言った。おれはそのホテルを知っていた。昨晩泊まったからだ。

リサとイーソーの仲たがいには、リサの職業が関係しているのだろうか、と黙って考えた。おれはテーブルから立ち上がった。

「言ったとおり、いろいろ調べてみますが、期待はしないでください。おれは法執行官じゃない。相手が話したくないなら何も話す必要のない人間です」おれは言った。パリッシュ夫人は顔を上げておれを見た。

「それほど苦労しなくても、みんなあなたとは話をすると思うわ、ネイサン」彼女は言った。一瞬、若さの亡霊が彼女の体に宿った。悲しみのあまり、おれの気を引こうと思ったのか。なんだかそんな声音だった。

「だとしても、やはり期待はしないでください。がっかりさせたくないので」おれは言った。

第10章

教会をあとにしてマシューズ郡からクイーン郡に戻った。ハロルド・〝フェラ〟・モンタギューとジョーンズ執事に会うつもりだったが、一度頭を整理して、正反対の人間ふたりに近づく方法を考える必要があった。まずベティにガソリンを入れ、手早くワークアウトをすませてから調査に出ることにした。コンビニの〈ゲット・N・ジップ〉に寄り、給油ポンプのまえに車をつけたとき、みすぼらしい恰好の白人男が芝刈り機に乗って駐車場から近づいてくるのに気づいた。最近流行りの全方向に回転可能なタイプだ。レバーが二本ついていて、ローイング・マシンに似ているといつも思う。郡内のあちこちで庭仕事をしているユージーン・バーントゥリーだった。おれの向かいのタンクに芝刈り機を停めて給油しはじめたので、挨拶の手を振ると、ユージーンも手を振ってにっこりと笑った。歯と歯のあいだが開きすぎて、歯茎に〝次の歯二キロ先〟の表示を出さなきゃいけないほどだ。

愉しきかな田舎暮らし。

店内でベーグルとオレンジジュースを取って、ガソリン代といっしょに支払うために列に並んだ。おれのまえにいた、ひょろっと背の高い白人男が振り返ってこっちを見た。最初は誰だろうと思ったが、数秒後にレイ・カーペンターだとわかった。

レイはあわてて嚙み煙草と昼前に飲むビールのロング缶の勘定を払い、釣り銭も受け取らずに出ていった。懐かしのレイ・カーペンター。混じり気のない純粋な怒りを初めておれに教えてくれたのは彼だった。はるか昔、おれはスクールバスでレイを殺しかけたのだ。批判されるまえに言っておくと、それには理由があった。レイは高校三年でドロップアウトするまで、おれと同じスクールバスに乗っていた。出っ歯で、乾いて艶のないブロンドの髪のレイは貧乏白人《ホワイト・トラッシュ》のトラブルメーカーの役柄そのままだった。バスのなかではたいてい女の子の発達中の胸をつかんだり、彼とふたりの仲間が無防備の弱虫と見なした子を容赦なくいじめたりしていた。

一九九一年の秋、ついにその順番がおれにまわってきた。目をつけられるまでそれだけ長くかかったことにむしろ驚いた。おれは太った茶色の肌の十五歳で、髪はおふくろが切らせなかったせいで、どうしようもなく伸びて縮れていた。靴は親父がリサイクルショップで見つけてきた中古品、教科書はキャンバス地のトートバッグに入れていた。いじめ屋の夢精の対象になりそうな少年だったのだ。最初はおれの体重とみじめなジーンズをからからくらいだった。レイのはいているジーンズも同じくらいぼろだったのだが。貧しい白人の子が貧しい黒人の子の貧しさを馬鹿にすることほど、アメリカの精神の腐食を象徴しているものはない。

おれは黙ってやりすごそうとした。どこかで見つけたアイザック・アシモフとか、レイ・ブラッドベリの最新のペーパーバックを読みつづけていたが、うまくいかず、ただ相手の攻撃をいっそう呼びこむだけだった。いまだったら、ただ唾を吐こうと横を向くだけでも、衝突の平和的な解決法を宣伝するインターネットの広告が目に入る。しかし当時、いじめに対処する方法はふたつしかなかった。相手と闘うか、逃げるかだ。逃げろと親父に言われたときには特段ショックでもなかった。スズメバチに刺されても叩き殺さない人だったから。おれはある日、レストランで親父に相談した。

「その少年はおまえに手を出すのか？」親父は青いエプロンで手をふきながら言った。指先には小麦粉と砂糖が白く染みついて、フレンチネイルのようになっていた。

「ぼくをおかま《トゥィンキー》とか、ネイサン・ゲイメイカーって呼ぶんだ。この靴もからかう。雑種とかデカケツとか言ったりもする。それと——」親父は手を上げて制した。おれはレイのノンストップの嘲りについて、親父には映画のG指定（年齢にかかわらず誰でも観られる）バージョンの説明をしていた。フェラチオ魔と呼ばれたり、邪魔なクソだから自殺しろと言われたりしたことは話していなかった。

「そういう少年は、じつは自分に腹を立てているんだ。家でろくな生活をしていない。おまえは彼と話そうとしてみたか？　友だちが必要なのかもしれないぞ」親父は言った。おれはぱらぱらめくっていたマーベル・コミックのパニッシャーが出てくる一冊から顔を上げた。まだ〝懐疑的《インクレデュラス》〟の意味を知らない十五歳だったが、そのときの自分の表情はまさにそれだったにちがいない。

「もうあいつに友だちはいるよ。みんなでぼくを馬鹿にする」おれは言った。親父は昼食時の一斉販売のためにおふくろが焼いたクロワッサンとシナモンツイストを並べていたが、ため息をついて、ショーケースのうしろから出てきた。その日は土曜で、おれはすでに月曜のスクールバスに乗るのが怖くてたまらなかった。

「ネイサン、ことばで人は怪我しない。ことばに与えられる力はすべて、われわれが与えているのだ」親父は言い、テーブルにもたれて、おれの髪をくしゃっとつかんだ。

「あれだけ笑われるってことは、ことばにすごく力が与えられてると思う」おれは言った。

親父はまたため息をついた。

「ネイサン、いいから無視しろ。手を出してこないなら、怪我までさせるつもりはないんだろう。おまえのほうが立派な人間だってことを見せてやれ」

「もし手を出してきたら？」おれは訊いた。親父は顔をしかめた。

「暴力では何も解決しないんだ、ネイサン」親父にとってこれが決まりきった格言でないことは、眼を見ればわかった。彼は心からそれが正しいと信じていた。人生を生き抜くための信念のようなものだ。おれはこれほど高邁な理想に身を捧げている親父をつねづね尊敬していた。と同時に、彼以外の世界がその理想で尻をふいていることが気の毒でもあった。

冬休みが始まる二日前、おれは家に帰るバスのなかで本を読んでいた。ラヒームが隣に坐って携帯ゲーム機で遊んでいた。その日の午後には大きな計画があった。廃墟になった老人ホームを探検して心霊現象を確認する予定だったのだ。その建物はおれたちの家から自転車でわずか三十分のところにあった。提案したのはラヒームだった。テレビのドキュメンタリー番組『イン・サーチ・オブ』のとりわけ印象的な回に刺激されて思いついたのだ。おれは幽霊を完全に否定はしていなかったが、そう簡単に会えるとも思っていなかった。ただもちろん、両親が帰ってくるまで家でぼうっと待っているよりはいい。

『ダーク・タワーII　運命の三人』の最終章を読み終えようとしたとき、レイがからんできた。

「よう、雑種」彼は言った。取り巻きたちがスタンダップ・コメディアンのサクラの観客さながらゲラゲラ笑うのが聞こえた。おれはページをめくって読みつづけた。ラヒームはゲームから眼を上げた。

「おい、ニガー鼻、おまえのかあちゃんに、あとでおれが金玉なでてもらいに行くと伝えとけ。あ、代わりにおまえがしたいなら別だけどな」レイがN爆弾を落としたのは初めてではなかったが、おれは親父に言われたとおり無視した。ラヒームが鋭い視線をよこした。おれはそれを見なかったし、レイの言ったことも聞かなかったふりをした。本をきつくつかみすぎて、ページに跡が残りそうだった。

そこで突然、首に温かいものがかかって背中に広がり、流れ落ちた。おれが飛び上がって振り返ると、レイとリッチー・ダウンズとティム・ホーニックが、笑気ガスを吸いまくったみたいに馬鹿笑いしていた。レイは炭酸飲料のペットボトルを持っていて、そのなかに黄色い液体が半分ほど入っていた。

そのとき、首のうしろから鼻を突くにおいがした。その酸っぱい悪臭に鼻毛が縮れそうだった。

「うわっ、それ、しょんべん!?」ラヒームが叫び、あわてて隣の席から通路を挟んだ空いた席に飛び移った。おれは首のうしろに手をやって、指先のにおいを嗅いでみた。ラヒームは正しかった。

おれはハードドラッグはやったことがない。何度か大麻を吸ったことはある。ウイスキーと密造酒は人より多く飲んできた。法執行官だった短いあいだには、あらゆる職業や地位の中毒者と話す機会があった。まだこっちの眼をまっすぐ見ることができる軽い使用者とも話したし、顔が虫食いの毛布みたいにすり減ってほつれた深刻な中毒者とも話した。さらにハードコアな中毒者ともいっしょにすごした。自分の赤ん坊とヘロインひと袋を交換するような、米ひと粒の大きさの高純度コカインのためにちんぽをしゃぶるような連中だ。ハードドラッグの話になると、彼らはみな同じことを言った。最初の一回が忘れられない、それは心の扉が開くような感覚で、残りの生涯その扉を閉めておくための鍵を探しつづける、と。だが、みじめな真実として、そんな鍵はどこにもない。最初の味を覚えたときに壊してしまうからだ。だから残りの人生で扉を閉めておくには、素手で押さえるしかない。レイ・カーペンターにペットボトルの小便をかけられたときにおれが感じたことも、それに近かった。扉がいきなり開いて、怒りが解き放たれた。

当然それまでの人生でも怒ったことはあった。好きだった女の子が昼食でおれの隣に坐らなかったとき。欲しかった贈り物がクリスマスツリーの下になかったとき。応援しているレイダースがまたしてもプレーオフに出られなかったとき。日常のありきたりの嫌なことに対する怒りは数秒燃え上がって、流れ星のように消える。だがこのときはちがった。

何年もたったあと、魂を失った人々がチャイナ・ホワイトの太い筋を吸引したり、プロ仕様の純粋なメタンフェタミンの煙を吸ったりしたときの衝撃を語るのを聞いて、ようやくおれがあの日感じたことを表現することばができたのだった。最初の純粋な怒りの一服は完全におれを虜にした。

レイ・カーペンターにつかみかかったことは憶えていない。ラヒームによると、ロケットブーツをはいたエドウィン・モーゼス選手のように座席を飛び越えたらしい。レイの笑いが急に止まったのは憶えている。おれが空中を飛んでいるあいだに、パチンと笑いのスイッチが切れたかのように。おれは長年かけて、技術レベルの低い闘いではふたつの要素で勝敗が決まることを学んだ——大きさと意志だ。レイはおれより十五センチほど背が高かったが、体重はおれのほうが十五キロほど上だった。そして意志の面ではおれのほうがはるかに勝《まさ》っていた。レイはたんに闘いたいだけだった。

おれは彼を殺したかった。

そのことを自分で認められない時期もあった。あらゆる理屈をこねくりまわして、あの日の行動を合理的に説明しようとした。怒りに完全に呑みこまれる人間であることを認めたくなかったのだと思う。いまは自分の怒りをあるがままに認識している——才能のひとつだ。

今日《こんにち》なら、まわりのみんなはおそらく携帯電話を取り出して、その手の騒ぎを口コミで拡散するサイトに動画を投稿するだろう。しかし当時はただ囃《はや》し立てるだけだった。バスのなかにはレイのひりつくような怒りを感じた生徒たちもいて、レイがその怒りの薬を服用して行動するのを静観する構えだった。

おれは拳を彼の口にぶち当て、その勢いで彼の薄い唇が安手のパンティストッキングみたいに裂けたのを感じた。レイの歯がおれの拳にめりこみ、ついにぐらついて折れた。残った歯茎に拳を何度も何度も打ちこむあいだ、ずっと耳鳴りがしていた。ティムとリッチーがおれの頭や首を殴りはじめた。打撃は感じたが、そんなことでおれは止められなかった。レイの鷲鼻を正面から殴りつけると、鼻がおみくじ入りクッキーのようにパキッと折れた。レイの両手は酔ったスズメみたいにおれの顔の横でひらひらしていた。おれの攻撃が速すぎてうろたえ、それでもなんとか身を守ろうとしているのが哀れだった。

ぐしゃぐしゃになったレイの口から、どろっとしたものが垂れはじめた。おれはまた殴った。自分のシャツのボタンのあいだに血が飛び散った。ティムとリッチーはおれを殴るのはあきらめ、レイから引き離そうとした。おれの両手は真っ赤だった。レイは喉に泥が詰まったような苦しげな音を立てていたが、激しく咳きこんで血の泡を吐いた。右眉のまわりに緋色の象形文字が描かれていた。また咳をすると、今度は裂けた唇のあいだからピンク色の歯が一本飛び出した。レイは両手をだらりと下げて、動かなくなった。

おれは彼を殴り殺しかけていた。それでもいいと思っていた。

レイの命を救ったのはラヒームだった。彼はティムとリッチーに加勢して、おれをレイの体から引き離した。おれたちはひと塊になって、通路を挟んだいちばんうしろの席に倒れかかった。マギー・ハルが悲鳴をあげて飛びのき、おれたちは床に崩れ落ちた。

「ネイト、死んだぞ!」ラヒームがおれの耳元で叫んだ。気づくと、おれはわめいていた。どこか胸の奥から湧き出る乾いたうつろな叫びだった。おれはようやくもがくのをやめた。バスのなかは、しんとしていた。運転手はバスを路肩に停めていたが、割りこむ勇気はなかったようだ。

もちろんレイは死んでいなかった。前歯三本は差し歯になった。十六針縫う怪我をして、鼻も折れていた。おれは二週間の停学になった。それは冬休みが終わった直後から始まり、おれは家のレストランで働いて追放の日々をすごした。その二週間、親父は冷たかった。眼が合うたびに彼の落胆が痛いほど感じられ、平手打ちをくらった気がした。

停学期間の終わり近く、床に四つん這いになってワイヤーブラシと固い決意でオーブンを掃除していると、おふくろが厨房に入ってきて、おれの肩を叩いた。

「ネイサン、ちょっと手を休めて」彼女は言った。おれはおふくろのやさしい思いやりに無言で感謝し、立ち上がって顔の汗をぬぐった。とたんに額に油汚れが出陣化粧さながら広がったのがわかった。おふくろはきれいな布巾を取って、それをふいてくれた。

　そして布巾をカウンターに置くと、流しで手を洗い、エプロンでふいた。またすぐまえまで来て、おれの額に垂れた髪をうしろにやった。ダークチョコレート色の顔に小さな笑みが浮かんだ。

「まだ炭坑夫みたいな顔ね」彼女は言った。おれは肩をすくめた。

「父さんはぼくが炭鉱に埋もれてもいいって態度だね」おれはつぶやいた。おふくろの笑みが消えた。彼女はちょっと眼をつぶり、首を振って、また開けた。

「ネイサン、お父さんの態度が厳しいのはわかってる。でもそれはただ、あなたにできるだけ立派な人間になってもらいたいからよ。暴力はわたしたちが立派な人間になることを妨げる。お父さんはそう思ってる。ずっと昔からね。あなたのお父さんは、わたしがこれまで会ったなかでいちばんまわりに親切で、愛すべき人よ。どんな人のなかにもいいところを見つける。でも、背中にボトルでおしっこをかけてくるような人のいいところを見つけるのはむずかしい。それはわかるわ」ひどく疲れたような声だった。おふくろはエプロンでまたおれの顔の汚れをふいた。

「わたしはあなたに喧嘩をしてほしくない、ネイサン。わざと相手に立ち向かうようなことも。でも、あなたが黒人として生きていくかぎり、あのカーペンター少年みたいな人と出会うことは避けられない。それと、肝に銘じておいて、わたしたちがあなたをどう見てようと、世間はあなたを黒人と見なす。そのこと自体は別に悪くないの。問題は、その見方にもとづいて世間があなたをどう扱うか。いい、お父さんが暴力が答えにならないと言うのは、わたしにもわかる。でも、生きていくにはそれが唯一の選択肢になることもある。フェアじゃないけど、そもそも現実の世界はフェアじゃないから。お母さん思ったの……そのことをあなたにしっかり伝えるべきだったのに伝えてなかったって。たぶんお父さんもお母さんも、あなたを肌の色に関係なく育てれば、世間もあなたをそういうふうに扱ってくれると思ってたのね。でもそれは思い上がりだった」おふくろは言った。頬に涙が流れていた。

「泣かないで、母さん」おれは小声で言った。親父が泣くのは何度も見ていた。感情を揺さぶる長距離電話のテレビCMを見たときにも、ドラマの『ブライアンズ・ソング』の最後の曲を聴いたときにも。けれど、おふくろの涙はめったに見たことがなかった。彼女は両手で顔をぬぐい、おれをきつく抱きしめた。

「シーッ、泣いてないわよ、ネイサン。眼から水が出ただけ」彼女は言った。おれはつい笑ってしまった。

レイ・カーペンターは店からこそこそと出ていった。おれは買うものをカウンターに置き、レイが車高を上げたトラックに飛び乗るのをじっと見た。噛み煙草の巨大な塊を頬に詰めこんでいる。真珠っぽい色艶の差し歯が台なしになってもかまわないと思っているのだろう。

これだけ年月がたったいま、やつがおれに言ったりやったりしたひどいことは水に流したと言ってもよかった。ふたりとも年を重ね、利口になって、おれはもうあいつに恨みなど抱いていないと。

だが、それは嘘だった。いまだにレイ・カーペンターには耐えられない。それが真実だった。借りてきたラバみたいにおれに殴られたことを思い出して、やつが釣り銭を取り忘れたとしても、まったく気にならない。クソ一瞬たりとも。彼が死ななくてよかったか？まあな。自分がしたことを後悔しているか？　いや、まったく。レイのような人間は変わらない。この命を賭けてもいいが、狩猟クラブにはいまも彼が容赦なくいびる相手がいる。職場には彼が裏でからかう女性がいる。おれが叩きのめしたところで、レイはましな人間にはならなかった。ましなろくでなしになっただけだ。微妙な加減は学んだが、謙虚さは学ばなかった。もし親父が生きていて、チェスをしながらいつもの深い哲学的な会話をしているとしたら、暴力の不毛な性質について嘆くところだ。おれもそこは同意する。だが一方で、苦労して得た知恵もある。世のあらゆるヴィクター・カラーやレイ・カーペンターから学んだ教訓だ。単語四つにまとめられる単純明快な哲学。

挑発して《トーク・シット》、血を吐け《スピット・ブラッド》。

ＹＭＣＡの駐車場にベティを駐め、ほぼ満車の場内の車のあいだを縫って歩いた。ウェイトリフティングのベンチで二百二十五ポンドを十二回持ち上げた。少し休憩して、また十二回やった。最高でどこまでいけるのかはわからないが、どうでもいい。サッカーママや高齢のやもめの見物人を感心させるためにやっているのではない。スタミナと忍耐力のためだ。

殴り合いでは、どっちが最初のパンチをくり出すかは重要ではない。最後にパンチを出せればいいのだ。おれはまた十二回持ち上げ、ウェイトを片づけて、デッドリフトに移動した。三百五十ポンドを八回持ち上げ、休憩した。両脚と胸全体にピリピリするなじみの感覚が生じた。筋繊維が裂けて修復している。それがウェイトを使ったワークアウトで起きることだ。築くには一度壊さなければならない。サンドバッグに移っていくらか打ったところで、サンドラ・ギルクリストがジムに入ってくるのが見えた。おれはよくサンディと呼んでいるが、クイーンズ郡保安官事務所にもうひとりだけいる女性職員だ。ルース・アンとちがって、サンディは警邏《けいら》に出る。

彼女はすらりと背が高く、長い脚はエッシャーのだまし絵の階段のようにいつまでも続きそうだ。ヒマワリ色のブロンドの髪をきつくポニーテールに結んで背中に垂らしている。脚の長さを強調する黒いタイツをはき、ピンクのタンクトップの下に青いスポーツブラという恰好だった。腰を曲げ、両足の踵に触れると、ポニーテールが肩からすべり落ちて、繊細なバラのタトゥーがあらわになった。あのタトゥーにキスをし、あの脚の力を自分の腰のまわりに感じた時期があった。だがおれはその最中に「ヘザー」とまちがった名前をつぶやき、ロデオの馬から落とされるカウボーイみたいに突き飛ばされた。三年前のことだ。いまも町でときどきすれちがうが、彼女は好意をこめながらも冷たい。そんな彼女を責める資格はおれにはなかった。

サンディがラテラル・プルダウンのバーをつかもうとしているとき、おれは近づいて肩を叩いた。彼女の大きな青い眼がすばやくおれの全身を見た。そこに思い出がちらっとよぎった気がした。おれは少し汗をかき、力がみなぎって、二頭筋でシャツの袖がはち切れそうだった。もしかすると、雄っぽいにおいが彼女を過去に連れ戻したのかもしれない。当時おれたちは互いに満足のいく猛烈なセックスをしていた。

「ネイト、もっと筋肉を盛ろうとしてるの？」サンディが訊いた。

「いや、たんに気の利いたおしゃべりをするために来た」おれは言った。褒美の笑みが返ってきた。

「今朝、事務所に立ち寄ってヴィクターを怒らせたそうね」

「なんと。耳が早いな。ポニー・エクスプレス（一八六〇年代にアメリカの東海岸と西海岸をつないだ馬のリレー方式による郵便速達サービス）でメッセージを受け取ったのか？」

「あなたが帰ったすぐあとで、ルース・アンが無線で知らせてくれたの。わたしはシフトを終えるところだった。また彼を窓から放り出すんじゃないかと思ったって。むしろそうなればよかったかもと答えといた」サンディもヴィクターを嫌っているが、おれとはまったく別の理由からだった。ヴィクターは結婚しているにもかかわらず、サンディが入所してからずっと彼女につきまとっているのだ。おれと彼女のことを知ったら、怒りのあまりブラックホールを生み出して、みずから飛びこむにちがいない。おれはラットマシンのひんやりしたステンレススチールのビームにもたれかかった。

「おいおい、ヴィクターはそう悪いやつじゃないよ。あの態度と無能さと全般的な法律無視を考慮しなきゃ、たんに傍迷惑なケツの穴だ」と言うと、彼女は笑った。グッとくる笑い声だった。

「ところで、どうして事務所へ？」サンディはバーを首のうしろに引き下げながら言った。おれは彼女の日焼けした肌の下で僧帽筋が動くのを見た。

「イーソー・ワトキンスの事件の捜査がどんな状況か確かめにね。教会の信者の女性たちが心配してる」おれは言った。保安官事務所に対する自分の感情を説明する必要はなかった。

「どうなってるか、わたしも知らないわ。最初に現場に行ったのはヴィクターよ。彼は強盗の手ちがいでああなったと確信してる」サンディは深呼吸の合間に言った。

「きみはそれほど確信してないようだな」おれは言った。彼女はバーを放し、おれを見上げた。

「だって……家捜しされたというより、ものがちょっと乱れてたくらいだったから。ソファが動いて、カーペットに昔の置き跡がついてたり、本棚の本が何冊か飛び出してたり。わかるでしょ？　ほかの本はきちんと並んでるのに。無理やり家に侵入した形跡もなかった。テレビもそのまま。ワトキンスの財布もズボンのうしろのポケットに残っていて、現金約三百ドルとデビットカードが入ってた。殺人の凶器もない。なんというか……どうなんでしょうね。ヴィクターと保安官が捜査を仕切ってるから。まあいいけど。わたしは相変わらず優遇されすぎた使い走りだと思われてる」彼女はまたバーをつかんだ。

「誰からの通報だった?」

「〈タイソン・ガス〉のドゥエイン・ヘンプヒル。あの火曜日、月一回の配達に行ってドアが開いてることに気づいたの。なかに入って死体を見つけて通報した」サンディは言った。

「手がかりは?」

サンディは首を振った。「まわりにはわからない。保安官とヴィクターだけが知ってることよ。というか、ヴィクターひとりね。ノンストップで捜査中と本人は言ってるけど。わたしに言わせれば、そのことばを信じるのはサンタクロースの存在を信じるようなもの」

「え、サンタクロースはいない? だとしたら、おれがこれまで書いてきた手紙は誰が読んでる?」おれは訊いた。彼女はまた笑ったが、すぐその顔に黒い雲がかかった気がした。

「わたしは彼らがあなたの両親にしたことは正しくなかったと思ってる。それを知っておいてほしい」サンディは言った。両親に起きたことは誰もが知っているから、みんな何か言わなければと感じるようだが、保安官事務所のなかであれ外であれ、サンディは本当に心を痛めているとおれが感じる数少ないひとりだった。

「わかってる。そろそろワークアウトの邪魔はやめないとな。ところで、今晩はどうしてる？」おれは訊いた。彼女のいつもの氷のような態度がだいぶ解けかかっているように思えたのだ。ここはひと押ししないと。

「だめよ、ネイト」サンディは首を振りながら言った。

「まだおれに怒ってる？」がっかりして言った。

「いいえ、ぜんぜん。でも、あなたは落ち着くタイプじゃないでしょ。わたしはいま人生で落ち着く段階に入ってる。あなたのことは好きよ、ネイト。本当に。でも、わたしはもう誰かのセックスフレンドになるには歳をとりすぎたみたい」サンディは言った。悲しげな声だった。彼女の気持ちはよくわかった。あの別れ方について、おれは何度心のなかで自分の尻を蹴りつけたことか。おれたちの関係はよかった。それはベッドのなかだけではない。サンディはただの美人ではなく、いい人だった。そのふたつがそろうのは珍しい。

「わかった。気にしないでくれ、サンディ」おれは言った。

「あなたもね、ネイト」彼女はまたバーを握った。

おれはそれから十五分ほどサンドバッグを打ち、シャワーを浴びて、葬儀社に戻った。ウォルトはもういなかったが、おれのシャワー中にショートメッセージをよこして、誰かが善き牧師の服を届けにくるということだったので、おれはその誰かが現われるまで待たなきゃいけなかった。早くハロルド・モンタギューと話したかったのだが。彼と話せば、イーソーの死にまつわる疑問の多くが解ける気がしていた。

ハロルド・〝フェラ〟・モンタギューは、クイーン郡でギャングになりたがっている男だった。といっても、ずぶ濡れの服のポケットに岩《ロック》――コカインの〝ロック〟ではなくふつうの岩――を詰めこんでも、体重はせいぜい七十キロ。友人たちが〝フェラ〟と呼ぶのは、彼が映画の『グッドフェローズ』（原題はGoodfellas）に取り憑かれているからだった。どこかのマフィア映画通のように、そのあらゆる場面を憶えていて引用することができる。おれより肌の色が多少濃く、髪は鋤《すき》で耕したくなるくらい汚らしいコーンロウだ。イングランド地図にも見えそうなまだらの山羊ひげを生やしている。生まれ育った場所はおれの家から十五キロも離れていないのに、大げさなニューヨーク訛りで話し、麻薬王ニッキー・バーンズをめざしているのにスナイデリー・ウィップラッシュ（テレビアニメのキャラクター）みたいなチンピラだった。

おれは古いトラヴィス・マッギー・シリーズの一冊を手にロビーに坐り、服が届くのを待った。そのあとフェラと話しに行くつもりだった。『ロンリー・シルバー・レイン』を半分まで読んだとき、ドアベルが鳴った。

セレブの登場。かの有名なキャット・ノワールご本人だった。

「吸血チュパカブラとネス湖の怪獣がダブルダッチで遊ぶところを見ないうちに、きみとここでまた会えるとは思わなかった」おれはドアを開けながら言った。この日の彼女は少しおとなしめの衣装だった。ヒップの形がよくわかるブルージーンズをはき、黒いニットのセーターの網目から黒いブラが内気な子犬のようにこっちをうかがっている。ブロンドの巻き毛はヘアバンドでうしろにまとめている。とはいえ、新しい装いも彼女のセクシーさをまったく隠していなかった。

「来るつもりはなかったの。保安官事務所でパパの鍵やら何やら渡されたんだけど、教会の女の人から電話があって、ここでパパに着させる服が必要だって。鍵はわたしが持ってるし、ここにも近かったから、何着か持っていってくれないかと言われてね」彼女はおれにガーメントバッグを差し出した。服三着分のハンガーのフックが外に出ていて、バッグには高級衣料店の名前が入っていた。

「なのにわざわざ店に出かけて買ってきたのか？」おれは訊いた。リサは歯のあいだから短く息を吸った。右足はスタッカートで地面を叩いていた。

「家には行きたくなかったの。だから買ったのよ。それでいい？」

「サンドレスや女性用の下着でないならね。あ、けどもちろん、彼がそういう恰好で埋葬されたかったのならそれでもかまわない」おれは言った。リサは顔にのぼりそうになった笑みをこらえていたが、ついに負けて口元に手をやった。ポルノスターにしてはしとやかな仕種に思えた。

「可笑しな人」彼女は言った。数秒がすぎた。ぎこちない沈黙ではなく、期待に満ちていた。おれは彼女の体から眼を引きはがしたが、彼女の眼を見つめるのも同じくらい危険だった。ようやくリサが呪縛を解いた。

「じゃあ、いいわね?」彼女は訊いた。

「ああ、いいとも、もちろん。これで完了だ」

リサは背を向け、ドアに向かった。が、ドアのまえで止まると、くるりと振り返った。

「昨日だけど、じつはあなたのことは憶えてた。ティト・ララミーとジョー・シェールがいじめてた片眼の悪い子を助けてやったでしょ。あの日あなたはティトをボコボコにした」彼女は言った。「高校を出たあとどうしてたの、ミスター・ウェイメイカー?」

「そりゃ決まってるだろ。世界じゅうを旅してた。あちこち爆破して、爆破された」おれは言った。彼女のうつろな表情から、ジョークが空振りだったことがわかった。

「海兵隊に入ったんだ。十年勤めて帰ってきた。きみは?」保安官事務所で働いたことと、両親のことは言わないでおいた。

「知らないの?」彼女は訊いた。おれはそこで嘘をついてもよかった。ばれる怖れはなかったが、彼女とはいい関係ができていると感じていた。たとえ一時的であれ。

「なんとなく噂を耳にしたことはあるけど、噂は誰にでもある。クリス・アーティメイダーはオレゴン州でカルト指導者になったって噂だったが、それはまちがいで、いまはランカスターの銀行で働いてる。しばらくワシントン州のコミューンに住んでただけだった。ミスティ・グリーンは知事の補佐官になったと聞いたけど、それもまちがいで、知事公邸の厨房で働いてるだけだった。おれ自身が政府に殺し屋として雇われたという噂すら聞いたよ。ちなみにそれは事実だ」おれは言った。

「じゃあ、わたしについてはどんな噂を聞いた?」彼女は笑いがおさまったあとで訊いた。

おれはガーメントバッグを左手から右手に持ち替えた。

「成人向けの芸術映画を作っていると」

リサはゆっくりと手を叩いた。「うまい言い方。おかげで多少は立派な職業に聞こえる。わたしはポルノをやるのよ、うぶな人。恥ずかしいとは思ってない。ロサンジェルスに素敵なコンドミニアムを持ってるし、あのレクサスはレンタカーだけど、あっちに帰ればBMWに乗ってる。今年じゅうに初めて映画の監督もする。これまでにも、自分の出る場面を何度か監督したことがあるの。もともとの監督が三日連続のコーク・パーティで使い物にならなかったときとか。昨日はあなたに失礼な態度だったわね。ごめんなさい。わたしとアンナ・イミニャがディルドでからむ場面で何回抜いたか話したがる田舎者はもうたくさんだったから。いや、料金を払って抜いてもらうのはいいのよ。でもガソリンを入れてるときとか、葬式の相談をしてるときにそんなこと言われなくてもいいでしょ。不思議よね。わたし、この町がどんなに遅れてるか忘れてた。LAでポルノをやると言ったら、どこのスタジオって訊かれる。でもここで同じことを言ったら、スーパーの駐車場でやりたがるか、わたしの額に聖油を塗って魂からファック・デーモンを追い払いたがるかよ。その両方かも。同時に」

「ファック・デーモン？　その悪魔祓いはすごく骨が折れそうだ。牧師は終わったあとで倦怠感とともに一服するのか？」

「高校時代、あなたがこんなにおもしろい人だとは思わなかった」彼女が言った。

「おれも高校時代、きみがこんなにすばらしいおっぱいだとは思わなかった」

「金で買える最高のひと組。生理食塩水の豊胸だからそんなに固くないし、ずっしりって感じでもない」

「たぶんそうなんだろうな」おれは言った。また心地よい沈黙が流れた。この先どうなるのかわからないが、うめき声と汗かきにつながるのではという期待が持てた。ポルノ女優とはぜったい寝ないと言い張る男が一部にいるが、彼らが嘘つきであることは科学的に証明されている。

「さて、もう行かなきゃ」彼女は言った。

「ああ、おれも仕事だ。見てのとおり葬儀屋は忙しくてね」また沈黙。ふたりで葬儀屋というより図書館にいるかのようだった。おれはガーメントバッグをまた左手に戻した。

「このへんにお酒が飲めるいい場所はある？　わたしが町を出たときには〈コーヴ〉はバイカーのたまり場で、〈セイラーズ〉は朝食用のダイナーだったけど」

「〈コーヴ〉はかなりしゃれた店になってる。バイカーが〈セイラーズ〉に移って、所有者が地元育ちのヒップスターに代わったからな。パチョリ油（ハーブの一種であるパチョリの精油。一九六〇年代のヒッピーに人気を博した）のにおいに耐えられるなら、悪くない場所だ」おれは言った。

「その人たちはどっち？　ヒッピー、それともヒップスター？」彼女は訊いた。今度はおれが笑う番だった。

「酒を売ってくれるかぎり、どっちでもいいさ」

「わかった。じゃあ、またあとで」

「ああ。葬儀で」おれは言った。

「そのまえに会ってもいいけど。部屋でじっとしてるのはもううんざりなの。でも橋の向こうまで行こうとは思わないし。あとで〈コーヴ〉をのぞくつもり」彼女は言った。おれは頭のなかで破裂している興奮の風船が外に見えていないことを祈った。もしかして、そこそこ有名なアダルト女優からデートに誘われてるのか？

「そうか。片づけなきゃいけないことがあるけど、そのあとなら行けるかな。十時ごろとか」

リサはうなずいた。「オーケイ。じゃあ、あそこで会いましょう、ミスター・ウェイメイカー。ところでこれ、変わった名前じゃない？」彼女は訊いた。おれは大きく息を吸った。

「親父はゴードン・ペンという名前だったけど、平和を愛する社会活動家だったから、〝ウェイメイカー〟（人々のために道を造るという意）に変えたんだ。〝名前を選び、その人生を生きる〟とよく言ってたよ」

「いい人みたい」

「いい人だった」おれは言った。リサはきれいに手入れした指を髪に通した。

「ごめんなさい、知らなかった。わたしのママは九七年に亡くなって、そのあとすぐわたしは町を出たの」リサが自分の思い出を語っているのか、おれの親父のことを知らなかった理由を説明しているのか、わからなかった。おれは、まあいいというふうに手を振った。

「気にすんな。〈コーヴ〉に行ったら、お互いラムのコーク割りで悲劇を比べ合おう」

「オーケイ、じゃあまた」

「ああ」おれは言った。彼女は唇をなめ、背を向けて出ていった。その瞬間、ふたりにかかっていた魔法が解けた。それでもあとで〈コーヴ〉には行ってみるが、リサが来るとは思えなかった。いつもおれの上にある黒い気ふさぎの雲がいきなりおりてきて、この小さなピクニックを台なしにしていた。おれの予感はまちがっているのかもしれない。であればいいけど。リサに好感を持っていたし、それは豊胸術のせいだけではない。ただ、彼女の言ったあることが気になっていた。保安官が彼女にイーソーの鍵を渡したことだ。

それは殺人や自殺のときの手順に反している。

故人の所有物はすべて遺体といっしょに監察医務局に送られなければならないのだ。つまり、おれが牧師を引き取りに行ったとき、鍵はそこにあるべきだった。

驚きだな。クイーン郡保安官事務所の不適切な手続き？　驚きで顔色が変わる。

おれはガーメントバッグを支度室にかけた。ゴルフシャツを脱ぎ、別の黒いTシャツを着て黒いデニムの上着をはおり、店じまいした。鍵についてはまたあとで考えよう。とりあえずグッド〝フェラ〟に会わなきゃならない

第11章

アップル・ヒル・トレーラーパークはクイーン郡の北の端にあった。おれの生まれ故郷は幅十五キロ、長さ百キロの細長い土地で、明確にふたつの地域に分かれている。郡北部と郡南部だ。貧しい白人と黒人は、風景のなかにトレーラーパークや古くからの農場、平屋のショットガン・ハウスが点在する北部に住んでいる。南に下ると、裕福なヴァンデケラム家やホスター家やリックソン家が、壮麗な邸宅か美しく造成された高級住宅地に住んでいる。それらは最近ブルドーザーが掘り起こした土地から完成形で飛び出してきたかのように真新しい。郡庁舎とウォルトの葬儀社は郡のなかほどだ。白人向けの葬儀社は昔から揺るぎなく郡南部に存在している。葬儀関連のビジネスでは、いまもアメリカで唯一、堂々と人種隔離が認められている。異人種婚や人種が交じった赤ん坊、白人のヒップホップ歌手や黒人のロック歌手——みんな自由だが、死んだときに誰の手で埋葬されるかについては、肌に含まれるメラニンの量がものを言うのだ。

おれはベティをゆったりと走らせ、アップル・ヒル・トレーラーパークを二分する主要道路に不規則に設けられたスピードバンプを越えていった。この〝アップル〟が腐っていることは、まわりをひと目見ればわかる。どの区画にも壊れたトラックや車が駐まり、薄汚い芝生の装飾品や子供の中古のおもちゃがあふれている。フェラのトリプルワイドの移動住宅は、最後の区画だった。家庭内暴力、酔っ払いの喧嘩、窃盗――〝アップル〟ではなんでもありだ。住人たちの苦痛と絶望が彼らの指のあいだからこぼれ出しているかのようだった。

おれには想像もつかない理由から、フェラのトレーラーハウスはゲロの緑色に塗られ、紫のシャッターがついていた。たびたび強制捜査を受けるのも無理はない。容疑は麻薬ではなく、上品な趣味に対する犯罪なのだろう。正面の短いドライブウェイにホンダの赤いアコードが駐まっていた。車高が低すぎて、下を通るアリも膝をつかなければいけないほどだった。ほかに車は見当たらない。いいことだ。おれは路肩にベティを駐め、車から出てフェラの家のドアを叩いた。

ドアに近づく足音が聞こえ、トレーラーが軋んだ。ドアのまんなかにある五角形の窓から、フェラの鷹っぽい顔がのぞいた。その眼がクマネズミのように左右をすばやく見た。彼はドアをほんのわずか開け、おれを睨んだ。ドア枠が一部裂けて削れていた。昔はチェーンロックがついていたのかもしれない。

「なんだよ、いったい」フェラが言った。この夜の声は少し南部寄りだった。ニューヨーク訛りは朝一回しか練習していなかったのかもしれない。

「やあ。おれがわかるな？　ネイサン・ウェイメイカーだ。あることで話がしたくて来た」

「ああ、わかるとも。元警官だろ。さっさと消えろ」彼はドアを閉めかけた。おれは手を突っこんで動きを止めた。

「ワトキンス牧師のことは聞いたか？」と訊いた。

「ああ。あのニッガ、死んだんだってな。おれには関係ない」

「教会の人たちが謝礼金を出すそうだ。牧師に起きたことについて誰でも何か情報を提供すれば、順番にその謝礼がもらえる。わかるか？　おれは彼らに頼まれていろいろ訊いてまわってる。町にどんな噂が流れてるか」嘘は五分の一しか混じっていなかった。

「そうか。けどおれは関係ないぜ。わかったらさっさと帰れ」彼は言った。

「関係あると思うがな。おまえは一週間おきに献金皿に一万ドル入れてるだろう」おれは言った。フェラは一瞬、眼を見開き、ドアに体重をかけて閉めようとした。おれも体重をかけて押し返した。百二十キロ対六十五キロだ。話にならない。フェラはうしろによろめき、小さなケツで床に尻餅をついた。おれはトレーラーのなかに入り、ドアを閉めた。

「おい、なんのつもりだ？　勝手に他人《ひと》の家に入りやがって」フェラは叫んだ。殺すぞと脅すような声だったが、眼は慈悲を求めていた。おれはドアにもたれた。

「呼びたきゃ警察を呼べ」おれは言った。彼は答えなかった。その代わりに立って、スウェットパンツについた埃を払い、ぼろぼろになって肘掛けにダクトテープが貼ってある革のリクライニングチェアにどさっと腰をおろした。

急に宗教熱心になったことについてフェラに訊こうとしたとき、また別の足音が聞こえた。寝室につながる廊下から女性の軽やかな声がした。

「フェラ、どうしたの？　早く家まで送ってよ」声が言い、若い娘がリビングルームに入ってきた。古いラン・ディーエムシーのTシャツだけを着て、ピクシーカットの髪が奇妙なコルク栓抜きのように頭からつんつん飛び出していた。歩くと、バタースコッチ色の両脚が互いに挨拶し合った。

「ネイサン？　こんなところでなんなの？」彼女はおれを見て言った。

「タニーシャ、きみこそこんなところで何してる？　こいつと？　こいつをちゃんと見たことあるのか？」おれは言った。タニーシャ・ゴメスは〈コーヴ〉で働くウェイトレスのひとりだった。二十一歳は超えていないだろう。どんなに上に見積もっても二十四だ。フェラはおれより年上だから、四十すぎ。「おい、どういう意味だよ」フェラが言った。すばらしい。ひとつの部屋に男ふたりと女ひとり。彼の血管でテストステロンが煮え立っているのが見えそうだった。

「おいおい、フェラ、おまえは彼女の父親と言ったっていいくらいの歳だろう」おれが言うと、彼はニヤリとした。この馬鹿はいまも歯にプラチナのグリルズをつけているのか？ たぶんつけている。

「ああ、おれは彼女のダディだよ」彼は言った。タニーシャは赤面した。おれはフェラを無視した。

「タニーシャ、きみは大人だから好きなことをすればいい。だが、このあほうは育ちすぎたドブネズミみたいなもんだぞ。それに、こいつがやってることにはかかわらないほうがいい」こうして罵倒すればフェラはおれの質問に答えなくなると思ったが、言うべきことは言わなきゃならない。タニーシャは聖人ではないにしても、わざわざ歩く汚物とつき合う必要はない。フェラはぱっと立ち上がっておれに顔を突きつけた。彼の背があと五センチ高かったら、鼻と鼻がぶつかるところだった。

「なんだと、ニッガ？ のこのこやってきて、おれやこの家を見下しやがって、ただで帰れると思うなよ」

おれはトレーラーのなかをぐるりと見まわした。壁のパネルは割れてたわんでいる。ゴミ箱からビールの空き壜があふれている。かつて白かったカーペットには煙草の焦げ跡がつき、茶色の染みはチョコレートかクソだろう。よれよれのソファ二脚は、その上でカバが豚をファックしたように見えた。

「フェラ、おれの眼には、おまえの家は見下すものだらけに見えるがな。さあほら、おれが嘘を言ってないことはわかるだろ。おまえはこの件にどっぷり浸かってる。そしておれが知ってるだけでも二回、長い服役を務めてる。おまえがニュー・ホープの献金皿にのせる金で何をしてるのか知らないが、この娘《こ》を引きこむ必要はないよな」おれは言った。フェラは眼を細めた。

「タニーシャ、ちょっとだけはずしてくれ」彼は言った。タニーシャは肩を落とした。

「じゃあね、ネイト」背を向けて廊下を歩いていく彼女の首のうしろに、長く赤い痣が四つついているのが見えた。指がめりこんだときにできるような痣だ。おれのなかで何かが動きはじめた。

「おまえは自分が何に首を突っこんでるのかわかってない」フェラが上唇をそらせて言った。本人としてはドスを利かせて脅しているつもりだろう。

「おれが知ってることを教えてやる。おまえは教会に熱心にかよう人間じゃなかったのに、このところニュー・ホープにかよいつめてる。ここ半年は月に二回、一万ドルを献金している。献金皿に五千、十分の一税で五千だ。どこでそんな金を手に入れてる、フェラ？　というのも、お互いわかってるように、おまえは世界最低のギャングだからだ。眼の見えないピットブルまで飼ってんだろ。トミー・デヴィート（『グッドフェローズ』に登場するギャング）も恥ずかしく思うだろうよ。そのうえ、おまえがたまたま大金を渡しつづけてる教会の牧師が死体で発見された」おれは言った。フェラの息がおれにかかった。まちがいなく安いマリファナとMD20／20ワイン（安価でアルコール濃度が高いワインのブランド）のにおいがした。

「だから？」フェラが言った。

「だから？　だからおれは探ってる、どういうことなのか」おれは言った。フェラはさらに一歩おれに近づいた。爪先立ちすればキスできるくらいまで。

「放っとかないとクソ痛い目に遭うぜ。おまえを生で食っちまうようなものを弄ぶな、このクソ」彼は低くうなるような声で言った。

　おれはゆっくりと首を左右に向けた。「誰に話しかけてるんだ？　おれじゃないもんな。おまえのことを怖がれと、フェラ？　おまえは大量のマリファナといっしょに逮捕されて、おれのパトカーの後部座席で泣いた男じゃないのか？　ひとつ言っとく。おまえはハードじゃない、兄弟。コーンプディングを山ほど食ったあとで便器に落ちるクソのほうがまだ固いくらいだ」おれは言った。壊れやすい檻からおれの癇癪《かんしゃく》が飛び出そうとしていた。

「勝手にやってろ。しまいにおまえの両親みたいになるからな」フェラが言った。

檻が開いた。

おれはフェラが嫌いだった。彼がおれたちの町でしていることも。タニーシャ・ゴメスといっしょにしていること、彼女に対してしていることも気に入らなかった。おれの両親について言ったことはもちろん。自制心がヘビのようにぬるっと指の間からすり抜けていった。

おれは微笑んだ。両手は上着のポケットのなかだった。左膝を上げた。それがフェラの玉袋を直撃した。フェラは犬みたいに鋭く甲高い鳴き声をあげ、苦痛に体をふたつ折りにした。おれは左手で彼の左腕をつかんで体を引き寄せ、金玉にまた左膝を叩きこんだ。そしてリクライニングチェアにまた坐らせると、片手で彼の喉を、もう一方の手で手首をつかんだ。

「イーソーと何をしてたか話せ。話さないなら、この手首をスティックパンみたいに折る。おれはもう警官じゃないからな、フェラ、懲戒処分は心配しなくていい。手首を折ったあとは、ジョージ・ジェファーソン（豪華な生活を夢見るコメディドラマ『ザ・ジェファーソンズ』の主人公。テーマ曲は『ムーヴィン・オン・アップ』）みたいにだんだん上がっていく、肩までな。だからいま話すか、叫ぶかだ」おれはフェラの右の掌を握って手首から思いきり左にひねった。フェラは痛みにヒーッと叫んだ。

廊下を急いで近づいてくる足音が聞こえた。視界の隅にタニーシャが入ってきた。野球の木製バットを振り上げて、おれの右腕に打ちつけようとしたが、直前におれはフェラを解放して右側に飛びのいた。バットはおれの腕をかすめてフェラの鼻に命中した。真紅のリボンのような鼻血が彼の口から顎に流れた。フェラは両手を鼻に当ててうめいた。

「ああ、ベイビー、ごめんなさい！　ごめんなさい、ベイビー！」タニーシャがバットを落として椅子の横にひざまずき、弱々しく泣いた。

「タニーシャ、ここにこいつといなくてもいい。おれと帰ろう。怖い思いをする必要はないんだ」おれはできるだけ穏やかに言った。

「怖い思い？　どうしてわたしが彼を怖がるの？　恋人なのに！　わたし彼を愛してる！」彼女はフェラの鼻をなんとか手当てしようとしながら、振り返って叫んだ。

「首に痣がついてる。わかってるぞ、首を絞められたんだろ」おれは言った。タニーシャはため息をついた。

「乱暴なのが好きなのよ、ネイサン。わかるでしょ。いいから出てって！」また叫んだ。

おれはあとずさりして、最後までふたりから眼を離さず、トレーラーから出た。

葬儀社に戻ると、トラックを駐め、自分の部屋にまっすぐ向かった。部屋で本を取り、ベッドに寝そべった。まだ七時だった。〈コーヴ〉に行くまで時間をつぶさなきゃいけない。やはりリサがいるとは思えなかったが、思いちがいをしたことはまえにもある。フェラについて考えた。フェラはタニーシャがいるところで献金について話したがらず、おれがその話題を出すたびに車のヘッドライトに照らされた鹿みたいな顔をしていた。膝で彼の金玉を喉まで蹴り上げようとしたことを、おれの頭のなかの声が非難した。おれはその声に、あいつはそういうことをされてもしかたない、さっさと失せるがよろしいと丁寧に言い返した。声は、おれが金を支払われているのは情報を探るためであって、誰かの性器の整形をするためではないと思い出させた。

明日はジョーンズ執事と話すつもりだった。何が起きても癇癪は起こさないぞと自分に誓った。歳とった元執事を殴りたくはない。そんなことをしたら、人生のカルマの貯金が大幅にマイナスになってしまう。

第12章

〈コーヴ〉ではバンドがライブ演奏をしていて、おれが行ったときには人でごった返していた。ラヒームにメッセージを送ったのだが、彼は例のもうひとりの花嫁付添人といっしょにすごしていた（と、おれのばあちゃんなら言うだろう）。だから今夜はひとりだ。店内にはビールと汗のにおいが濃く漂っていた。バンドは大音響で『ホット・イン・ヒア』のロック・バージョンを演奏し、人々はラヴクラフトの小説世界に出てくる巨大な頭足動物のように踊り、渦巻いていた。バンドのリズムセクションが、ダンスフロアで波のようにうねるその生物の心臓部だ。おれも年上の白人女性ふたりの横をすり抜けたときに手を引かれ、その波に呑みこまれそうになった。

カウンターの席につくと、パートタイムのバーテンダーでフルタイムのオーナーのひとりであるブラッドリーが声をかけてきた。

「よう、ネイト・ドッグ。何にする？」

「ラムかな」おれは言った。ブラッドリーはにこりとした。頭はぼさぼさの白人のドレッドロックで、顔全体にスミス・ブラザーズ（咳止めドロップのメーカー。箱の兄弟の肖像画のひげが有名）のひげを生やしている。ブラッドリーと彼のガールフレンドのスターのほか、六人ほどの人間が〈コーヴ〉を所有していて、そのなかでおれが会ったことがあるのは、ブラッドリーとスターとジャスティンだけだ。残りの五人の投資家はバンドのフィッシュを追いかけて国じゅうをまわっているか、マチュ・ピチュ遺跡かどこかへ巡礼の旅に出かけているが、おれにとってはどうでもいい。ブラッドリーは典型的なバーテンダーとは正反対に、客がどうすごしているかを本気で心配している。実際、こっちが心配になるほどだ。気の毒に彼は、たいていの人はまともだと心から信じている。

「ラムはつねにここの売りだ、ネイト。エネルギーだよ。あらゆるものを甘美にする。すぐ戻る」彼は言った。おれは絞り染めのシャツを着たブラッドリーがカウンターの反対の端に歩いていくのを見つめた。彼はおれのいつもの飲み物を持って戻ってきた。ラムのコーク割り、ラム多めだ。

「ありがとう、ブラッド。調子はどうだ？」おれは訊いた。ブラッドはドレッドヘアに指を通した。

「最高も最高。ディノがノース・ダコタから帰ってきたばかりでね。ここでシフトを受け持ってくれるかもしれない。おれとスターは数週間後にテルライドで開かれるフォークの祭典に行くのよ。ロビー・ロバートソンが出る。人生は愉しいね」ブラッドリーはポジティブな力に満ちあふれていて、車のバッテリーのケーブルを握ってジャンプスタートさせることもできそうだった。彼の前向きな考え方がうらやましかった。

「乾杯、兄弟」おれは言った。ブラッドリーはピースサインを作ってみせ、別の客の注文を取りに行った。おれは飲み物をひと口飲んだ。ラムの温かい刺激が体に沁みた。ブラッドリーのような人間はいつもおれみたいな皮肉屋や実用主義者に傷つけられるように思える。おれたちは、意図的ではないにせよ、最後には重々しい現実で彼らの夢や心を打ち砕いてしまうのだ。

「ああいた、ウェイメイカー。レディにお酒をおごってくれる？」リサがおれの隣にぽんと坐って言った。

「レディがいたら、もちろんおごるよ」おれは言った。

彼女はおれの腕にパンチを当てた。「意地悪。何飲んでるの？」

「ラムのコーク割り。当てようか、きみが飲みたいのはセックス・オン・ザ・ビーチか？」

「いいえ、その飲み物も行為も好きじゃない。飲み物のほうは弱いし、行為のほうは入っちゃいけないところに砂が入るから」彼女は微笑んだ。おれも笑みを返した。何かふたりで歯磨き粉のコマーシャルのオーディションでも受けているようだ。

「うーん……どうかな。ここで彼らはコスモの作り方を知らないだろうし、マリブ（ココナツ風味のリキュール）のスプライト割りで妥協するしかないかも」おれは言った。リサは首を傾げておれをじっと見た。

「わたしがコスモポリタンを飲むってどうしてわかった？」

「何年か知らないが、かなり長くＬＡに住んでるんだろう？　コンドミニアムと高級車を持ってるとも言った。たぶんＬＡの上流階級向けのクラブに行ってるだろう。そういうクラブでは女性客にその手の飲み物を勧める。まあ、ただのまぐれ当たりだ」じつは、それほどまぐれ当たりでもなかった。『セックス・アンド・ザ・シティ』を何話か観ていたので、賭けてみたのだ。ＬＡだろうとニューヨークだろうと関係ない。しゃれたレディはコスモポリタンが好きだ。

「へえ、そう。頭がよくて、おもしろいのね。なのに誰ともつき合ってない？　何が問題なの？」リサが言った。おれは笑った。

「そんなに問題はない。たんに自由が好きなのさ。家を出るたびに許可証に記入するタイプじゃないんで」

「なるほど。わたしもスージー・ホームメーカー（一九六〇年代に発売された女の子向けおもちゃのシリーズ）から離れようとしてるの。正直、人づき合いでは男に近いかもしれない。誰かと気ままにすごして、映画を観て、ときどきファックする」

「業界以外で誰かとデートしないのか？　その、業界で働いてない男にとっちゃむずかしいかもしれないが」

「あら、むずかしいの、ネイサン？」彼女は子供っぽい高い声で訊いた。おれは耳が少し熱くなるのを感じた。人前で気おくれすることはめったにない。相手が男だろうと女だろうと。だが、かかりつけの泌尿器科医よりペニスをたくさん見ている女性だ。気を引こうとすると緊張した。

「いや、そういうわけじゃ。まあ、むずかしくなることもある。いや、ないか。ああくそっ、言いたいことわかるよな」おれは口ごもった。リサは手を伸ばしておれの顎をなでた。天使の羽のように柔らかい手だった。

「あら、緊張してる。かわいい。さあ、飲み物をおごって」彼女は頭をのけぞらせて笑った。おれはブラッドリーに手を上げた。彼がコスモの作り方を知っていたのはうれしい驚きだった。これも表紙だけで本を判断してはいけない一例だ。おれとリサは店の奥の壁に近いブース席に移った。

「あのおばさんたち、本当にあなたに探偵をやらせてるの？」リサが訊いた。おれはまたラムをひと口飲んだ。

「あの人たちのために、ちょっと訊いてまわってるだけだ。きみの父さんに起きたことについて、保安官があまり真相解明に努力してないと思ってるようでね。ときに、きみはどう思った？」おれは訊いた。リサはコスモを一気に半分飲んだ。

「あの人たち、服のことでわたしに電話してきたとき、ものすごく自慢げだった。パパのことだのなんだのをあなたに調べてもらうことにしたって。〝ああ、リサ、ミスター・ウェイメイカーがいろいろ調べてくれますよ。あの保安官はわれわれのことになると信用できないから。ああ、リサ、あなたのお父さんは本当にすばらしい人だったわ。ぜったい真相を探りましょう。ぺらぺらぺら〟」彼女はそう言うと、カクテルを飲み干し、ウェイトレスのひとりに手を振ってお代わりを頼んだ。

「たしかにあの保安官には証拠をなくした過去がある」おれは言った。リサはあきれて天井を見上げた。

「あのね、ネイサン。わたしはLAのいちばん荒っぽいところで生きてきた。警察に何度ひどいことをされたと思う？　ゼロ。一回もない。この大きな胸が役に立つのはわかってるけど、余計なことを言わずに警官の指示にしたがってれば、ふつうはひどい目に遭わない。わたしたち黒人が虐げられてきたのは事実だけど、昔より状況が悪くなってるとは言えないでしょ。陰謀がないところに陰謀を見るのはやめないと。うちのパパはたぶんまちがった人とファックして、そのせいで殺されたのよ」ちょうど彼女がそう言ったとき、ウェイトレスが飲み物を持ってきて、小さな森の動物のようにあわてて逃げ去った。こういう会話に加わりたがるほど黒人の友だちがいないのだろう。

「そうなんだろうな、たいていの場合。だが、おれは何年か保安官補をしてた。DWBで停車を命じられる黒人を大勢見たよ。黒人の運転《ドライビング・ホワイル・ブラック》（ドライビング・ホワイル・イントクシケイテッド〔酒気帯び運転〕のもじり）取り締まりでね。だから半々といったところだ」おれは言った。リサはまたコスモをごくりと飲んだ。

「ええ、わかる。ただわたしが言いたいのは、あなたはパパを知らなかったってこと。彼には人を怒らせる才能があったの」リサは言った。おれはうなずいた。

「おれが保安官補だったとき、両親が道で車にはねられた。運転してたのは、この郡でも一、二を争う金持ちの息子だった。そのとき不思議なことに、証拠が消えたんだ」おれは言った。リサは下唇を噛んだ。

「ごめん。知らなかった。なんてこと、ネイト、ほんとに。わたしの横っ面を張り飛ばしたいわよね」

「なぜ？　きみには意見を持つ権利がある。おれは教会のご婦人たちが理由もなく不審がってるわけじゃないことを知ってもらいたかっただけだ」両親の死にまつわる話を誰かに改めて聞かせるのは妙な感じだった。詳細をすべて知っていると思っている人々と話すのに慣れすぎていた。

「いまはもう保安官補じゃないのね」リサは言った。

「ああ。辞表を叩きつけてやったよ」ラムの酔いがまわってきた。「お父さんとはあまり仲がよくなかったのか？」

「ええ」彼女は言った。このことについてはもう話したくないという声音だった。おれたちは会話の余韻が消えゆくなか坐っていた。おれは自分の飲み物を見つめた。バンドはカントリーの甘ったるいバラードを演奏し、酔ったカップルたちがよろよろとぶつかりながら踊っていた。

「わたしが十六歳のとき、ママが自殺した。わたしは学校を中退してヒッチハイクでカリフォルニアまで行った。ルート六十四号の休憩所で会ったトラックに乗せてもらってね。そこから二十年間、ヴァージニアには足を踏み入れなかった」

「気の毒に。ひどい心の痛みだったろうな。おれも両親が死んだときに同じ思いをした」

「ええ、そう、とんでもない心の痛みだった。でも、ご両親は自殺じゃなかったから、あなたは木からぶら下がってる彼らを見なくてすんだ。どうしてあなたにこんな話をしてるのかしら。そんなに知り合いでもないのに」

「だからじゃないか？　そのほうが気が楽なときがある」

「そうね、たしかに。知り合いじゃないほうが、なんでも気が楽」彼女の声はささやくくらいになっていた。ふたりのあいだに電荷が蓄積されている気がした。

会計を頼んでリサをブラック・ベティに放りこみ、彼女のホテルの部屋に行くか、それが無理なら人気《ひとけ》のないドライブウェイを見つけて暴れまわってやろうと思っていたまさにそのとき、フェラと三人の仲間が〈コーヴ〉に入ってきた。

おれは鋭い角《かど》がある大きくて重い塩入れを取り、しっかりつかんだ。二十五セント硬貨の筒ではないが、厚手のガラスでできていて、簡単には割れないだろうと思った。フェラと彼のごますりのひとりが左のほうから人混みを縫ってきた。残りのふたりは右にまわって静かに近づいてくる。バンドは休憩に入り、ダンスフロアにあふれていた客たちが散りはじめていた。

右から来るひとりの顔に、おれを見つけたという表情が浮かんだ。昨日のママ・Jの葬儀でおれが武器を取り上げた男だった。ああいう野蛮人がフェラの手下というのは納得がいく。歩調に一瞬ためらいが生じたが、それを振り払ってさらに近づいてきた。

これは一戦始まる。

「リサ、近づいてくるやつらがいる。おれに恨みを抱いている連中だ。できるだけ穏便にすますつもりだが、きみはカウンターに行ってたほうがいい」おれは言った。彼女はブース席から出て、何も言わずにカウンターに向かった。フェラは鼻全体と上唇をほぼ覆う絆創膏をして、両眼が血走っていた。友人のほうは教会に入った娼婦みたいに汗をかいている。ふたりともすっかりハイになっていて、手を上げたら月に触れられそうだった。おれはそっとブース席から出て、塩入れを握った左手を体の横に垂らした。

「クソ靴磨きに戻るときだぜ、ニッガ！」（『グッドフェローズ』のトミーは昔、靴磨きをしていた）フェラが最大限のブルックリン訛りで叫んだ。四人がいっせいに走ってきた。フェラと友人がまずまえに来た。ほかの客たちが逃げ惑ったり叫んだりしたが、おれはできそこないのギャングに集中した。フェラといる男は大きすぎるフットボールのユニフォームとぶかぶかのズボンという恰好だった。背は高いが、病気のキリンのようにひょろっとしている。手に持っていた短いパイプを振りかぶって、おれの頭に叩きこもうとした。おれは右腕でブロックした。衝撃のほとんどは二頭筋が受け止め、燃えるような鋭い感覚が腕から指先まで走った。おれは足を踏みしめ、屈んで左の拳を相手の脇腹の下に打ちこんだ。肺から空気が叩き出され、彼はジャガイモの袋のように床にくずおれた。おれは倒れる彼の眼窩骨に右肘をくらわした。眼窩から血が噴き出し、彼は床にずり落ちて胎児の体勢になった。

　フェラがいきなり殴りかかってきたが、おれは左にまわってよけ、右手首の内側を彼の顎に突き上げた。フェラの足が床から十センチほど浮き、ぶかぶかのジーンズが足首まで落ちて、彼はがくっと両膝をついた。ボクサーパンツはよれよれで汚れていたが、はいているだけまだましだ。左手で口にとどめの一発をみまったときには、悔悟者のように見えた。分厚い唇がプラチナで飾った歯にへばりついたのがわかった。その歯の一本が折れ、床に転がって光を反射した。フェラは怪我した子牛のように叫んで横ざまに倒れた。

　例のトレーラー牽引具《ヒッチ》の男といっしょに近づいてきた男は、背は低めだが筋肉質でがっしりしていて、ズボンのうしろのポケットからパイプレンチを引き抜いた。

　なんてこった。店内のセキュリティについてブラッドリーと話さないと。男はおれの頭めがけてテニスラケットのフォアハンドのようにレンチを振ってきた。おれはまえに出てスイングの内側に入った。レンチで脳をつぶされる代わりに相手の右腕を脇に挟んだ。塩入れを捨てて左手で彼の右の二頭筋をつかみ、右手を肩に置いて、全力で手前に引いた。顔が落ちてきたところを膝で迎え撃ち、鼻と歯が折れる感触で気分がスカッとした。シャツとベルトをつかんで相手を持ち上げ、リサとおれが坐っていたブース席の壁に放り投げた。男がテーブルに落ち、おれたちが飲んでいたグラスが床に落ちて割れた。男はテーブルをずるっとすべり、血で口をいっぱいにして床を打ち、うがいのような濡れた音を立てはじめた。

トレーラーヒッチ男が、今度はおまえの番だとか意味不明のことばを叫びながら襲ってきた。おれにもうその声は聞こえなかった。頭がずきずきして世界から色が消えていた。眼に見えるすべてが地味な白黒のパレットになっていた。相手は得意の武器は持っておらず、ただ粉を振ったドーナツでジャグリングをしていたかのように灰色になった拳で向かってきた。おれはその右膝にサイドキックをかました。今度は骨が折れた。焚きつけをポキンと折ったような感触だった。倒れかかった相手の首を右腕で抱え、左腕を右の脇の下に入れ、両手を組んで変形版のチョークホールドのように締め上げた。

「ネイサン！　放してやれ！　殺しちまうぞ！」声が言った。世界にまた色が戻ってきた。下を見ると、トレーラーヒッチ男の口から舌が出て、黄疸にかかったような眼が裏返っていた。

誰かの手が彼をおれの締めつけから救い出そうとしていた。店の用心棒と、エプロンをつけた料理人がおれからトレーラーヒッチ男を引き離そうとした。フェラは両手で顔を押さえて床で悶《もだ》え、レンチ男とパイプ職人はどちらも仰向けに倒れ、互いに頭を反対に向けていた。古びた木の床じゅうに塩が飛び散っていた。

四人との闘いは二分で終わったが、おれの体はアドレナリンでぶるぶる震え、何日も闘いつづけてきたかのようだった。トレーラーヒッチ男を放すと、おれの脚をずるずるたどって、しまいにほかの三人と同じように床に伸びた。用心棒と料理人はおれをドアのほうに押しやろうとしたが、大きな図体なので苦労していた。

「ネイト、帰ってくれ。警察は呼びたくないから」ブラッドリーが言った。心配で額にしわが刻まれていた。おれは自分が生み出した惨劇からあとずさりした。まわりの人たちは、訓練されていたのに急に暴れだした獣を見るような眼でおれを見た。おれはアドレナリンのせいで体じゅうがピリピリ苛立っていた。口のなかが乾きすぎて砂利を吐きそうだった。人混みにリサを捜したが、彼女はどこにもいなかった。

「すまない……悪かった、ブラッドリー。こいつらが始めたんだ」おれはつかえながら言った。毒々しい痛みと怒りがすっかり引くと、ブラッドリーのゆがんだ顔が見えた。暴力に打ちのめされていた。血が出ると思うと吐き気がするから、ホラー映画の予告篇すら見られないと言っていたくらいなのだ。

突然、ブラッドリーがぶつかってきた。一瞬彼も日頃の平和主義を忘れたのかと思ったが、フェラがドアに走っていくのが見えた。ズボンを引き上げ、ブラッドリーを突き飛ばして逃げたのだ。何人かの客にぶつかりながら店から出て、駐車場を全速力で横切っていくのが見えた。警察を呼ぶと言われて、闘争・逃走《ファイト・オア・フライト》反応に火がついたにちがいない。闘って失敗したからには、逃げるしかなかったのだ。

両手を上げて降参したおれを、ドアマン気取りの用心棒が入口まで追い立てた。おれはもう一度ざっと店内を見渡したが、やはりリサはいなかった。外に出ると、フェラは入口近くに駐めた車高の低いアコードをそのままにしていた。あと少しでも店に近づけば、ポーチに乗り上げていたところだ。四人とも駐車場に着いたときには舞い上がっていたのだろう。フェラはおそらく森を突っきっていった。騒ぎが落ち着いてから車を取りに来るつもりだ。体じゅうスイカズラや松の葉だらけになっただろうが、警察からは逃げおおせた。

そこでふいに、不快な衝撃音に続いて金属同士がぶつかり、ファイバーグラスが割れる音がした。タイヤが甲高く鳴る音を聞いて、用心棒とおれは一瞬眼を見交わし、全力で駆け出した。最短コースでジョージ《G》・ワシントン《W》・メモリアル《M》・ハイウェイ《H》をめざした。〈コーヴ〉はグロスターでいちばん車の往き来が激しい道路のそばにあった。郡の中心部をＧＷＭＨの四車線が貫き、町を二分している。夜になると、闇を照らすのは〈コーヴ〉からのわずかな光と、道の反対側にある〈ウォルマート〉の照明だけだ。うしろから足音が聞こえ、おれと用心棒、バーの客の集団がハイウェイの手前まで来た。小型のピックアップトラックが中型のセダンのうしろに突っこんでいた。トラックのボンネットから蒸気が出ている。エンジンオイル臭と不凍液の甘いにおいがおれの鼻孔に漂ってきた。

フェラがセダンのボンネットの上にだらりとのっていた。うめきながら右脚をつかんでいる。年配の白人女性が道路のまんなかで停まった車の外に立ち、両手を天に上げて必死で懇願していた。北に向かう車の列が、星々に叫ぶ彼女をよけながらじりじりと進んでいた。

「ああ、神様、わかってました。今日はビンゴに行くべきじゃなかったんです！　わたしは罪を犯しました、神様、罪を犯しました！」彼女は声を張り上げた。群衆のなかから地元の屈強そうな若者が何人か進み出て、車のあいだを縫いながら事故に近づいていった。ボランティアの救助隊だろう。グロスターのような小さな町で、有給の初期対応チームが必要だと住民を説得するのはむずかしそうだ。

予算は〝たんぽぽ祭り〟にまわさなければならない。

おれが若者たちに加わろうとしたとき、誰かに腕をつかまれた。

「ここから離れたほうがよくない？」リサが言った。

おれは反論しかけたが、たしかに彼女の言うとおりだった。いくら居残って、起きたことを説明し、手助けしたいと訴えたとしても、ほんの少しまえにおれがフェラをボコボコにしたのは事実だ。走る車のまえに彼を突き出したわけではないが、一般常識にしたがって保安官補がおれに手錠をかけても不思議ではない。

「そうだな。行こう」おれは小声で言った。

「来て。建物の向こう側に車を駐めてある。自分のトラックはあとで取りに来ればいいわ」おれたちが交通事故現場から離れるのと入れちがいに、遠くからサイレンの音が聞こえてきた。リサは彼女の部屋に帰るとは言わなかったし、おれもそこに向かうことは想定していなかった。しかし車が〈ハンプトン・イン〉の駐車場に入ったときには、さほど驚かなかった。

第13章

おれたちは黙ってエレベーターに乗った。ことばが消えた空間をふたりの電気が満たしていた。リサの階に着き、エレベーターから出た。彼女はキーカードを取り出し、スロットに入れて、部屋のライトをつけた。おれたちはなかに入った。そこはホテルにふたつあるスイートルームのうちのひとつだった。ふたり掛けのソファ、流し、横長のソファがあったが、おれの眼はキングサイズのベッドに引き寄せられた。ラップのミュージックビデオに出てきそうな代物で、黒いビロードの上掛け全体に、白い枕がさまざまな角度で置かれていた。

頑丈そうなベッドだ。

リサは小さな冷蔵庫から水のボトルを出して、おれに投げた。おれは片手で受け取りながら、なおもベッドを見ていた。彼女はくすくす笑った。おれはカーペットをしなやかな動きで歩いてくる彼女を見つめた。

「あんなものを見せてすまなかった。ふだんは暴力をふるう人間じゃないんだが……」

「なめられたくないだけよね。わかる。まさかと思うかもしれないけど、わたしはあれよりひどい乱闘も見たことがある。今夜は誰も銃で撃たれなかったし。あのクラブでカラシニコフ自動小銃《AK》の乱射もなかった。人がこてんぱんにされるのを見て胸がスカッとしたくらい。一度ヴァン・ナイズのクラブにいたときなんか、イグジビットとスヌープ・ドッグのどっちがいいラッパーかってことで言い合いが始まって喧嘩になり、スヌープ・ドッグのファンがAR‐15で駐車場を明るくするはめになった。そのとき、昔ヴェガスでいっしょに踊った子が眼を撃たれたの」リサは当たりまえのように言った。

思ったとおりだった。今晩の乱闘は彼女にとって初めてのロデオではない。それどころか、バレルレース（樽やドラム缶のまわりを走るロデオ競技）すら経験しているかもしれない。

「なんと。それはひどい」おれは言った。

「いいの。死ななかったから。彼女、いまはセクシーな海賊役をやって大儲けしてる」リサは言った。

「ワオ。おっぱいが無傷でよかったな」おれは言った。リサは眼を天井に向けた。

「坐って。この服着替えるから」と言って、おれの胸を軽く突いた。おれの心臓はバスドラムのようにドコドコ鳴っていた。胃の底が抜けた感じだった。これからポルノスターとセックスするのだ。それが現実になる。太陽が明日昇ることと同じくらい確信していた。少し怖くもあった。登山家がついにエベレストに挑戦するようなものだ。登山道具はすべてインターネット調達で。装備が万全とは言いがたかった。

バスルームのドアが開き、リサが白いテリークロスのローブを着て出てきた。髪は明るいピンクのヘアタイでポニーテールにまとめている。彼女の天与と人造のカーブは、ローブでは隠しきれない。おれがまだ床のまんなかに突っ立っているところへ彼女が気取って歩いてきた。その腰が狂おしいまでに妖しく揺れた。

「いとこに電話して迎えに来てもらう」おれはかすれた声で言った。

「あれは海兵隊で習ったの？　『ボーン・アイデンティティー』ばりのあの闘い方」

「ほとんどは。残りは田舎仕込みのカンフーだ」

「いつもジョークが出てくるのね」リサはおれのジーンズのベルトループに指を引っかけた。

「いつもじゃない。トイレではかなり静かだ」おれは言った。彼女は思わず笑った。

「笑わすのはやめて。いまはセクシーになりたいんだから」

「そう苦労《トライ・ハード》しなくてもなれる」

「ハードね。ハ、ハ」彼女はおれの胸にささやいた。おれはジーンズ越しに彼女の秘部の熱を感じた。

「あなたが闘うところ、素敵だった」彼女は言った。おれの背骨を、溶けた鋼鉄の欠片がすべりおりた。

「ここに残ってほしいのか？」おれは言った。舌が重くて感覚がなくなりそうだった。リサはおれから離れて、ヘッドボードの横の壁にもたれた。

「あなたはどう思う？」彼女はローブの上下に両手をすべらせた。

「あとでふたりが後悔するようなことはしたくない」やっとのことで言った。

ローブが床に落ちた。

「あのさ、わたしはポルノ女優よ。後悔なんて信じない」彼女は言った。おれは二歩近づき、彼女の両腕の下に手を入れて持ち上げ、あの部分と向き合った。彼女は茶色のなめらかな両脚をおれの頭に巻きつけ、おれは彼女の毛のないプッシーに顔をうずめた。温かく、甘いがわずかにしょっぱい彼女の味が口いっぱいに広がった。

「すごい。力があるのね」彼女はうめいた。おれはベッドまで歩き、彼女をそっと上掛けにおろした。リサは起き上がって、おれのジーンズのボタンをはずしはじめた。

「ほら、体じゅうが大きい」彼女はおれのものをズボンから出して言った。声に笑みがにじんでいた。おれは、過去の共演者と比べてどうだと訊きたくなる衝動と闘った。そのとき彼女がおれのものに口を当て、理性は吹き飛んだ。

ポルノスターと寝ることは、心のなかでありえないほど高まった期待ほどではなかったと言っていい。そう、正直なところ。

想像していたことのすべてと、想像していなかったこともいくつかあった。荒々しく、情熱的で、強烈だった。やさしくてロマンチックでもあった。馬鹿げていて、啞然とすることも。ブラインドから射しこむ日光で目覚めると、リサが横で体を広げて寝ていた。子供が遊んだあとでほったらかしたアクションフィギュアのように見えた。おれは顔から彼女の足をはずし、ベッドから出てバスルームに行った。コンドームの袋が紙吹雪よろしく床じゅうに散っていた。バスルームから戻ると、リサは上掛けに包まれた蛹《さなぎ》のようになっていた。

「BAMってどういう意味？」おれの心臓の上にオールドイングリッシュ文字で書かれたタトゥーを指差して訊いた。

「海兵隊にいたときに入れた」おれは答えた。

「それはわかるけど、なんの略？」

「何も」おれは言った。それ以上話したくないということを悟ったのだろう、彼女は訊くのをやめた。おれは足の指で床からシャツを拾い、手で取って頭からかぶった。

「わたしがポルノ女優だってことがわかったときより、いまのほうがあばずれらしいと思う?」リサは訊いた。その質問に顔を引っぱたかれたような気がした。

「きみをあばずれだとは思わない。きみはなまっちろい光恐怖症のオタクたちに代理のスリルを与えるために金を支払われているが、だからってあばずれになるわけじゃない。それにおれ自身、きみにどうこう言えるほど道徳的に立派でもないさ。一度スカンクって友だちが言ったように、〝誰のおばあちゃんでも、ちんこに触ったことがある〟」おれは言った。リサはあきれたように上を向いて長々と大笑いした。

「それ、いつかわたしも使おう」ようやく息ができるようになると、彼女は言った。

リサは微笑み、おれはベッドの端に腰かけた。ジーンズを取ってふくらはぎまで引き上げた。リサがおれの背中に指の爪を走らせた。彼女がつけた引っかき傷にそれが当たって、おれはビクッとした。

「行かないと。仕事がある」おれは言った。

「ちょっと待って。用意するから。トラックまで乗せてあげる」

「いや、歩くよ。たったの一キロ半だ。きみは休めばいい」

「あら、わたしの車から出るところを見られたくないのね。わかった」彼女は言った。また顔にあの無関心のマスクがおりてきた。

「いや、ちがう。アンガー・マネジメントができなくてバーで暴れる元保安官補といっしょにいるきみを見せたくないんだ。この町を離れるまえに、切れてもないテールライトが切れていると警察に因縁つけられて、路肩に停まらされる必要はないだろう」おれは言った。

「かもね」リサはまたベッドに仰向けに寝転んだ。上掛けが腰まで落ちた。褐色の乳首は銃弾のように硬かった。おれは指をなめて、その一方をすっとなでた。彼女はうーんとうなった。

「消せない火はつけないで」リサは好色な笑みを浮かべて言った。

「まだスタミナは残ってると思うけどな。いまのはおふざけだ。行かなきゃ」おれはズボンを引き上げ、ベッド脇のランプに引っかかっていた上着を取った。

「ただ、ひとつ頼みたいことがある」おれは言った。リサは眉を上げた。

「お父さんの家の鍵を貸してもらえないか?」部屋の気温が三十度下がった。

「なぜ鍵が欲しいの?」彼女は訊いた。眼は緑の硬いガラスのようだった。

「おれに襲いかかってきたやつ? あいつはきみの父さんの教会に大量の献金をしてた。おれは昨日、きみが服を持ってきたあとで彼のところへ話しに行ったんだ。そしたら数時間後、おれをぶちのめしに来た。あの男らしくない行動だ。たしかに性質《たち》は悪いが、どちらかというと口が悪いだけで、行動はしないほうだから。ふつうなら何週間か、おれを睨みつけたあと、勇気を出しておれのトラックに鍵で傷をつけるくらいなもんだ。ゆうべみたいな正面攻撃じゃなくて」おれは言った。やつの金玉を膝で蹴り上げたところは省いたが、それでもかなり正確な人物評だと思っていた。フェラは臆病者なのに、なぜか急に勇ましくなっていた。

「つまり、彼がパパの事件にかかわってると思うのね？」リサが訊いた。

「あいつときみの父さんは何かしてた。それはお父さんが殺されるほど悪いことだったのか？　おれにはわからない。ただ、フェラがお父さんの教会をつうじて月に二回、一万ドルを動かしていたことはわかってる。もっと少ない金額で親を殺す子もいる。おれはあちこち見てまわりたいだけだ。そして見えるものを見る」

「で、何か見えたらどうするの？」彼女は訊いた。おれは肩をすくめた。

「州警察に情報を伝える。だが、そうとう説得力のある情報でないとな。正直、クソの欠片も見つからないかもしれない。けど、見てまわっても害はない。きみがそうしてほしくないなら別だが」イーソーに起きたことを調べるとパリッシュ夫人には約束していたが、リサは彼の娘だ。リサが調べてほしくないなら、おれは調べない。

「いいわ。どうぞ。わたしはどうでもいい」彼女は立ち上がり、ソファまで歩いていった。

引き締まった尻のすばらしい眺めだった。彼女はハンドバッグから鍵を出し、振り返って、おれに放った。

そしてローブをはおり、ベッドに坐った。おれに背中を向けて窓をじっと見つめた。

「わたしは昔、パパが自業自得で死ぬことを祈ってた。ベッドで眼をぎゅっと閉じて、全身の筋肉に力をこめて祈った。まるで充分力をこめれば祈りが早く神様に届くかのように。その祈りがやっとつうじたのかもね。暗い、ろくでもない祈りでしょ?」彼女は言った。

発したくなかった質問がおれの喉を引っかいた。あまりにもありふれたひどい質問だった。答えはわかっているのに訊いて、自分がまちがっていたことを願うような。

「リサ――」と言いかけたが、彼女はまだ話し終えていなかった。

「何も感じないの。ひどいでしょ? 彼が死んでうれしいとさえ言えないの。ほんとに何も感じない。彼は利用する人だった。ママを利用し、わたしを利用し、最後には神も利用した。でも、神がついに彼を捕まえたのよ。わたしのおばあちゃんが――母方の祖母だけど――よく言ってたわ、神様はいつも早く動くとはかぎらないけど、かならず動くって。人間には見えないの。松の木が育つのを見るようなものね。あるときには一メートルだと思ってたら、次に見たときには家の屋根を超えてる。神は動いてパパを捕まえた」彼女は言った。肩がわずかに震えていた。

「ひとつお願いしていい？　パパが教会を開いてるっていうのを聞いたとき、おばあちゃんの聖書をわたしに送ってと頼んだの。そしていつも郵便物を受け取る私書箱を知らせた。でも結局、送ってくれなかった。おばあちゃんのあの聖書はパパがやってるいかさま宗教ゲームで使う必要はなかったのよ。もし彼の家を見てまわったときにそれがあったら、持ってきてもらえない？　あの家でわたしが欲しいのはあれだけなの」

おれは彼女の体に腕をまわしたかったが、こういうときのエチケットがわからなかった。

「わかった。見つけたら持ってくる」

「すぐ見つかると思う。ものすごく大きくて、血のように赤い表紙に金色の文字だから」

リサは言った。おれはドアに歩いていく途中で止まって振り向いた。彼女はまだ窓を見つめていた。

「あなたが寝てるあいだに携帯にわたしの番号を入れといた。名前は芸名のほう」彼女は言った。おれはニヤリとした。

「あとで不適切なメッセージを送ってもいいんだな」と言うと、リサは笑ったが、その声は空々しかった。

「いいえ、猫のいたずらの動画を送ってもらいたいと思ってたの」彼女は言った。おれは吹き出した。

「わかった。またあとで。聖書を見つけたら連絡して渡す」

「聖書がなくても連絡して」リサはベッドから立って、振り返った。おれは彼女の眼が赤くなっているのを見た。彼女のローブが両肩から落ちるのも。リサは自分を抱きしめた。豊かな胸がテリークロスの監獄から自由になろうともがいていた。

くそ。

おれは三歩でリサに近づき、腕をつかんで引き寄せた。口を彼女の口にぶつけた。唇のあいだから彼女の舌が入ってきた。昨夜のコスモの残り香がした。リサの両手がおれのシャツの下にすべりこみ、胸をまさぐった。彼女はうめき、おれは歯に振動を感じた。両手を彼女の豊かな尻にまわし、そのまま体を床から持ち上げた。彼女が力強い両脚をおれの腰にからめ、おれのシャツが背中でめくれ上がった。彼女の肌は興奮して熱かったが、体重はおれの腕のなかでゼロになった。不死鳥の一片の羽根のように。

第14章

葬儀社に戻ると、ヴァーレイン夫人の家族がウォルトの事務室に集まるのにちょうど間に合った。ロビーを通り抜けたとき、夫人の息子のエディと血色の悪い顔の妻タビサ、娘のメアリ・ベスと彼女のボーイフレンドのタム＝タムがウォルトの向かいに坐っていた。

「母は敬虔な女性でした。心の準備ができていた。わかります？ いつでもあちらに行く準備が。母は神を深く愛していました。神が迎えに来たときには素直にしたがうつもりでした。ぼくにはわかります。体が聖霊で満たされていたのです！」エディが言い、ウォルトがよくわかっているというふうにうなずいた。おれは自分の部屋へ急行した。ベッドに倒れこむまで笑わなかった自分が誇らしかった。数分後には寝入ってしまい、ウォルトがドアをやさしくノックする音で目覚めた。携帯電話をつかんで時間を確かめると、昼の十二時半だった。ジョーンズ執事から話を聞くつもりだったのだが、もし彼がほかの教会で救済を求めているのなら、午後二時までは留守だろう。南部の黒人の教会にかようのには忍耐力が必要だ。ウォルトの説によると、マラソンのように長い黒人教会の礼拝の伝統は一九五〇年代から六〇年代の公民権運動までさかのぼる。当時、黒人たちが本当に安全だと感じられる場所は、教会の下見板張りの壁の内側だけだったのだ。

今日《こんにち》、その避難所はゴーストタウンになりかけている。人種差別廃止とともに自由が訪れた。自由から選択肢が生まれた。肌が褐色や黒色の人々はショッピングモールに行き、ビーチや映画にも行って、リンチに遭ったり殴られたりする心配をあまりしなくてよくなった——ほとんどの場合。黒人たちは、もう日曜に三時間も四時間も教会に隠れる必要はないと感じるようになった。次の安息日を待つ代わりに、月曜の朝にいちばん上等のスーツを着て新しい仕事に出かけられる。世の中は完璧ではないが、昔よりよくなり、それはみんなにとっていいことだった。

小さな田舎町の黒人教会を除いて。教会の信徒たちはこぎれいな地域に移り住み、もう十二人とか十五人の子供を育てなくなった。新たに開発された住宅地の角の教会にかようか、そもそも礼拝に参加しなくなった。

ふだんの日曜の朝、大半の田舎の教会の会衆席はいっぱいにならない。この率でいくと、イエスが再臨したときには教会は空っぽになっているかもしれない。

ニュー・ホープはこの法則の例外だった。田舎の教会がおおかた生き残っていないのに対して、ニュー・ホープは盛況だった。おれはそこの礼拝に出たことはないが、満車になった駐車場のまえを何度も通りすぎていた。

「ウォルトか?」おれは言った。

「いや、イースター・バニーだ」彼が言った。

「開いてる」おれは言った。ウォルトがドアを開け、広い肩をドア枠に当てて立った。悲しげな眼でおれを点検し、大きなため息をついて腕を組んだ。

「それはなんだ?」おれの腕の真っ赤な傷を指差して訊いた。

「キスマーク?」と言ってみた。

「そのズボンの染みは?」彼は訊いた。下を見ると、ジーンズに血がついていた。片方の膝と両方の腿に黒く濁った茶色の斑点があった。

「トマトソースだと言ったら信じるか?」おれは訊いた。ウォルトはまたため息をついた。

「何があった?」彼は訊いた。

「〈コーヴ〉で意見が合わないやつらがいた」

「また誰かを病院送りにしたのか」ウォルトは訊いた。おれは首を振った。

「どうかな。ひとりは膝を診てもらわなきゃいけないかもしれない。けど、オーナーが警察を呼ぶと言ったのを聞いたフェラ・モンタギューが道路に飛び出して、年配女性が乗った車と取っ組み合おうとした。少なくとも脚の一本は折れただろうな。しばらくやつにひょっこり出くわすことはないと思う」おれは言った。

「ひょっこりね。笑わせる」ウォルトは部屋に入ってきて、おれがドアの裏に置いた靴箱に腰をおろした。「おまえはいっぱしの大人だ、ネイト。だから子供相手のような話はしない。おれはおまえのいとこで、おまえを愛してる。わかってるな。だができれば、〈ブラックモン葬儀社〉が新聞に載るのは、死亡記事の最後だけにしたい……」

「わかってる。わかってるさ」

「さあ、ロッキー、ミセス・ヴァーレインの着せ替えとイーソーの納棺を手伝ってくれ。彼女がびっくり箱みたいに飛び出さないように、ストラップをかけなくてすめばいいんだが。体をまっすぐにするのに二時間かかったんだぞ。いや、彼女に腹を立ててるわけじゃない。おれだってあの歳でまだファックしたいよ」

「家族は棺を展示中の安いのから選んだのか？」おれは訊いた。

「ああ、そうしたくはなかったようだが、葬儀代は保険でカバーされてますかとおれが訊いたら、クリンゴン語（『スター・トレック』の宇宙人が話すことば）を聞いたような顔をしてたよ。それでも特注の最高級の棺を見せてくれと言ってな。わかるだろ？　みんなしゃれた葬儀をしたがるが、みじめな予算しかないのさ」ウォルトはまた大きなため息をついた。

おれたちはヴァーレイン夫人をストラップなしで棺に納めた。葬儀は火曜に予定されていた。ワトキンス牧師と同じ日だ。おれはウォルトに、イーソーの葬儀を担当させてくれないかと訊いてみた。ウォルトは肩をすくめた。

「別にいいけど。ヴァーレイン夫人のほうは四時に墓のまえだ。カーティス、ダニエルとおれだけでやれる。ところで調査のほうはどうだ？　何か見つかったか？　ワトキンスがCIAの元諜報員だったとか？」ウォルトは訊いた。

「いや、何も見つかってない。だから葬式に出たいんだ。会葬者が遺体のまわりでどうふるまうか見たい」おれは言った。フェラと献金のことはまだウォルトに話さなくていいだろう。知っていることが少ないほど、彼が巻きこまれる可能性も低くなる。何が起きているのかはわからないが、汚れた金があるところ、かならず血がついてまわる。

おれは自分の部屋に戻り、パリッシュ夫人がジョーンズ執事の電話番号を書いてくれた紙を取り出した。その番号にかけ、昔ながらのありふれた呼び出し音が鳴るのを聞いた。

「はい」ぶっきらぼうな声が言った。腹を立てて目覚め、そこから一日が下り坂で終わるのを待っている人の声に思えた。

「あ、そちらはジョン・エリス・ジョーンズですか？」

「そっちは？」

「失礼しました。ネイサン・ウェイメイカーといいます。ニュー・ホープ・バプテスト教会で不幸にも亡くなられたワトキンス牧師の後任に応募しようと考えています。あの教会で執事をなさっているということなので、よろしければ、そちらに立ち寄ってお話をうかがえないかと」

「どこからその情報を得たのか知らないが、私はもうあそこの執事ではないのだ」

「おや、そうでしたか。あの、辞められた理由を個人的にうかがえるとありがたいのですが、ご迷惑でしょうか。牧師職に申しこむまえに、なぜ最年長の執事があそこから去られたのか、聞いておくべきかもしれない」おれは言った。しばらく電話線に沈黙が流れた。

「きみはいつ按手《あんしゅ》されたんだね？　最後に聞いた噂では、保安官事務所を辞めたということだったが」ようやく彼が言った。

「ああ……その、最近改宗しました。いまはこの仕事に身を捧げています。聖書の教えに没頭して」おれはつかえながら言った。さらに数秒の沈黙ができた。

「すると、きみの職業に関してレビ記第十一章第十二節の教えを完全に受け入れているわけだね？」彼は訊いた。おれは下唇を噛んだ。レビ記第十一章第十二節に何が書かれているのか見当もつかなかった。なぜ『火星年代記』から引用させてくれない？　一か八か答えてみることにした。

「ええ……天職について書かれている範囲で」

「きみな、レビ記第十一章第十二節は甲殻類を食べることを禁じているのだ。何を狙ってこんな話をしてくるのか知らないが、私は興味がない」彼は言った。

「待ってください！　ミスター・ジョーンズ、じつはおれは牧師じゃありません。だまそうとしたことは謝ります。イーソーの事件を保安官がしっかり捜査していないんじゃないかと気にかけている人たちのために働いているんです。数分でかまわないので話せませんか？　あの教会に異常な献金があったことは知っています。ショート牧師の組織への加入にあなたが反対していたことも。おれはもう保安官事務所で働いていないので、会話はすべて非公式です。ひと握りの人たちを安心させたいだけで」おれは言った。回線の向こうから彼の速い息が聞こえたかと思うと、電話が切れた。

「ああくそ」おれはつぶやいた。またジョーンズ執事の番号にかけた。

「なんだね？」不機嫌な声が言った。

「いくつか質問したいだけなんです。誰かがワトキンスを殺しました。自殺じゃありません。暴発事故でもない。彼が聖人じゃなかったのは知ってますが、クイーン郡保安官事務所がまた殺人を隠蔽するのを見すごすべきじゃないとおれは思う。あなたはどうです？」

「いったい何を聞きたいんだね？　私は犯人など知らない」

「ええ、ですが、殺された理由については何かご存じかもしれない。ご自身でも知っていると思わなかったような何かを。ミスター・ジョーンズ、そちらにうかがって直接話せませんか？　それとも一日じゅうこうやって電話ゲームをします？　なぜって、おれはかけつづけますから」彼が小声で不満をもらすのが聞こえ、答えが投げつけられた。

「ビーコン・ヒル・レーンはわかるかね？」

「ええ、マシューズ郡の最南端ですね。〈テイスティ・フリーズ〉の先の」

「近くまで来たら、また電話しなさい。GPSは届かないから」彼は言った。また電話が切れた。

おれは荒涼とした松林や枯れかけたマグノリアの木々を通りすぎながら、マシューズ郡の遠い端までベティを運転した。窓を下げていたので、郡のこのあたりの海岸沿いに広がる湿地帯を越えて、潮の香りがしてきた。ガマとノカンゾウとビール缶だらけの水路をすぎ、ビーコン・ヒル・レーンに入って、ジョーンズの番号にかけた。

「トラクター・トレーラー型の郵便箱があるから、その道に入って。番号は消えかかっているが、２４５６だ」彼は言った。たしかにトラクター・トレーラー型の郵便箱があった。そこで曲がって、ハナノキの枝が優雅に差しかかって天蓋を作っているドライブウェイを進んだ。

ゆるやかなカーブを曲がって丘の頂上に達すると、自動車の墓場があった。トラック、乗用車、ステーションワゴン、バンが敷地内に捨てられ、その向こうに二階建ての古い農家があった。壁は白いアルミの板張りで、屋根板は少なくとも四、五列なくなって、すきっ歯のような印象を与えた。敷地の右のほう、何台かの車の先に、黒ずんだ離れ屋の廃墟のようなものがあった。ガレージか大きな小屋だったのだろう。おれはトラックのエンジンを切り、ポケットに携帯電話を入れて外に出た。死んだ車のあいだを通って、家のポーチに上がった。ドアをノックするより先に、男がそれを開けた。

彼はおれと同じくらい背があり、年老いてごつごつした茶色の顔を渓谷のように深いしわが覆っていた。幅の広い鼻は一度か二度、折れたことがありそうだ。顔の上でクエスチョンマークのように曲がっていた。昔ふうの鈍色の真鍮の眼鏡をかけ、油染みだらけのジーンズで、赤い格子縞のシャツの袖を肘までまくり上げている。前腕は苦労して得た筋肉で波打ち、固そうな両手に太い血管が走っていた。

「ウェイメイカーかね？」彼は訊いた。両手をだらりと体の脇に垂らしているが、見るからに肩を強張らせ、必要とあらばすぐにでもパンチをくり出しそうだった。

「そう呼ばれます」おれは手を差し出した。彼は数秒後にそれを握った。握力が強かった。歳は五十から七十五のどこにも見え、特定するのはむずかしかった。

「では、質問したまえ」彼は言った。

「わかりました。どうして主任執事を辞められたのですか？　ワトキンスが何をしたせいで教会を去ることになったのですか？」おれは訊いた。ジョーンズは遠くに眼をそらした。彼の錆の帝国をじっと見ていた。

「あの教会の物事の進め方に同意できなかっただけだ」彼は言った。

「それはフェラ・モンタギューが一週間おきに一万ドルを寄付していたことと関係していますか？」おれは彼の顔を観察した。穏やかで落ち着いていた。

「あれはなんであれ、イーソーとあの男だけに関することだ」彼の眼は地平線を凝視していた。

「だったら何があったんです？　個人的なことですか？」

「きみ、そもそもニュー・ホープの信徒について何を知ってる？」彼は訊いた。おれは一方の肩をすくめた。

「あまり。おれが従軍したとき、マシューズ郡に五つあった黒人教会のひとつだったことは知ってます。そして帰ってきたら、繁栄している唯一の黒人教会になっていた。いまの建物がワトキンスの牧師就任後、三つめであることも知っています。ほかに何を知っておくべきですか、ミスター・ジョーンズ？」

「あの教会にかよう人の多くは、人生の後半で神を知ったのだ。不公平と罪にまみれた人生を送っていたが、ニュー・ホープが信仰を与えた。新たな希望《ニュー・ホープ》を。彼らの多くは私と似ている」彼は言い、このときにはおれをまっすぐ見すえた。

「あなたに似ているとは？」おれは訊いた。ジョーンズは肩を怒らせ、背筋をすっと伸ばした。

「私はかつて詐欺師だった。ここで違法な酒場を開き、あそこのガレージで違法な車の解体業をしていた。自家製の酒を売り、古い車を切り刻んで、排出ガス浄化装置や発電機《オルタネーター》やステレオ・システムを取り出していた。まだステレオ・システムの人気が高かった時代だがね。妻はずっとまえに出ていったが、ときどきつき合う女友だちはいた。娘はいっしょに住んでいたが、あの子がいることすらほとんど気づかなかった。その結果がいまだ。ともに生きていくしかない、ミスター・ウェイメイカー。クラック（高純度のコカイン）が出まわりはじめたとき、最初に死んだのは私の娘だった。ここに車を持ってくる若い連中が使っていたのだ。私がまったくよそに注意を向けているあいだに、あの子はその何人かとつき合った。

娘はあのガレージで過剰摂取した。私が見つけたときには、まだ手にガラスのパイプを握っていた。きみのいとこが埋葬してくれた。その日曜日に、私はニュー・ホープに行き、この人生を覆い尽くした闇から抜け出す方法を示してくださいと神に祈った。娘の葬儀の翌日の月曜に酒場と工場を閉鎖した。以来、私は神の子なのだ」話し終えたときには息が切れているような声だった。

「ミセス・パリッシュも似たような話をしていました」おれが言うと、ジョーンズはうなずいた。

「日曜の礼拝に行けば、こんな話を一ダースは聞けるよ。ニュー・ホープは過去のおこないを裁かれる教会ではなく、将来のおこないを見られる場所なのだ。あの教会が私の人生を救ってくれた。私はあの教会を信じていたし、イーソー・ワトキンスのことも信じていた」ジョーンズは言った。

「けれど、信仰を失った？」おれは訊いた。彼の鼻孔が広がった。

「失うわけがない！　そんなことはありえない！　だが、イーソーへの信頼は？　そう、たしかに失った。誤解しないでほしい。彼が亡くなったのは残念だが、あの男は奨学金を得て地獄へ行くだろうよ」ジョーンズは言った。暗くなってきた森の向こうでアビが鳴いた。おれは両腕を組んで立っていた。ジョーンズはワトキンスとのあいだにあったことを話したがっているが、彼自身のペースとことばで話す必要があった。おれは片足からもう一方の足に体重を移した。彼にはできるだけ心の平静を保ってもらいたかった。

「ミスター・ジョーンズ、あなたが話すことは決して他言しません。おれがジム・サッターを助けたことをみんなが知ってるのは、彼がしゃべったからです。おれは誰にも知られていないようなこともしている。秘密はかならず守ります。約束も。ミセス・パリッシュとミセス・シア、そしてニュー・ホープの残りの人たちのために、この調査をしています。あなたがワトキンスを心底嫌っているのはわかりましたが、あの教会に残っている人々のことはまだ気にかけているはずだ。彼らは答えを知りたがっています」おれは言った。ジョーンズは数秒間、用心深い眼でおれを見たあと、脇にどいた。

「なかに入ろう」ようやく言った。家のなかは前庭とは正反対だった。革張りの大きなソファとふたり掛けのソファが、フロアランプ二個の黄色い光に照らされて光っていた。左の壁のほとんどはオークのエンターテインメント・センター家具が占めている。毛足の長い黄褐色のカーペットは、その上に直接四品のコース料理を置けるくらい清潔だった。ジョーンズはおれにふたり掛けのソファを示した。いったん台所に消え、透明な液体で満たされたメイソンジャーを持って戻ってくると、自分は大きなソファに坐って、ジャーの蓋を開けた。中身のいいにおいが漂ってきた。

「密造酒？　神の人にしては強い飲み物ですね」おれは言った。ジョーンズは酒をひと口飲んだ。

「イエスでさえ水をワインに変えたのだよ、きみ」彼は言い、ジャーを差し出した。おれはぐいっと飲んだ。喉から熱い液体がおりていったが、胃に達すると体の隅々まで温かい感覚が広がった。おれはジャーを彼に戻した。

「彼らは答えを知りたがってるって？　イーソーがどうなったかを見ればわかることだ。私が出席した教会の最後の会合で、イーソーは信徒全員が教会の成功に身を捧げるべきだと言った。私はおかしいと思った。みなすでに、それ以上考えられないほど身を捧げていたからだ。あの教会は私の人生であり、信徒は私の家族だった。私はニュー・ホープのために生き、呼吸していた。ところが彼は、あの脂ぎったでかぶつのショートと槍持ちどもを招き入れた。はっ、槍持ちというより兵士だな。内戦中のアフリカの国から呼び寄せたらしいから」

「ルワンダですか？」おれは訊いた。が、ジョーンズは無視して自分の話を続けた。

「そしてイーソーと新しい親友のショートは、信徒全員が彼らに銀行口座の情報を知らせなければならないなどと言いはじめた。さらに、おのおの土地登記に彼らの名前を加えろ、遺言書で教会に何か遺贈しろとまで。遺言書がないなら新たに作成しろと」

「教会とは思えませんね。あくどいカルトのようだ」おれが言うと、ジョーンズはうなずいた。

「まさに私もそう思った」

「その新しいビジネスにあなたが黙って賛成したとは思えませんが」おれは言った。彼はまたジャーを差し出した。

「そんないかれた提案に私がしたがうと思うなら、それこそ頭がどうかしている。イーソーにはそう言ってやったよ。彼は首を振って、執事は牧師の考えにしたがうしかないと言った。だから私は、銀行口座はもちろん豚の貯金箱の鍵だって渡す気はない、ほかの信徒もみな同じだと告げた」ジョーンズはそこで初めて老けて見えた。顔の皮膚はたるみ、眼は黄色で潤んでいた。

「それでどうなりました？」おれは訊いた。もうジャーは戻さなかった。ジョーンズは充分飲んでいるように思えたのだ。彼は何度か咳をした。

「その一週間ほどあとで買い物から戻ると、ガレージが燃えていて、ショートの部下のひとりが立ってそれを見ていた。そして、もし引き下がらなければ今度は私に火をつけると言った。まったくな、十年前だったらこの手で一発くらわしてやったところだが、現実はちがう。私はたんに引き下がった。そしたら一カ月後にイーソーが死んで発見されたのだ。神は不思議な仕事をすると思わないかね？　さて、よかったらそのジャーを返してもらおうか」彼は大きな手を開いて差し出した。おれはあいだにある新品同様のコーヒーテーブルにのせたジャーを押し出した。

「イーソーの事件にショートがかかわっていたと思いますか？」おれは訊いた。ジョーンズはジャーを長々と傾けた。恐ろしい顔をして、それをコースターに置いた。

「わからんね。ショートがつれている部下たちは、かなりのならず者だ。ひどいことを見てきた眼をしている。死んだ眼だ。だが、私が引き下がるころには、信徒たちはイーソーの新しい決まりを受け入れていた」また酒を飲んだ。かと思うと、コーヒーテーブルの下からリボルバーをはがし取り、銃身の長いその四四口径を腿の上に置いた。

「もしあの連中がここに戻ってくるようなことがあったら、こっちが火をつけてやろうと思ってね。あいつらのケツに」彼はじっと銃を見ていた。

そしてジャーをこちらに押し出したが、おれは密造酒はもういいという気分だった。立ち上がって、時間をくれた礼を言い、葬儀社に引き返した。

第15章

戻ったときには、ウォルトはすでに出ていた。おれは鍵を開けて自分の部屋に行った。陽が沈みかけ、その先には長く孤独な夜があった。

おれは携帯電話を出し、いちばん新しい連絡先にかけた。

「あら、ハロー、スーパーマン」リサの蜂蜜のかかった声が言った。

「スーパーマン？　それはちょっと荷が重いな」おれは言った。彼女は笑った。

「昨日の夜はそんな感じだったけど。どうしたの？　おばあちゃんの聖書を取ってきた？」

「いや、まだだ。ちょっと別の用があってね。きみはもう食べた？」

「食べるって何を？」彼女は言った。おれは一瞬遅れてジョークだと気づいた。

「食べ物に決まってるだろ。マシューズ郡にすばらしくよれよれのサンドイッチを出すレストランがあるんだけど」

「ミスター・ウェイメイカー、これはデートの申しこみ？　デートなんて一年以上してないけど」

「食事だけということにしよう。デートっていうのはかしこまりすぎだ。個人的にきみの輝かしいお尻を間近に拝んだあとだから」おれは言った。彼女のため息が聞こえた。

「デートのほうがよかったんだけど、まあいいわ。車で迎えに来てくれるの？　それもなし？」彼女の声にまた固い角《かど》ができた。アルミホイルを噛んでいるかのように不快そうだった。

「ならデートにしよう。小さな花飾りもプレゼントする」おれは言った。彼女は大笑いした。

「ほんとに？」

「いや、嘘だ。三十分で出かけられる？」おれは訊いた。

「マシューズ郡のレストランでしょ。いますぐ行ける」

リサを拾い、マシューズ郡のメイン通りを挟んで図書館の向かい側の〈スミッティのダイナー〉へとベティを走らせた。涼しい夜気が車内を満たした。リサは助手席側の窓を下げて十月の清々しい空気のなかに煙草の煙を吐いていた。おれは自分のトラックにめったに人を乗せない。喫煙に関する厳格なルールはなかった。

しかし、ダイナーのまえの通りに車を駐めるころには頭のなかでかなり厳しいルールができていた。

〈スミッティ〉はあえてノスタルジックなデザインを取り入れていた。ステンレスのスツールや革張りのブース席は、放水銃とジャーマンシェパードが黒人を行儀よくさせていた単純な時代を思い起こさせた。一部の地元民がそれを古き良き日々と考えているのはまちがいない。

「わあ、時間をさかのぼったみたい」リサは表紙に五七年型プリムス・フューリーが載ったメニューをじっくり眺めながら言った。

「あまりさかのぼりすぎないように。どこかの時点でわれわれにとっては危険な時代になる」おれは言った。

「いいえ、あなたは溶液で髪をまっすぐにすれば問題ないわ。でも、わたしの黒い肌は問題」彼女は言った。まあ、そうかもしれない。おれは肌の色がかなり親父似で、髪はおふくろ似だ。

「もっとおれに日焼けしろってこと?」おれは訊いた。リサは笑いすぎて鼻を鳴らした。

「馬鹿」彼女は言った。

「きみの言うとおりじゃないかと思えてきた」おれはメニューを見ながら言った。

「わたしたちが学校にかよってたころ、ここは別の店じゃなかった？　レストランだったかもしれないけど、パンとか売ったり？」顔をしかめて思い出そうとしていた。おれは下唇の裏に舌を走らせてから答えた。

「いや、きみが考えてるのは、そこの角を曲がったところにあった店だ。〈L＆Lのレストラン＆ベーカリー〉」声が震えないように努めた。

「それよ！　ほら、クロワッサンを作ってたでしょ。あれ、ほんとに美味しかった。おばあちゃんと町に来ると、よく買ってくれたの」微笑みそうになったが、おれの顔を見てためらった。

「どうしたの？　いったい何？」彼女は訊いた。

「あそこはおれの両親が経営してたんだ。数年間だけだったが、そこでかなりの額の資金を見事に失った。店の名前を考えたのは親父でね。〝L＆L〟は〝笑い《ラフター》と愛《ラヴ》〟だ」

「ああ、ネイト、ごめんなさい。つらいことを思い出させるつもりはなかったのに」リサのほうこそつらそうだった。

「いや、いいんだ。レストランがつぶれたのは残念だったが、その二年後、おれが軍の訓練施設に入るころには、おふくろはトレーラーで仕出し料理のビジネスを始めてた。で、海兵隊から帰ってきたときには、人を六人雇って、州内のあらゆるところと取引してた。

親父はビジネスをするには人がよすぎたんだな。子犬の眼をした人が現われて悲しい話でもしようものなら、売るより多くのものを無料で与えてたからね。仕出しの仕事はすべておふくろが仕切ってた。親父は多少手伝いはしたが、あれはおふくろの子で、おふくろは命がけでわが子を守る——おれだろうと、仕出しのビジネスだろうと。そうしてふたりは車輪のついてない本物の家や、ドライブウェイを出るだけでガソリンを二リットルも食わない車を買うことができた。本当に幸せそうだったよ、死……最後まで」おれは言った。

「わたしの精子提供者について何か新しいことがわかった？」

「あまり。言ったように、おれはあちこちつついてまわってるだけだ。きみは気にしないと思ってたけど？」

「気にしない。でも、あの家は売る必要があるから、手続きを台なしにするようなものは出てきてほしくないの。葬儀が終わったらLAに帰る。もう不動産業者とは話してて、彼女がわたしの代わりにあそこを売って、すべてメールで確認してくれることになってる。できるだけすんなり終わらせたいの」彼女は言った。

「告別式にも出ない？」

「出ない」彼女は言った。おれは咳払いをした。

「きみがいなくて寂しがる人が大勢いるだろうな」おれは言った。リサは金色の巻毛を耳のうしろにかけた。

「あなたが思ってるほど多くはないわ。わたしにも友だちは何人かいるけど、ほとんど仕事関係。飼い犬とドアマンを除けば、わたしがいなくなっても誰も寂しがらないと思う。そしてそう、男もいない」彼女は言った。おれは片方の眉を上げた。

「おれとは関係のない話だ。おれたちはいま、ここにこうしている。おれと会うまえ、きみにはきみの人生があった。それはわかってる。おれが言いたいのはただ、きみがここヴァージニアで悲しそうか怒ってるように見えるってことだけだ。それか両方だな。きみの心はLAにあるんだろう。幸せを感じられる場所に」

「どうかしらね。誰にとっても心から幸せを感じられる場所なんてある？　でも、LAにいるほうが幸せなのは確かね、こんなクソみたいな森のなかにいるより」彼女は言った。

担当のウェイトレスが来て、おかげでおれは三郡エリアの弁護をせずにすんだ。リサがまず注文し、おれが〈スミッティ〉名物のビッグ・ホス・サンドイッチを頼もうとしたとき、首筋の毛が逆立った。誰かがおれをじっと見ている。メニューから眼を上げ、歯のあいだから息を吸った。ヴィクター・カラーとサム・ディーンが、それぞれ立派な伴侶を連れて〈スミッティ〉の入口から入ってきたところだった。

「クソが来た」おれはつぶやいた。

「はい?」ウェイトレスが言った。おれがきちんと注文し直すまえに、ヴィクター・アンド・カンパニーがおれたちのテーブルの横で止まった。ヴィクターは今晩、古き良き男の出で立ちだった。青い〈カーハート〉のTシャツ、〈ラングラー〉のジーンズ、建設作業員用の茶色のブーツだ。サムは非番でもう少しフォーマルな服を選び、ボタンつきのシャツを着ていた。ヴィクターの妻はかつてホームカミング・クイーンだったが、いまやすっかりやつれていた。彼女が悪いわけではない。ヴィクターの邪悪な種を五年で四回、出産まで持っていくのは地獄だったにちがいない。メアリ・アン・バウチャー＝カラーは若いころ、クイーン郡内の男子生徒全員にとって自慰妄想のスターで、当時はおれも何度か彼女をキャスティングした。が、そんな日々は終わった。昔の豊かな黒髪は薄くなり、いまやたるんだ顔のまわりに情けなく垂れているだけだ。だぶついた肉としわの奥から、底意地の悪そうな眼が睨みつける。彼女のいまの顔は人間折り紙プロジェクトのようだった。

ヴァレリー・ディーンはメアリ・アンより五歳上だが、十歳は若く見えた。赤毛をかなり短く切ってクシャッとさせ、前髪を額からうしろに流している。ヴァレリーは週に五日、〈Y〉でワークアウトをしていて、それが外見にも現われている。白いカプリパンツは引き締まった太腿とふくらはぎを見せつけるようだった。脚でマスクメロンをかち割ったり、行為の最中にこっちの首を絞めたりできそうだ。どっちの場合でも、たいへんな結果になる。

おれたちが坐っているブース席のリサの背もたれに、ヴィクターが大きな体で寄りかかった。川に流れた血のように赤ら顔に冷笑が広がった。

「ほう、ネイト、調子はどうだ？　こんなときに外で食事とは驚きだな。ゆうべの〈コーヴ〉での喧嘩について、グロスターの警官たちがおまえと話したがってるってのに。逮捕されないことを祈るよ。容疑はなんだ――どう思う、サム？――脅迫および暴行四件？ひょっとすると殺人未遂がつくかもな」

「さあな、ヴィクター。グロスターの警察がどう考えるか」サムが言った。彼の猟犬のような長い顔はいつもより青白かった。おれは両手の指を組んだ上に顎をのせた。前夜の喧嘩で拳はまだヒリヒリしたが、かまわなかった。〈スミッティ〉の品のいい客たちのまえでヴィクターの喉を締め上げる以外の仕事を、自分の両手に与えようとした。

「なんの話かわからないな、ヴィクター。だが、もしおれが、四人の成人男性の尻を蹴り飛ばした悪いやつにひとりで話しかけるんだったら、もう少し口の利き方には気をつけるけどな」

うしろのブース席にいた誰かが、はっと息を呑む音がした。ウェイトレスはそわそわしはじめた。おれの注文を取らずにテーブルから離れたくないが、おれとヴィクターのあいだの十字砲火に巻きこまれるのも困るといった様子だった。またたく間に店内がしんと静まった。ヴィクターはますます座席に寄りかかって、声を小さくした。

「何をしてもかならず逃げきれると思ってるんだろ、え？　おっと、ハニー、あんたはワトキンス牧師の娘じゃないか？　ここにいるデート相手に、スティーヴン・ヴァンデケラムに何をしたって訊いてみな。あんたがどんな男といっしょに坐ってるか親父さんが知ったら、墓のなかでひっくり返るぜ」ヴィクターはささやいた。

「ヴィクター！」ヴァレリー・ディーンが言って、おれにちらっと視線を送った。ヴァレリーは一度ならず、おれのほうで興味があるなら彼女の快楽行きのウェルカム・ワゴンには空席があると明言していた。おれはこのときまで、彼女のその提案をまじめに取り合っていなかった。おそらくクイーン郡の全警察官のなかで、サムはサンディに次いで誠実かつ正直な人間だ。彼に隠れて奥さんとよろしくやるのは正しいとは思えなかった。リサは座席で振り返って、ヴィクターに微笑んだ。

「わたしのパパは教会で信徒をだましはじめるまえ、ポン引きで麻薬ディーラーだった。わたしはポルノ女優。あなたが自分勝手なクソ正義をわたしに押しつけるまえに言っとくけど、一回の撮影であなたの一年分の給料よりたくさん稼いでる。だから、誰かがパパを殺してわたしの人生のみじめさを取り除いてくれるはるかまえから、あの人が何を認めようが認めまいが、どうでもよくなってたの」リサは言った。彼女の声はかき氷のように冷たかった。

おれが眼を上げると、ヴィクターは何度か眼をぱちくりさせた。「ああ、その、あんたといっしょにいる相手のことを教えようと思っただけだ。まあ、ディナーを愉しんでくれ。また会おう、ネイト。まちがいなくな」いくらかうれしそうに言った。ぐらついた足元をまた固めようとしていた。

「指折り数えて待ってる」おれは言った。ヴィクターたちはレストランの奥に入っていった。サムがこちらを振り返り、口の動きで〝すまん〟と言った。ゆっくりした潮の流れのように〈スミッティ〉に人々の声が戻ってきた。安価な皿に当たるナイフとフォークの音もしはじめ、店全体が安堵のため息をついたかに思えた。

「えー……ご注文は決まりました？」ウェイトレスが訊いた。見上げた集中力だ。

「ああ。ビッグ・ホスとバドにする」おれは言った。彼女が急いで厨房に消えると、リサがおれの手に触れた。彼女の指は温かくなめらかだった。おれはその上に人差し指を走らせた。

「あの人とのあいだに何があったの？　スティーヴン・ヴァンデケラムって？」彼女は訊いた。おれは質問の前半に答えた。「あいつは、おれの両親が死んだときに最初に現場に到着した保安官補だった。魔法のように証拠をなくした張本人だ。おれは彼を窓から放り出した」〈スミッティ〉の壁にずらりと並んだ古い白黒写真を見つめながら言った。

「あの人を？　あきれた。わたしも大きなまぬけ《ディック》はたくさん見てきたけど、彼が最大ね」リサは言った。おれは笑った。彼女はおれがヴィクターをクソのつまった袋みたいに放り投げたことをなんとも思っていないようだった。

「馬鹿！」おれは言った。

「ちょっと、わたしの台詞を盗まないで！」彼女は言った。

おれたちは急いで食事をすませ、おれのトラックでリサのホテルの部屋に戻った。途中、古いヒップホップを集めたCDをおれがかけているあいだ、リサは〈ニューポート〉煙草を吸いまくって座席ににおいを焚きしめていた。

彼女の部屋に行くまで、ほとんど互いの体には触れなかった。エレベーターに入ると、リサは控えめにおれの頭のうしろと顎の下に手をまわし、おれの口を彼女の口に引き寄せた。前夜の猛烈な旋回運動からすれば上品な動きだった。彼女の口は煙草がつねに残す苦い味がしたが、それはやりすごすことができた。おれたちは腕と脚をからませた竜巻よろしく部屋に飛びこんだ。おれはシャツも脱がず、ほとんどズボンもおろしていない彼女のなかにするりと入った。

リサの眼は野生動物のようだった。噛みしめた歯のあいだから、彼女はもっと激しく、もっと深くと懇願した。

「ちょうだい！　このプッシーを手なずけて！」リサはうなった。いましゃべっているのはキャット・ノワールで、おれは全身を耳にして聞いていた。

やがてふたりの息が正常に戻り、リサはおれの胸の上にゆったりと体をのせた。おれは天井を見つめながら、二回戦のための力を天に求めていた。彼女は何かの曲をハミングしながら、おれの首と肩のあいだのくぼみに顔を入れた。

「おれたちはいま、ここにこうしている、だっけ？」リサは言った。くすくす笑っていた。

「ああ。おれたちがいましてることは感動的にすばらしい」おれは言った。

「明日は家に立ち寄る？　わたしはどうしても水曜には出発したいけど、おばあちゃんの聖書は持って帰りたいの」

「ああ、明日、告別式のまえに寄るよ。取ってくるから心配するな。約束は果たす」おれは言った。

リサは咳払いをした。「パパはわたしに手を出さなかった、もしあなたがそう考えてるのなら。でも彼はもっとひどいことをした」彼女は話そうとした。おれはベッドでさっと体を起こしてヘッドボードに背中を預けた。

「なあ、つらいことは話さなくていい」おれは言った。リサはくるっと反転して両肘をついた。眼は濡れて光り、いまにも涙の大洪水が始まりそうだった。

「わかってる。ただあなたに、なぜわたしがあそこに行きたくないか知ってほしいだけ。ママは昔、町の白人地域で掃除婦をしてた。土曜に働く日もあって、そうなると、パパは理髪店で働いてたから、ママがわたしをいっしょに連れていった。店のほうには残しておきたくなかったんでしょうね。わたしが厄介事に巻きこまれるといけないから。わたしは当時、九歳か十歳だった。ママの家族はパパが嫌いで、パパの家族は州全体に散らばってたから、わたしには面倒を見てくれるおばさんも、いっしょに遊ぶいとこたちもいなかった。煙草取ってくれる？」彼女も体を起こした。おれはつぶれたパックから煙草を一本抜き取って、横にあった使い捨てライターといっしょに渡した。

「よくママといっしょに行ったのが、郡の建築検査官で〈トライアド建設〉を所有してるアラン・ヒンソンの家だった。あそこに行くのは大好きだった。二階建ての煉瓦の家で、リビングなんか、うちのトレーラーがすっぽり入って、まだ〈ツイスター〉ゲームをするスペースがあるくらい。ママが家じゅう掃除してるあいだ、わたしは二階の書斎に入れてもらってテレビを見てた。土曜はたいてい、彼はわたしたちを家に迎えると、自分は出かけていった。孫がいて、その子が塗り絵の本やスケッチブックを書斎に置いてたの。そこはまるでおとぎ話のなかだった。塔に閉じこめられたお姫様とか、そういうの」そこで彼女は長々と煙草を吸った。おれは両手を自分の膝に置いていた。彼女の手を取りたい気持ちはあったが、取らなかった。おれたちは恋に落ちているのではない。これは彼女のガス抜き、ある種のカタルシスであり、半分セックスで半分告白だった。

「とにかく、ある土曜日、彼は出かけなかった。わたしたちをなかに入れて、外で仕事をすると言った。裏庭がフットボールのフィールドほど広かったから、そりゃ仕事はたくさんあったでしょう。わたしは二階に上がって、ママは掃除機をかけはじめた。わたしが床に坐ってちょうちょの色を塗ってると、そこにヒンソンが入ってきた」

「もう何も話さなくていい」おれは言ったが、声が小さかったにちがいない。彼女は話しつづけた。

「彼は嫌なにおいだった。いまでも憶えてる。濡れた芝生と腐った葉っぱのにおいがした。Tシャツが胸にべったり張りついてた。彼は近づいてきて、わたしの横にしゃがんだ。そして……そして、わたしに触りはじめた。キスをして、なんてかわいいんだと言った。それからわたしを床に仰向けに倒して、あと憶えてるのはただもう、痛かった！」彼女は叫んだ。眼から間欠泉さながら涙が噴き出した。おれは慰めようと手を伸ばしたが、また引っこめた。彼女が燃えているかのように。

「その夜、バスタブのお湯に浸かったら、血が出てた。どうしたのってママに訊かれたから、話した。ええ、話したのよ！　ママはすぐパパに相談した。パパは台所でクラック・コカインを砕いてた。テーブルじゅうに小さなビニール袋があった。パパがヒンソンに償わせるのはわかってた。あいつを痛い目に遭わせてくれる！　はっ。ぜったい償わせる、そう思った」彼女は言った。

「パパはポンティアック・グランプリに飛び乗って、まっすぐヒンソンの家まで行った。で、戻ってくると、頭がいかれたみたいにニヤニヤしてた。ママはわたしを自分の部屋に行かせた。でも、パパがママに話してる声は聞こえた。ヒンソンを問いつめたら洟たれビッチみたいに泣いたと言ってた。明日の朝、警察に行く？　とママが訊いた。パパは——わたしの実の父親は——行くもんかと答えた。警察には行かない、あのクソ、三千ドルの小切手を切ったぜ、おまけに、建物もひとつやるから店を移転すればいいってさ。わたしの父親は、自分のひとり娘がクソ汚い白人男にレイプされたとき、そんなことを言ったの。あの人が心配したのは、自分のくだらない理髪店のことだけ。ママが何か言って、皿が次々と割れる音がして、トレーラーが嵐に襲われたみたいにグラグラ揺れた」彼女は言った。煙草はほとんど灰になっていた。

「そのあと、パパはわたしをあの家に送っていくようになった。階段の上に贈り物みたいにわたしを置いた。ママはパイプでコカインをやるようになった。ヒンソンはわたしを部屋に入れて待たせた。わたしは、くそラプンツェルみたいに囚われた。何年も。そしてある日、ママがヒンソンを訪ねていった。家に帰ってくると、もうあの人に痛い思いをさせられることはないからね、とわたしに言って、外に出ていき、裏庭の梨の木で首を吊った。そのころ、わたしたちはダブルワイドに住んでた。わたしの荒れたプッシーとパパの麻薬の売上で支払ったの。やがてローレントと保安官補ひとりがママのことを尋ねに来た。わたしは窓からママを見たの。脚立と針金の洗濯紐を出すところを。風に揺れてるところを。

ママはヒンソンの家で彼を階段から突き落としてた。ヒンソンは離婚して、孫も来なくなってたから、玄関のドア越しに死体を発見したのは宅配業者だった。隣の家の人が、そこから立ち去るママを目撃してたの」彼女は言った。息が蒸気機関車のように激しくなっていた。

「ローレントの考えでは、ママが死んじゃったから、ヒンソンの死を殺人と認定しても意味がないってことだった。パパが隠してたものをわたしが見せると、保安官は理髪店にいたパパを逮捕した。わたしはそのとき十六歳で、高校を中退してＧＥＤ（一般教育修了検定。合格すると高校卒業と同等の資格となる）に合格した。わかった、ネイサン？　どうしてわたしが告別式にも葬儀にも出席しないか。わたしはあなたのいとこが一生懸命整えたものをむちゃくちゃにしちゃうかもしれない。あのビッチ男がまちがっても生き返ったりしないように、眼にナイフを突き立てるかもしれないから」リサは言った。

おれはあと少しで彼女に言ってしまうところだった。誰かに言うことにいちばん近づいたのはこのときだった。告白は魂にはいいものかもしれないが、体には悪い。だからおれは自分の苦痛を共有する代わりに、身を寄せてきたリサに手をまわして、ただ回想した。まっすぐまえに眼を凝らして過去を見つめた。


両親が灰になって骨壺に入れられてから八ヵ月後、家は銀行に没収された。ふたりが死んだときには住宅ローンの支払いが遅れていて、おれは仕事を辞めていたので、残額を埋め合わせたり支払いを続けたりすることができなかった。ローン契約をしていたのは、ウォーレン・ヴァンデケラムが頭取を務めている銀行だった。

それでついにおれは壊れた。ほかの誰もやろうとしないことを自分でやると決めた。両親は死ななきゃならないようなことはしなかった。ふたりを殺しておいて、なんら報いを受けないなんてことはぜったい許されない。復讐心は無用の感情だと親父は言うかもしれないが、彼は死んだ。おふくろも。それもこれもスティーヴン・ヴァンデケラムのせいで。おまけに、やつの父親の銀行が両親の家を所有している。

銀行から通知が届いた日、スカンクはすでにおれに会うためにこの町に入ろうとしていた。彼に拾ってもらって〈コーヴ〉に行き、落ち着いてじっくり飲んだ。ビールをチェイサーに、ウイスキーのショットを何杯もやりながら、おれはスカンクの肩を叩いた。彼がこちらを向くと、長い黒髪が顔に垂れかかった。おれは身を寄せて彼の耳にささやいた。

「あのゴミ野郎を終わらせるときだ」おれが言ったのはそれだけだった。スカンクはビールをひと口飲んだ。

「なんでこんなに長くかかったかな」彼は言った。

おれが保安官補になったときにも、スカンクとの友情はあまり変わらなかったが、辞めて彼は少し安心したと思う。

「おまえはそのバッジのせいで、おれのすることを知らないふりをしなきゃいけないからな」と言ったことがある。おれは保安官事務所を辞め、見て見ぬふりをする必要はなくなった。スカンクは乗っ取り犯、現金輸送車の強盗犯であり、プロの殺し屋だった。しかしそのどれよりも、自由な人殺しだった。おれの友人で飲み仲間だが、おれは彼が少なくとも十人は殺している事実を知っている。その夜、おれが手伝いを頼んだことで、その数は十一人になり、スカンクはまばたきひとつしなかった。

おれたちはそこから半年待った。家と土地が競売にかけられたあと、おれはウォルトの葬儀社に引っ越した。ウォルトといっしょに働き、どっぷりはまっていた〈サザン・カンフォート〉のボトルから這い上がった。おれたちはスティーヴン・ヴァンデケラムを観察し、星の巡りがよくなるのを待った。そしてある朝、ソーシャルメディアでヴァンデケラムの行動を追っていたときに、やつが船を売ろうとしていることを知った。本人の投稿によると、二十五フィートのキャビンクルーザーで、もっと大きな船を買うので処分したいということだった。おれの両親の血で買うのだ。いまの船を売るのなら、興味を持った他人からたくさんメッセージが届くだろう。いきなり知らない人間から連絡が来ても怪しいと思わないにちがいない。おれはその夜、スカンクに電話した。

「わかった。ここですぐ必要なものを調達する。数日後に会おう」彼は言い、翌日の朝にはヴァージニアに来ていた。おれたちは図書館に行った。おれが司書の気を引いているあいだに、スカンクがコンピュータ室に入って、ある年配女性のログイン情報を盗み、スティーヴンが船を売ろうとしているソーシャルメディアで偽のアカウントを作った。彼はファイル共有サイトから大きな胸のブロンド女性の画像を盗んで、船に関するメッセージをスティーヴンに送りはじめ、一時間後にはスティーヴンの電話番号と、船が係留されているマリーナの場所を突き止めていた。

「今度はこの使い捨て携帯からメッセージを送るぞ。場所はわかるか?」図書館を出なががらスカンクがおれに訊いた。おれの両親が死んで一年以上たっていた。太陽が冬の住処から戻ってきて強い光を注いでいた。

「ああ、わかる。銃は？」おれは言った。

「ある。主教のシーツみたいにクリーンなやつだ」

スカンクはその夜、バーバラの名でスティーヴンにメッセージを送った。その週の残りはずっと、バーバラとして連絡をとりつづけた。金曜になるころには、スティーヴンは野生の雄馬のように餌に食いついていた。

「バーバラはやつにクルーザーのなかでファックしたいと誘った」葬儀社でいっしょに坐っているときに、スカンクが言った。

「いったいどんなことを話してる？」おれは訊いた。

「おれが女に言われたい、ありとあらゆるいやらしいことだ」スカンクはあっさりと答えた。

バーバラは、土曜の夜中にマリーナで会いましょうとスティーヴンに告げた。おれたちはすでに現地偵察をすませ、警備員もおらず監視カメラもないことを確かめていた。田舎暮らしの長所のひとつは、犯罪率が低いことだ。おかげで皮肉にも、こっちは犯罪をしやすくなる。おれたちはスカンクのダークブルーのフォードＬＴＤを、マリーナから五キロ離れたぼろ家の隣にある打ち捨てられた古いドライブウェイに駐めた。スカンクが後部座席からバックパックを取り、ドアをロックした。それからふたりで小型ボートとパドル二本を担いで、五キロの道を歩いた。予報によると、その夜の天気は晴れて涼しく、海は穏やかで、新月だった。狩猟向きの月夜だ。

おれたちは波止場の端にある葦の茂みに隠れていた。クルーザーが係留されているのは波止場の先だった。おれは除隊したときに贈られた暗視ゴーグルを持ってきていた。汗をかき、蚊と闘いながら、バーバラがスティーヴンと会うことになっている時刻の一時間前から葦のなかにいた。ふたりとも話さず、湾に入ってくる波がマリーナの近くの桟橋の柱や防波堤に当たる音に耳をすましていた。一羽のアビが鳴き、それに応えてウシガエルたちが両生類版の狂信者のようにいっせいに歌いはじめた。おれはついに何か言うべきだと感じた。

「スカンク、おれはただ――」だが、スカンクが割りこんだ。

「言うな。おまえの家族は、おれの親父にあんなことがあったあと親切にしてくれた。おれはあの人たちとおまえのためなら、なんでもする。海兵隊ではなんと言うんだっけ？　つねに忠誠を《センパー・ファイ》」スカンクは小声で言った。

「つねに忠誠を《センパー・ファイ》」おれも小声で返した。それが合図だったかのように、砂利の駐車場につながる丘の上に車のヘッドライトが現われた。おれは腕時計を見た。スティーヴンは予定より早く来た。発情した犬は待ちきれなかったのだ。ＢＭＷのＳＵＶを運転していて、色は黒かダークブルー。暗かったので特定できなかったことを憶えている。スティーヴンは車のエンジンを切り、その顔が青白い光に照らされた。

スカンクのポケットで音が鳴りはじめた。スティーヴンがバーバラにメッセージを送ったのだ。それを三十分間無視しつづければ、激怒して去っていくだろう。そう思った記憶がある。

いまならやめられると思ったことも憶えている。だが、やめたくなかった。時がたっても両親の死の痛みは薄らいでいなかった。むしろ鋭くなって、邪悪な切先が夜ごとおれの魂に突き刺さっていた。潮のにおいのするあの沼地にひそんでいたとき、痛みは決してなくならないし弱まりもしないことがわかっていた。だとしても、スティーヴン・ヴァンデケラムがこの世で息をしているのを知りながらそれに耐えていくのは千倍もつらかった。

おれは葦の茂みで立ち上がり、腰の銃を抜いた。ニッケル仕上げの四五口径セミオートマチックだった。スティーヴンのトラックまで歩いていき、運転席側の窓に銃身を軽く打ちつけた。

彼の青白い顔は幽霊のようだった。当惑が認識に代わり、さらにそれが恐怖に代わって顔全体に広がった。特権に囲まれた人生で、このときばかりは自分の思いどおりにならないことを悟ったかのように。スカンクが忍者のようにすばやくトラックの向こうにまわり、助手席側の窓を叩いた。

「出ろ」おれは言った。最初スティーヴンは動かなかった。携帯画面に指を走らせようとしているのが見えた。

「スピードダイヤルボタンを押したら、電話がつながるまえに死ぬぞ」おれは言った。

スティーヴンは下唇を嚙んだ。携帯電話を助手席に置き、おれと眼を合わせた。おれは彼の手がイグニションのほうに動くのに気づいた。

「外に出ろ、スティーヴン。出ないなら、ガラス越しにおまえを撃つ」スカンクが言った。不気味なくらいやさしい声だった。子供に話しかけているような。スカンクが露骨な脅しをかけたり、派手な警告を発したりすることは決してない。ただしてほしいことを言うだけだ。たいていの人間は彼の薄青の眼を一瞥するなり、したがう。その眼の奥に、解き放たれてはたまらない狂気が見えるからだ。

スティーヴンは運転席のドアを開けた。おれはシャツをつかんで彼の体を引き上げ、地面に叩きつけた。そして腿の股間に近い大腿四頭筋を思いきり蹴り上げた。スティーヴンは悲鳴をあげた。スカンクが助手席から携帯電話を取り上げ、おれに放ると、歩いてきて三八口径をスティーヴンの口に突っこんだ。歯が銃身に当たる音がした。

「しいーっ、静かに、おねえちゃん。バーバラに弱虫だと思われたくないだろ、え？」彼は訊いた。スティーヴンの眼が広がり、全部白眼になったように見えた。スカンクは彼の首をつかんで立たせた。スティーヴンは短いしゃっくりのように頼りない男だった。褐色の髪は無造作に見えるように整えられていた。顔つきも去勢された男のように繊細だった。女っぽいわけではないが、男っぽくもない。

「船を見せてもらおうじゃないか」スカンクがまたぞっとするやさしい声で言い、スティーヴンを船着場に引っ張っていった。おれは小型ボートを運んだ。ファイバーグラス製で軽いそれを、古いハリウッド映画のアフリカのジャングルの場面で部族の女性がやっていたように、頭にのせて片手で押さえていた。オールはもう一方の腕の下に挟んだ。

　目的のクルーザーまで行くと、穏やかな水面にボートをおろした。スティーヴンが命乞いを始めたが、スカンクもおれも聞く耳を持たなかった。船尾の索止め《クリート》にボートをつなぎ、湾に乗り出した。スカンクが操縦するあいだ、おれはスティーヴンに銃を向けていた。このために真夜中すぎの時間帯を選んだのだ。週末のボート乗りに出くわす時間より遅く、網を仕掛ける漁師に出会う未明より早い。

「何をしたいのかわからないけど、やるな。家を取り戻したいのか？　問題ない。返すよ。金が欲しいのか？　いいとも。なんたって、おれの父さんは銀行の頭取だ！」スティーヴンが言った。湾内の水面は鏡のように平らで、おれたちはそこを切るように、航跡もほとんど残さず進んでいった。

「謝ってほしいのか？　わかった。悪かっ――」スティーヴンは言いかけたが、おれは最後まで言わせなかった。

「黙れ」おれはもたれていた船室の壁から離れて、銃口をスティーヴンの頬に押しつけた。彼は両手を上げて眼を閉じた。

「頼む。お願いだ。やらないでくれ。もうすぐ娘が生まれるんだ。たぶんおれの子が――生まれたあとでおれとルーシーがDNA鑑定をするまではわからないけど。頼むよ、なあ。チャンスをくれ」彼は言った。おれは銃のグリップでその鼻を正面から殴った。軟骨が折れた感触があった。裂けた皮膚から血があふれ出した。スティーヴンは船室の床に倒れた。おれの顔は汗で濡れていた。スカンクがエンジンを切り、おれの横に来て立った。クルーザーがゆっくり漂いはじめ、水面で穏やかに揺れた。スティーヴンは両膝をついていたが、ぺたんと尻を落とした。

「何？　何が望みなんだ？　おれはへまをした。悪かった。おれは人間のクズだ。おれに何を言ってほしい？」彼は言った。叫んではいなかった。

ふつうの会話のような口調だった。まだ口だけで切り抜けられると思っていた。

「おれの両親が生きていると言ってほしい。家でおれの帰りを待っていると言ってほしい」おれは言いながら泣きだした。涙が頬を伝い、眼が熱くなった。

「それは言えない」スティーヴンはささやいた。

「それなら話は終わりだ」おれは言った。

「こんなことはできないぞ。やって逃げられると思ってるのか？　父さんが永遠におまえを追い立てる！　遺言補足書を書いて、おまえの子孫を殺したやつに賞金を払う！　ぜったいそうなるぞ！」今度は叫んでいた。おれの銃を持った手が震えはじめた。

「おまえは供述書でおれの親父とおふくろのことをなんと呼んだか、憶えてるか？」おれは言った。異星人がしゃべっているような声だった。スティーヴンは頭を垂れた。また顔を上げると、彼も泣いていた。

「おまえは、おれのおふくろを〝ニガーの雌犬〟と呼んだ。親父のことは〝ニガー好き〟と」おれはささやいた。

「ママ、お願い助けて！」スティーヴンは吠えた。末期のことばなら、もう少し哀れを誘うものも聞いたことがあった。

まずおれが撃った。続いてスカンクも撃った。船室に雷が落ちたかのように銃声が轟いた。硝煙のにおいに顔を平手打ちされた。スティーヴンはクソをもらしていた。赤く細い霧がしばらく空中に浮いていたが、やがて船室内のチーク材の手すりや真鍮の備品の上に落ち着いた。

そのあとはてきぱきと進んだ。スカンクが背負っていたバックパックから防水シートを取り出し、スティーヴンの体を包んだ。やはりバックパックに入っていたダクトテープで、それをしっかり封じた。おれはスティーヴンの携帯電話を船室の床に落とした。警察は携帯の信号で彼の動きを追おうとするだろう。それでかまわない。チェサピーク湾のまんなかにたどり着くだけだ。クルーザーは見つかるかもしれないと思った記憶がある。携帯電話も。だが、スティーヴンの死体はかならず消えるし、海岸のどこかに打ち上げられることもない。

おれたちは死体をボートに放りこみ、その両側に乗りこんだ。スカンクがデニムの上着の下から、銃身を切りつめたダブルバレルのショットガンを引き出した。銃身を切ったときに穴もあけ、ロープを通して、ハンドバッグのように上着の下にかけられるようにしてあった。短いから前身頃に充分隠れる。それでクルーザーの船体を三回撃った。銃身を折って空薬莢を取り出すたびに、細い煙が螺旋状に立ち昇った。スカンクは空薬莢を海に投げ捨てた。使い捨て携帯も湾に捨てた。ふたりでボートを漕いで遠ざかるうちに、クルーザーは痰がからんだような音を立てて海水を吸いこみはじめた。「船がなければ犯行現場もない」スカンクが計画段階で言っていた。おれは質問しなかった。あからさまな殺人に関しては彼のほうが経験豊富だ。

岸まで漕いでいくのに一時間かかった。おれがスティーヴンの死体を肩に担ぎ、スカンクは小型ボートを持ち上げた。スティーヴンの体重はわずか七十五キロほど。おれのリュックサックより三十キロ重いだけだった。

森のなかをスカンクのLTDのほうへ歩いた。半分ほど行ったところでスカンクが立ち止まり、底を上にしてボートを地面におろすと、その上に落葉や枝などを積み上げた。

「いつか狩猟者がこれを見つけるかもな。誰も見つけないかもしれない。どっちにしろ、ここに捨てるのがベストだ」彼は言い、そこからはスティーヴンをいっしょに運んだ。朝の四時ごろ彼の車に到着し、トランクにスティーヴンを放りこんだ。

「例の場所には夜まで行けない。もうすぐ太陽が昇る」スカンクが言った。

「ならどうする？　トランクにあいつを入れたまま乗りまわすのか？」おれは訊いた。スカンクは肩をすくめた。

「別に初めてでもない」彼は言った。おれはじっと見た。質問が舌の先まで出かかった。

見ず知らずの人間を積んで何回、車を走らせたことがある？　もうどうでもいいことだ、と思った記憶がある。おれにはもうスカンクにどんな質問をする権利もなかった。

次の夜、おれたちは掘りたての墓の底にスティーヴン・ヴァンデケラムを埋めた。夜が明けてから、その墓を掘った業者が戻ってきて、スティーヴンの死体の上にコンクリートの容器をはめこんだ。ウォルトの使った埋葬業者が多忙で、葬儀がおこなわれる二日前に墓穴を掘っていたのは運がよかった。おれは、ローレントかヴィクターが訪ねてきておれに手錠をかけるのを何週間も待った。そしておれたちがスティーヴンを入れた穴とたいして変わらない穴に収監されるのを。その何週間が何カ月になり、何年になった。

スカンクもそうだが、おれたちは逃げきったと言う人もいる。罪深い男は罰せられた。昔から哲学者だった親父なら、われわれはみな罪人であり、いずれは罰が下ると言うだろう。おれの無防備な夢の暗がりのなか、スティーヴン・ヴァンデケラムが訪ねてくる夜もある。やつの顔が骨までぱっくり割れて、ビリヤードのキューを立てられるほど大きな穴がいくつもあいているのが見える。そんなとき、おれは正義をもたらした気もしないし、報われた気にもならない。そんなときには、いつか自分の顔もこうして誰かを訪ねるのだと確信する。だからといって怖くはない。両親の復讐を果たす代償としてそれが必要なら、おれは喜んでしたがう。そんな罰ならいくらでも耐えられる。

過去の物語を解き放ったあと、おれはベッドのヘッドボードにもたれて、両腕をリサにまわした。これでいい。おれたちはふたりとも恐ろしい秘密を抱えている。その重さで体が押しつぶされるような秘密を。リサはそれをおれに語った。おれは同じことをしてやれなかったが、それでも連帯感めいたものはあった。

おれたちは、ほかの人たちとはちがう。自分のなかにためこんだもののために動けず、先に進めない。ほかの知り合いがみなまわりの人とつながるのを、サイドラインから見ているしかないのだ。彼らが本当の意味で親しくなるのを見ているしかない。おれたちにできるのは、安いホテルの部屋できつく抱き合い、自分は壊れていないふりをすることだけだ。それで何かが解決するわけではないが、いまは充分だった。リサは顔をおれの胸にこすりつけた。おれは彼女の髪に指を通した。

おれたちは長いあいだそうしていた。

第16章

新たな闇のなかに横たわって数時間がすぎた。おれはまず思った。明日、ミセス・パリッシュとミセス・シアにイーソー・ワトキンスが悪人だったことを報告して、もう事件の解明に興味はないと言おう。謝礼はいらない。それからリサのために聖書を取りに行って、終わりにする。きれいさっぱり。

眠っていたリサが動いた。重荷をすっかりおろして疲れきったのか、おれの腕のなかで眠っていたのだ。髪をなでてやると、彼女の唇が笑みになった。

「会社に帰らなきゃいけない?」リサはつぶやいた。「まだいい」おれは言った。死者はみな棺に入っている。ヴァーレイン夫人の家族は告別式をしないので、明日は午後二時にイーソーを教会に移し、四時間の告別式に備えるだけでいい。どこかに急いで行く必要はなかった。

ちょうどそのとき、宇宙がおれのその考えを読んだかのように、ホテルの電話が鳴った。

「なんなの?」リサが言った。驚いていた。

「フロントだろう」おれは彼女の体越しに受話器を取り、「はい?」と言った。

「ああ、どうも、ネイト。ラシャウンダよ」緊張した声が言った。ラシャウンダ・コーリーはフロント係だ。去年の夏、何度かデートした。そこから生まれたものは、ぎこちないセクスティング（卑猥なメッセージや画像を携帯電話で送ること）以外あまりなかったが。

　エロい写真を撮るのが下手な人もいる。

「やあ」おれは言った。

「いま取りこみ中でないといいんだけど、フロントに来た人たちがいて、外の古い改造トラックの持ち主は出てきたほうがいいんじゃないかって。誰かがトラックのまえのタイヤをいじってるそうよ」彼女は言った。

「おれのいる部屋がどうしてわかった?」と訊くと、ラシャウンダは笑った。耳障りな甲高い笑いだった。

「だって、あなたがミズ・ワトキンスと入ってくるのを見たから。彼女は金曜からここに泊まってて、すごく目立つでしょう。あなた、そういうのが好きよね」

「連絡ありがとう。すぐおりる」おれは言い、彼女の答えを待たずに電話を切った。ベッドから出て、ズボンとブーツをはいた。

「あなたがここにいることをどうして知ってるの？」リサが訊いた。驚いて大きな緑の眼を見開いていた。

「これが田舎町の魅力的なところだ。彼女はおれを知っていて、きみは目立つ。すぐ戻るよ」おれは言った。

ロビーにおりたときには、ラシャウンダはフロントにいなかった。小雨が降っていて、駐車場は液体のダイヤモンドに覆われているように見えた。おれは外に出てベティのほうへ歩いた。

助手席側のドアに、男がひとりもたれていた。おれより肩幅はあるが、背は低かった。ライトの下で禿げ頭が光っていた。肌の色はおれより濃いが、リサよりは薄い。夏の黄昏の色だ。黒いタートルネックのシャツの上に薄手の革のジャケットを着ていた。頭から足先まで筋骨隆々。それはジムで気が遠くなるほど時間をかけて得た筋肉だった。あるいは、刑務所で何年もかけて。

ベティの運転席側で、エンジンをかけてライトをすべてつけた黒いGMC・ユーコンが待っていた。車内灯がつき、男がふたりおりてきた。ふたりとも、おれのトラックにもたれている男ほど大きくはなく、服装は控えめからほど遠かった。ひとりは大きな黒のパーカーで、胸に有名なデザイナーのロゴがくっきりと描かれていた。ジーンズはずり落ちそうなほどぶかぶか、エアジョーダンのスニーカーには汚れひとつない。もうひとりは黒い長袖のシャツの上にラスヴェガス・レイダースのユニフォーム、ニューヨーク・ヤンキースのロゴの入った黒い野球帽という恰好だった。

「何年だ？」ベティにもたれた男が訊いて、おれのトラックに肩をすくめた。

「今年か？　それともトラックのことか？」おれは訊きながら、両足の幅を広げた。

男は笑った。

「笑わせるクソ野郎だな。トラックのほうだよ」

「五七年型だ。誰かがこの車に悪さをしてたのか？」おれは訊いた。相手は首を振った。

「いや。おまえを階下《した》におろしたかっただけだ。話したいって人がいてな」彼の声は落ち着いて感じがいいが、顔は無表情だった。ときどきスカンクの顔もこうなる。殺し屋の目つき。人殺しの眼光。〝おまえを殺してもぐっすり眠れる〟と告げる強面だ。

「誰かがおれと話したいなら、携帯の番号を教えてやるから、それを伝えろ。けど、かけてくるときに番号非通知とか、そういう機能は使わないでくれ。おれは非通知の番号は受けない」おれが言うと、大男は上着のまえを開いてみせた。黒いジーンズの腰にベレッタM9を突っこんでいた。

「あのな、そういうギャング気取りのクソくだらん手順は省略したいんだ」男は言った。

「わかるだろ。おまえを撃ったあと階上《うえ》に上がって、おまえがファックしてるあの上等のビッチのケツにこの銃を突っこんで指人形になるまで引き金を引いてやろうか？　前《エックス》海兵隊の腕自慢か何か知らんが、おれはそういうやつらを家族ごとぶっ倒して、まるごと火をつけることで生活してるんだ。さあ、どうする、お偉いの？　携帯のどうたらこうたらはパスして、そのケツを車に乗せるか？」

「元《フォーマー》海兵隊だ」おれは言った。血管をどくどくと血が流れ、急速に世界の色が消えていた。

「は？」男が言った。仲間のふたりがおれのうしろに来ていた。スマッシング・パンプキンズのある曲の歌詞が頭のなかを駆けめぐった。ドブネズミと怒りとともにケージに囚われていることに関する歌だ。

「前海兵隊なんてものはない」おれは言った。歯を食いしばりすぎて頭痛がした。

「いいだろう。謝る。さて、そろそろこのクソ雨に濡れないところに行けるか？」男はユーコンのほうに手を振った。

「話したいのは誰だ？」おれは訊いた。禿げ頭はジャケットのボタンを留め、きれいにひげを剃った顔をぬぐった。彼の死んだ眼がおれの眼と合った。

「フェラとワトキンス牧師のことで、シェイドが話したがってる」男は言った。おれは顎がはずれそうになった。胃がよじれた。口のなかの唾がすべて腰から下に移動して小便に変わったかのようで、もらさずにいるのがひと苦労だった。

「行きたくないと言ったら?」おれはかすれた声で言った。禿げた男はため息をついた。

「そしたら階上《うえ》にいる女《あま》と、おまえのいとこ夫妻と友だちのラヒームを引っ捕まえて、そいつらが自分の腸《はらわた》で喉を詰まらせるところを、おまえの喉を切り開くまえに見せてやる」彼は言った。声は平坦だが、酔っ払い同士の口喧嘩のように予断を許さない響きだった。

「ギャング気取りの手順は省略するんだと思ったが」おれは言った。夕方飲んだ密造酒がまだ効いていて、声の震えを抑えることができた。

「省略するとも。脅しじゃなくて本気だからな」男は言った。ユーモアはもう微塵も感じられなかった。

しかたなくSUVに乗った。オーガスティン・〝シェイド〟・サンクレアは脅しも約束もしない。宣告するだけだからだ。彼が言えば、事実になる。

シェイドは一度も写真に撮られたことのない麻薬王だった。一度も知事の舞踏会に出席したことのない不動産王でもある。地元のラッパーたちは最新の歌に彼の名前を入れ、殺された仲間やストリートの闘士を称えるが、当のシェイドがおそらく彼らの仲間やいとこや息子を始末する命令を下すという事実は忘れられている。三つか四つの州の警察は彼の名前を知っているが、シェイドが警察主催の慈善基金に最大規模の献金をしていることは知らない。

シェイドは風で運ばれるささやきであり、通りの噂だ。半分は人間で、半分は恐ろしい。だから亡霊《シェイド》と呼ばれる。スポットライトが当たるところには立たない。完全な日陰にはいないが、太陽からは離れている。大西洋沿岸中部の出身で、死にかけたマフィアでも新興勢力のロシア人でもない。途方もなく過激なエルサルバドル系ギャングのMS-13でもない。シェイドは通りと山岳地帯の王だ。海岸沿いと川の流域の。チェサピーク湾岸でビジネスをしたければ、シェイドや彼の組織と取引するしかない。

その彼がおれと話したいのだという。フェラについて。昨夜、とことんぶちのめした相手について。

第17章

車内温度自動調整機能とLEDのヘッドライトがついたSUVが、すべるように発車した。サスペンションもアップグレードしてあるにちがいない。道のでこぼこはまったく感じなかった。ふつうルート六十四号を走れば、歯の詰め物がぐらつくくらい揺れるのだが。悪魔との面会が控えていなければ、おれも乗り心地を愉しんだところだ。

道端に立つ大きな緑の長方形の標識に、あと八百メートルでストーンヒル・ダウンズの出口とあった。かつて熱心なビジネスマンが、ヴァージニア州南東部にも競馬をもたらそうという見当ちがいなことを考え、ストーンヒル・ダウンズに競馬場を造ったことがあった。しばらく人々はそこでミントジュレップ（ミント風味のシロップとバーボンのカクテル）をすすり、馬鹿げた大きな帽子をかぶって、夢見ていた大立者になった気分で可処分所得を使いまくっていた。しかし、住宅市場が崩壊し、所得をすべて生活にまわさなければならなくなると、馬鹿げた帽子はどこかにしまわれ、ミントジュレップは失われた夢の記憶とともに捨てられることになった。

車の流れを離れて出口から別の道に入ると、遠くに三階建ての煉瓦の建物が見えた。そのなかにはVIP席と賭博場とバーがあった。LEDライトの不気味な青白い光が、建物全体を棺覆いのように包んでいた。ドライブウェイに沿って、枯れたツゲの木がミイラのように立ち並んでいる。巨大な駐車場の割れたアスファルトのあいだから茶色の草が生えていた。車は黒いペンキがはげかけた門のまえに向かった。門は建物の裏手から厩舎や走路につうじる道を守っている。その脇に、フードつきの黒いレインコートを着た男がひとり立っていた。

彼が門を開け、おれたちは先へ進んだ。馬の走路の近く、厩舎の端から端まで張り出した屋根の下に長く黒い車が駐まっていた。馬房は全部で二十。馬房や走路のまわりのほうが草は多かった。SUVはタイヤで草を踏みつけながら進んだ。そして停まり、運転手がエンジンとライトを切った。彼らが何を企んでいるにしろ、建物がすべてを隠している。州間高速道路からわれわれはいっさい見えない。彼らが心配しなければならないのは、ファックする場所を探している欲情したティーンエイジャーと、ひと眠りする場所を求めている怠け者のお巡りだけだ。

禿げた男が銃をおれの脇腹に向け、肋骨に押しつけた。

「出ろ。逃げるなよ。G・I・ジョーみたいな立ちまわりもなしだ。とにかくあの車までゆっくり静かに歩け」彼は言った。

「仕事熱心な州警察の警官が車のライトに気づいて、念のため確かめに来るとは思わないのか？」おれは訊いた。禿げた男は首を振った。

「おれのボスはこの地所の所有者のひとりだ。なんならここでピクニックだってできる」

雨が弱まりはじめ、雲のうしろから半月がのぞいていた。禿げた男がSUVから出て、おれはあとについていった。頭は割れそうに痛いが、妙なことはしないつもりだった。拳をきつく握りすぎて手がつりそうだった。門のところにいた男が小走りで、SUVの駐っているところまで来た。長く黒い車は改造されたキャデラックだった。おそらくDTS。タイヤのリムはしゃれているが、見せびらかしてはいない。リムジンとふつうのセダンのあいだくらいの長さだった。レインコートの男がそのドアを開け、禿げ頭がおれの背中を銃でつついた。おれは車に乗りこんだ。座席の革は、おれのケツがそれまで味わったなかで最上級の柔らかさだった。リムジンに似た内装で、ひとつの席はまえの座席と背中合わせになって、リアウィンドウと残りの後部座席のほうを向いていた。禿げ頭がおれに、逆向きの座席に坐れと指示した。

シェイドは坐っていたが、明らかにおれより背が高く、一九八センチから二メートルといったところだった。剃刀のように鋭い山羊ひげを生やし、髪のフェードカットはあまりに短くて、頭に入れたタトゥーかと思うほどだった。肌は黒くなめらかで、たくましい筋肉質の体にぴたりと張りついている。おれのトラック一台より高価なグレーのスーツをゆったりと着ていた。禿げ頭も入ってきて、向かいのシェイドの隣に坐ったが、シェイドのほうは見ずに窓の雨粒を数えだした。シェイドは、おれが過去に見た人のなかでいちばんくつろいだ様子で座席にもたれていた。すべてをコントロールしているオーラを発していて、そのせいで皮肉にも退屈して見えた。

カルティエのサングラスをかけているのが唯一、人目を惹く装飾品だった。豪華な指輪も金のブレスレットもない。ロレックスの高級時計すらなく、代わりに革のストラップのついたシンプルな黒い盤面の腕時計をはめていた。グレーのスーツの下には黒いシャツとグレーのネクタイ。巨大な両手を膝にのせていた。ビリヤードの球でもつぶせそうなたくましい手だった。彼は挨拶もせず話を切り出した。

「わかると思うが、私はもうこういう下のレベルのことにはかかわらない。だがフェラには、ワトキンス牧師とちょっとした仕事をやらせていた。その仕事にきみが割りこんだようだ。出ていったほうがいいぞ、ネイサン。誰もいたくない場所だ」シェイドは言った。

「おれ……フェラが襲いかかってきたんです。彼があなたの部下だとは知らなかった」おれは言った。なんとか低く平静な声を保っていた。シェイドは山羊ひげをなでた。

「部下ではない。あれはたんにワトキンス牧師との取り決めのために使っていた腐れチンピラだ。ところで、その取り決めについて何を知っている、ネイサン？　ここで正直に話すことが重要なのは、いまさら念を押すまでもないと思うが、どうだ？」彼は言った。おれは掌をジーンズにこすりつけた。

「そもそも、おれはここから無事に外に出られるんですか？」おれが言うと、シェイドはサングラスを調節した。

「場合による。きみの話が私の気に入れば出られるだろう。もし本当に気に入ったら、両手をつけたまま出られる」声にこめられた感情の強さと裏腹に、チューリップの最適な植え方について議論しているかのようだった。シェイドはようやくこちらを見た。

「だから教えてくれ、ネイサン。何を知ってる？」彼は言った。おれは唇を湿らせた。

「フェラはワトキンスの教会にまとまった献金をしていて、おれが知るかぎり、よちよち歩きを始めて以来一度も教会に行ったことがなかったのに、ワトキンスの信徒に登録してもらった。それしか知らない。本当にそれだけです。そしたら言ったように、昨日の夜、フェラに襲われた。どうして隔週の日曜日、一万ドルほどポケットに入れて歩きまわってるんだとおれが訊いたことが気に入らなかったらしい」おれは言った。胃がよじれていた。

シェイドは少し前屈みになった。

「いま一万ドルと言ったか？」彼の声に〝下のレベル〟の響きが浮かび上がった。おれの心臓は肋骨をバンバン打った。これで終わりなのか？　おれはここで死ぬのか？　廃屋の裏に駐まったギャングの車の後部座席で？　両の拳を確かめた。もしこれで終わりなら、誰かの眼玉を親指からぶら下げて死んでやる。

「ええ」おれは答えた。声は抑えたつもりだったが、シェイドはそこに確かな暴力を聞き取ったにちがいない。微笑んだ。虎がニヤリとするように。雨がまた強まり、車のルーフで雨粒が跳ねはじめた。シェイドの白い歯が黒い肌と見事なコントラストで光った。

「まあ落ち着け。きみを消すことに決めたとしても、それは内装を整えたばかりのこの車のなかじゃない」彼は言った。冗談かどうかわからなかったので、おれは何も言わなかった。シェイドは両手の長い指で三角錐を作って顔のまえに持ってきた。

「だが、なぜフェラがその寄付をしていたかは知らないわけだな？」彼は訊いた。命綱を投げてくれているのか？　わからなかった。が、つかむことにした。

「ええ、そう、知りません。おれは彼の教会にかようご婦人たちに頼まれて動いてるだけです。保安官にちゃんと仕事をさせてくれということで。だから、あきらめてくれと彼女たちに言えば、それですべて終わる」おれは言った。シェイドは左手の指を曲げた。関節が鳴った。樹液を含んだ木のこぶが薪ストーブで弾ける音のようだった。

「私とワトキンスはうまくやっていた。彼は私を助け、私も彼を助けていた。じつは、ヴァージニア北部にいる牧師仲間を紹介してくれることになっていた。それで投資グループを作って、アーリントンの物件をいくらか買う予定だったのだ。ビジネス上、私とワトキンスの関係は良好だった。そして私はつねにビジネスを重視する。だが、きみは私が彼を殺させたと考えてるんだろう？」彼は言い、両手の指を組み合わせた。

「そんなのは知ったこっちゃない」おれは言った。シェイドは不満げになり、サングラスをはずして、おれを凝視した。純銀を思わせる灰色の眼で、アスファルト道路の熱波の陽炎のように光が揺らめいていた。

「きみはいま、私がかねて疑っていたことを裏づけた」彼は言った。

「フェラはあなたの金を着服している？」おれは訊いた。シェイドはぞんざいにうなずいた。

「きみの話を聞くまで、やつの寄付が教会の帳簿でいくらになっているのか、正確には知らなかった。いま残されている疑問はただひとつ、〝なぜ？〟だ。フェラは自分のために盗んでいたのか、それとも私の……商売敵に取りこまれたのか」彼は言った。後部座席がだんだん狭くなってきた気がした。シェイドの狙いを定めた冷たい怒りが車内を満たしていた。彼は座席の背にもたれ、サングラスをまたかけて、窓のほうをちらっと見た。

「ワトキンスが発見されて一週間後、私の資産をもっと安全な場所に移せるように教会から銀行口座の情報を入手しろと言われた彼は、言いわけを始めた。誰に訊けばいいのかわからない、教会に誰もいない、クソべらべら。そこで私は木曜に、ここにいるミスター・カーヴァーを彼のところに送り、口座情報を月曜までに手に入れろとはっきり伝えたのだ」彼は言いながら、組んだ指を曲げ伸ばしした。

「あいつの眼の見えないピットブルを天国に送ってやった」カーヴァー、旧名禿げ頭が言った。まだ窓の外を見ている。もしおれがその仕事をまかされていたら、犬ではなくフェラを撃っていただろう。シェイドはまた身を乗り出して、人差し指の先をおれの額にくっつけた。おれは本能的にのけぞった。顔のまえから彼の指をはたきのけずにいるのには、ありったけの集中力が必要だった。

「ところが土曜の夜、カーヴァーがフェラからきみに関する電話を受けた。フェラが言うには、きみはワトキンスのパートナーで、フェラのところへ行って彼をぶちのめし、教会に二度と来るなと言った。口座にあった金はいますべてきみが持っている。フェラは折れた鼻の写真まで送ってきたそうだ。そこで私がカーヴァーに、フェラに何を伝えろと命じたか、わかるかな、ネイサン？」シェイドは訊いた。おれはそのとき初めて、このクソ車から生きて出られるかもしれないと思いはじめた。

「おれをあなたのところに連れてこいと」おれは言った。シェイドはまた微笑んだ。

「ところが、おまえはやつのチーム全員のケツを蹴り飛ばした」カーヴァーが言った。その平坦な口調で、おれはまだ森を脱出していないことを知った。カーヴァーにちらっと眼をやると、右手を上着のポケットに入れていた。車に乗ってきたときからそうしていた。

「きみは私を尊敬するな、ネイサン？」シェイドが訊いた。おれは唇の内側を嚙んだ。

「ええ、もちろん」と答えると、シェイドはうなずいた。

「きみのことはすべて知っている、ネイサン。どこで寝るか、どこで酒を飲むか、どこで一発やるか。誰を愛し、誰を憎んでいるか。私に嘘をついていないこともわかる。嘘をついたが最後、私はきみを始末できるからだ。そんなのは蚊を叩きつぶすくらいのものだ」

シェイドはそう言って、おれの顔のまえで両手をぱしんと合わせた。おれは怯まなかった——外見上は。シェイドの手は空中で霞んで見えた。見た目より動きは速かった。

「もうこの件は調べません。おれは手を引く。メッセージはまちがいなく、はっきり受け取った」おれは言った。カーヴァーが頭をわずかに動かした。シェイドは長く、荒々しく笑った。

「ひとつ頼みがある。やってくれるな？　誰がイーソーを殺したのか、見つけて私に報告してほしい。田舎にありがちなつまらない事件かもしれない。あるいは、そうでないかもしれない。だからきみには調査を続けてもらいたい。いいな？　手間賃を払ってもいい。もし何かを見つけ、私が自分の利益に適うと思ったら、そうだな……たとえば、五千払ってもいい」シェイドは言った。

「つまり、あなたは本当にやってないんですね。そう言ってよさそうだ」おれが言うと、シェイドはまたこっちに顔を向けた。

「連れていけ」彼は言った。カーヴァーがドアを指差し、おれは開けて、霧雨のなかに足を踏み出した。カーヴァーは車の反対側に出た。おれはSUVに歩きはじめた。

「ネイサン」シェイドが言った。おれは立ち止まったが、振り返らなかった。

「もしあいつが私の両親を殺したのだったら、やはり私もあいつを消していた。自分の左の睾丸の味見をさせたあとでな」シェイドは言った。おれは何も言わなかった。レインコートの男がシェイドの車のドアを閉めた。

霧雨がSUVを包みこみ、窓は曇っていた。カーヴァーがおれの隣に乗りこんできた。SUVは賭博場の横をすぎ、州間高速道路に戻った。車のなかは静かだった。前部座席のふたりはラジオすらつけなかった。ニューポート・ニューズの出口で高速をおり、コールマン橋を渡りはじめた。カーヴァーがおれの腕をつついた。

「おまえが歩くと、カンカン鳴るのか？」彼は言った。おれは横を向いた。

「え？」

「おまえの真鍮製の金玉だよ。歩くときカンカン鳴るのか？　真鍮でできてるんだろ、あの話し方からすると。シェイドが直接話をする人間は多くない。話した相手はたいていビビりまくって猫に文句も言えなくなる。だが、おまえはあそこで利口に切り抜けた。ベッドの馬の首（『ゴッドファーザー』でマフィアが使った脅し）みたいな話をしながらな。笑いをこらえるのがたいへんだったよ。笑うわけにいかんだろ？　シェイドがひと言指示すりゃ、おまえを撃つことになってたが、それでも笑えた。寄付のことを知っててよかったな。おまえはおれが知ってるなかで、あの教会が本当に命を救った初めてのニッガだ」カーヴァーは言った。それでおれは突然、自分がかぎりなく死に近づいていたことを思い出した。

　ようやくホテルに戻った。雨は完全に上がって、雲間から月が出ていた。ＳＵＶがおれのトラックの横に停まり、おれはドアのハンドルに手を伸ばした。

「待て」カーヴァーが言った。おれはハンドルを握りしめた。力をこめすぎて折れるかと思った。カーヴァーはジャケットのなかに手を入れ、携帯電話を取り出した。おれは低くため息をついた。

「おれの番号を登録しとけ。こっちからかけたときに拒否せず、ちゃんと出るように」彼は言った。おれは自分の携帯を取り出して彼の番号を〝サイコ〟の名前で登録した。スカンクの番号は〝ソシオパス〟で登録している。

「番号は教えてもらうが、そんなに話すことはないと思う」おれは言った。「何があったか、ほぼ明らかじゃないか？　フェラとワトキンスがシェイドの金を盗んでた。ワトキンスがそれを外に言おうとして、フェラが彼を殺した」単純そのものの答えだ。ここはニューヨークやロサンジェルスじゃない。殺人はまれで、起きたとしても複雑ではない。カーヴァーは肩をすくめた。

「フェラはたぶんおまえを殺すつもりだったが、それは追いつめられて、やけくそになってたからだ。で、結果を見てみろ。まあ、おまえが元警官とか、そういうこともあったがな。ただ、あの男がいきなり相手に近づいてバンと一発？　そんなことが本当にできると思うか？　それに、なんでワトキンスが言おうとする？　自分のケツまで始末されるだろうに。いやいや、ありえんな。フェラは本物の悪党じゃない。すぐおろおろする。へなちょこ《プッシー》すぎて、歩くときもニャーニャー言うほどだ。おれたちとはちがうぜ、ネイサン」彼は言った。おれはＳＵＶから出た。両手に刑務所のタトゥーを入れたこのブラザーといっしょにされてはたまらない。フェラに対する彼の評価は正しいかもしれないが、おれに対する評価はまちがっている。

「それでも、またフェラと話す必要があるかもしれない」おれは言った。

「急げよ。おれがあいつを訪ねて盗人の指を切り落としてやるまえにな。同時にやるぜ」

「教えてくれ。どうして今夜、おれの居場所がわかった？」おれは訊いた。カーヴァーは笑った。

「この州に、車体が全部黒で白いマグホイールをつけた五七年型シェヴィが何台ある、ネイサン？」

「いつからおれを見張ってた？」おれが訊くと、カーヴァーは微笑んだ。

「おやすみ、ネイサン」彼は車のドアを勢いよく閉めた。ユーコンはなめらかに駐車場から出ていった。

おれはベティに乗った。バケットシートの背にもたれ、吠えた。自制の限界を超えたわけではなく、たんに精神を解放する原始的な叫びだった。保安官事務所で叫んだときより声はぜんぜん小さかった。

リサの部屋に帰ろうかとも思ったが、そうする代わりに葬儀社に戻った。シェイドが完全にムードを壊していた。加えて、かけられた圧力を減らす休息時間が必要だった。今夜の出来事はまずまちがいなく、おれの潜在意識のなかにもぐりこむ。

事務所に着いたのは真夜中で、おれは古いフットロッカー（軍人が兵舎で私物を入れる小型のトランク。よくベッドの足元に置かれることからこう呼ばれる）からラムのボトルを取り出した。ベッドにどさっと坐り、キャップを開け、ボトルから長々と飲んだ。ピリピリする感覚が胸全体に広がり、下腹に落ち着いた。おれは東海岸一と言っていいくらい危険な男に呼び出され、なんとか生還した。だが、このワトキンスの事件は百万倍ややこしくなった。

　ベッドに坐ったまま飲みに飲んだ。緊張がほぐれて少し気分がよくなると立ち上がり、ボトルからちびちびやりながら部屋じゅうを歩きまわった。おれの部屋の広さは大きめのクロゼットぐらいなので、往復してもそう時間はかからない。携帯を取り出し、見つめ、まだ充分酔ってないと感じて、それをベッドの上に放った。また一気に飲んだ。酔ってしっかり気分がよくなったことを確かめてから、携帯を取って、ワンタッチダイヤルで〝ソシオパス〟にかけた。スカンクの呼び出し音は昔のオールマン・ブラザーズ・バンドの曲だった。おれはデュアン・オールマンの焼けつくようなスライドギターに合わせて足を踏み鳴らした。

「ああ」ざらついた低い声が言った。

「よう。ネイトだ」

「わかってる」

　おれは大きく息を吸った。

「なあ、できたら何日か、こっちに来てもらえないか。あることを調べてて、それがまずい方向に進むかもしれない。そのとき支援が必要なんだ」おれは言った。スカンクのゆったりした呼吸音が、ヴァージニアからジョージアまでの基地局を次々経由して聞こえてきた。

「銃は二挺以上必要か？」ようやく彼が言った。

「いや、いらないと思う」

「なら、そうひどい状況でもないな。明日か明後日のうちに行く」スカンクが言い、電話が切れた。

携帯の画面に触れると暗くなった。もう一度ラムをあおってからキャップを戻し、ボトルをベッドの横に置いた。ヘッドボードにもたれて坐り、酒の効き目を感じた。犯罪王とそのサイコの部下に対処するために、ソシオパスを呼び寄せることになった。これでぜったい安心だ。まずいことになる可能性はない。完全にゼロ。万一何かおかしくなって、横道にそれはじめたときのために支援は必要だが、物事が横道にそれはじめたときにこそ、スカンクが本領を発揮する。

第18章

翌朝目覚めると、口のなかでラムと後悔がマリネになっていた。おれは自分の能力ではどうにもならないことに首を突っこみ、抜け出せなくなった。シェイドに雇われたことについては、少なくとも何か報告しないかぎり暴力的な結末を迎えるという印象だった。殺されたのはペテン師で、自分の娘の売春を斡旋していた怪物なのに、ずいぶん多くの人間が犯人を見つけ出すために金を出す気でいる。

起き上がって、奥の支度室の近くにあるバスルームに行き、歯を磨いて顔を洗った。密造酒とラムとストレスがどろどろに混じって饐《す》えた腹のなかから、のろしが食道まで上がってきた。時計を見ると、午前八時だった。告別式は四時だから、朝食をとってイーソーの家に行く時間はたっぷりある。左のポケットを叩いて、家の鍵束があることを確かめた。なかで何が見つかるかはわからないが、ここ二十四時間に判明したことからすると、いいものではなさそうだった。

ベティのエンジンをかけ、クイーン郡の反対の端へと走らせた。地元民は郡を〝おりていく〟と言う。気温は前日からかなり下がっていた。ヒーターをつけて、ベティのスピーカーから『フォーエヴァー・マイ・レディ』を大音量で流した。頭のなかで声がささやいていた——おれはまちがっていると。カーヴァーの言ったことは正しかった。おれは彼と似たもの同士だ。人殺しだ。おれはその声に、さっさと最寄りの崖から飛びおりてしまえと命じた。人を殺したことがあるのは事実だが、それは自分の国のため、家族のため、戦友たちのためだった。ふつうの殺しとはちがう。おれはそのちがいにしがみついていた。酔っ払いが階段の手すりにしがみつくように。それだけを頼りにどうにか立っていた。

イーソーの家は〈シェルタード・エーカーズ〉と呼ばれる排他的な住宅地の道路の終点にひっそりと立っていた。おれが子供のころ、この土地は狩猟用の道を含む松の森だった。それがいまは下層階級から逃れる郡の富裕者の住まいになっている。おれはシェルタード・エーカーズ・レーンを進んで異世界に入った。どの家の芝生も、生えて三センチと伸びないうちにきれいに刈られている。歩道沿いには、葉を茂らせたレッドメープルが並んでいる。クソ贅沢な歩道だ。おれは子供のころ、スケートボードが欲しかったが、乗る場所がないことに気づいた。うちの裏庭は森だった。

どの家もスタイルこそちがえ、見せびらかすような派手さはなかった。煉瓦の二階建ての大邸宅もあれば、横に広がった平屋のランチハウスもある。造船所の管理者より総督にふさわしい、樹脂外壁の家もある。まちがいなくセコイア材を積み上げたログハウスもあった。家の番号はキーホルダーに書いてあった。ホルダーには白鑞《しろめ》の十字架と、詩篇第二十三篇が彫られた小さな銀のお守りもついている。リサはこの家で育ったわけではないが、彼女がなかに足を踏み入れたくない理由はわかった。彼女の嫌な記憶は特定の場所や建物ではなく、父親と結びついている。家に入ればその記憶が呼び覚まされるのだ。燃えさしがひっくり返って、また炎が立ってしまう。

おれは道路の行き止まりのカーブに車を駐めた。イーソーの家はその半円のまんなかだった。左隣は南部連合国旗とダラス・カウボーイズのファン。右隣の住人は庭のこびとの置物に取り憑かれて理性を失ったらしく、不気味な像の数々が庭を満たし、玄関前のポーチに至るまでの小径を守っていた。アジサイの株の下や、枯れかけたペチュニアやパンジーの植木鉢の棚のまわりから、こびとたちがこっちをうかがっている。ドライブウェイに駐めた彼女のミニクーパーのうしろには〝世界最高のおばあちゃん〟というステッカーが貼ってあった。通りやドライブウェイにほかの車も何台か駐まっていたが、ほとんどの住人は仕事に出ているようだった。おれにとっては都合がいい。詮索好きの眼と、黒人の大男がワトキンス牧師の家に入っているからと保安官に電話をかけたくなる指は、ないに越したことはない。

おれはベティから出て、ワトキンス家の玄関に続く骨材がむき出しの小径を歩いた。家は二階建てのチューダー様式で、やや新しいスレートグレーの樹脂外壁、すべての窓に装飾用の黒い鎧戸がついていた。玄関ポーチはないものの、ドアの上に少し屋根が張り出し、鍵を探すあいだくらいは雨をしのぐことができる。それはまさにおれがしていることだった。右手には、跳ね上げ式の扉がついた車一台分のガレージ。ドアにも前庭にも立入禁止テープは張られていなかった。景観に関する住宅所有者の同意書に違反するのかもしれない。遠くで犬が何匹か鳴く声が聞こえたが、近所をパトロールしている者はいなかった。

鍵を挿して、ドアを開けた。家は少しカビ臭かった。来る人がいないので、何週間も空気が動いていない。なかに入ると、そこは本物の硬材が敷かれた玄関ロビーで、凝った彫刻のコート掛けが置いてあった。壁はコマドリの卵のような薄青だった。おれはロビーからリビングルームに入った。U字型のソファの真正面に、人生で見たなかでいちばん大きいテレビがあった。少なくとも七十二インチはある。ソファの右に階段があり、踏み板は栗色、磨き上げられたマホガニーの手すりの支柱は薄青だった。リビングの床にはクリーム色の高級カーペットが敷かれている。ソファの左は大きな本棚で、それと直角に交わる壁の小さな窓には、黒く分厚いカーテンがしっかり引かれていた。

テレビのまえの床にクルミ材のコーヒーテーブルが倒れていて、スペアタイヤくらいの大きさの血の染みがあった。おれは染みに近づいた。ここでワトキンスが死んだのだ。コーヒーテーブルは犯人と争って倒れたのか？　そうは思えなかった。テーブルの脚の下のほうに血がついていて、カーペットから血を吸い上げたうえで倒れたように見えた。気持ちのいい眺めではない。おれは血の染みをそっとよけて、本棚のまえまで行った。棚は五段あり、どの段にも埃が薄く積もっていたが、最上段だけは例外で、端のほうの数冊がいくらかまえに出ていた。そのどれもリサの聖書ではなかった。おれは一冊ずつ引き出して背を持ち、勢いよく振った。ひと昔前、人は見られては困るものをよく本のページのあいだに挟んでいた。保安官事務所に入ったときには、ローレントによく、マットレスをめくって本を振ってみろと言われたものだ。現代のデジタル社会で、有罪の証拠になる写真や手紙が偉大な古典文学のページに挟まれていることはまずない。近ごろ、猥褻《わいせつ》なコミュニケーションはたいていショートメッセージでおこなわれる。とはいえ、ワトキンスはどちらかというと古い世代だから、本を調べて損はない。おれは二段目、三段目、四段目も調べた。そこにも聖書はなく、どの本を見ても、ワトキンスの殺害者が二百四十八ページと二百五十ページのあいだに自白書を挟んでいるようなことはなかった。

おれは床に膝をつき、最下段に取りかかった。使い古して革の表面にひびが入った大きなキャリングケースがあった。それを引き出してジッパーを開けると、なかにリサが言ったとおり血のように赤い聖書が入っていた。表紙に金色の文字で〝聖書〟の浮き彫りがある。表表紙と裏表紙をつかんで、また勢いよく振った。何も出ない。とりあえずケースに戻し、ジッパーを閉めて、ソファに置いた。

リビングから台所に移った。頭がずきずきした。犯行現場は演出かもしれないし、本物かもしれない。コーヒーテーブルの脚の血がどうしても気になったが、それだけでここが殺害場所と決めつけるわけにはいかなかった。ワトキンスが自分の胸を撃ち（ありそうにないが）、保安官事務所の人員が死体に近づくためにテーブルを動かしたのかもしれない。そう、そういう可能性はある。おれのケツから猿が飛び出す可能性だってある。だからといって、トイレットペーパー代わりにバナナを買おうとは思わない。

台所の床は黒いスレートのタイルで、それに合わせて調理用具も黒だった。中央に透明なガラスの小卓があった。流しを見ると、洗っていないグラスが十あまり。カウンターはダークグレーの御影石で、流れるような白い斑が入っている。カウンターの端に小さなローラーつきのゴミ入れがあった。必要なときに引き出して、用がなければ扉を閉めておく。扉は開いていて、ゴミ入れはほぼ満杯だった。悪臭はしたが、ウォルトの仕事で過去に引き取ったいくつかの遺体ほどではなかった。

ゴミ入れを外に出して、中身を床にあけ、足で選り分けた。チーズの包みがいくつかと、ボローニャソーセージの皮、コーヒーフィルターもいくつか。賞味期限が二週間前の牛乳の空きカートン。どことなく見憶えのある、透明なプラスチックの半球体がふたつ。使用ずみの剃刀の刃が数本、使い終わったトイレットペーパーの芯がいくつか。すべて長年独身の男の生活にありそうなものばかりだった。コンドームの袋も含めて。コンドームの袋は山ほどあった。

特大、極薄、彼女のためのリブつき、彼のためのリブつき、温感ジェルローション、香料入り殺精子剤コーティング。暗闇で光るタイプまであった。八〇年代に滅びたと思っていた新機軸だ。ワトキンスはNASCARレースより激しくゴムを消費していたらしい。彼の秘密はいったい何だ？　それはわからないが、ワトキンスの歳の男で、残ったこのゴミが証明するスタミナを持っているのには勇気づけられた。男全員にとっての福音だ。おれは台所から出て、家の裏手の小さなサンルームをのぞいてみた。空気を抜かれて保存袋に入ったマットレスが三つ、小さなフトンの横に並んでいた。サンルームの窓にはすべてしっかりした遮光ブラインドがついていて、どれも完全におりていた。

おれは方向を変え、階段を駆け上がった。二階まで行くと、右側にドアが三つ、左側にやや小さいドアがひとつあった。小さな八角形の窓から廊下に光が入っている。右側の最初のドアに行くと、鍵がかかっていた。次のドアは開いた。その部屋は葬儀社のロビーくらいの広さがあった。部屋に入ってすぐ右手に空っぽの屑籠。左奥にはクイーンサイズのベッドが、詰め物のある革張りのヘッドボードを壁にぴたりとつけて置かれていた。その横のアンティークふうのナイトスタンドには、引手金具が真鍮の抽斗がひとつついていた。その抽斗を開けると、さらにコンドームが出てきた。加えてローションも。コックリングらしきものもあったが、取り上げてよく見ようとは思わなかった。バイアグラでも濫用していないかぎり、ワトキンスがこれほどのスタミナを維持していたはずはない。八十代のセックスに抱いていた夢がしぼんでいくのを感じた。部屋の奥の壁の中央に窓があり、そこにも黒いカーテンがかかっていた。流れるようなベロアの生地が暗い水面のように波打っている。カーテンを押し開けると、地獄並みに陰鬱だった部屋にいきなり光があふれた。

壁にかかった絵には、ソロモン王とふたりの母親が出てくる聖書の場面（旧約聖書列王記上第三章）が描かれていた。賢明な王がいましも赤ん坊をまっぷたつに切ろうとしている。複雑な鉄細工の額に入ったその絵は、幅一メートル、高さ一メートル二十センチほどで、室内の雰囲気を支配していた。ラファエロの向こうを張ろうとした画家が描いたのかもしれない。おれは近づいて絵をフックからはずし、仔細に眺めた。じつは父親からルネサンス期の巨匠たちについて教えられ、生涯変わらぬ美術好きになっている。そのことはあまり多くの人に話していなかった。ラヒームは知っている。スカンクも知っているが、理解していない。ウォルトも知っていて、去年は初期フランドル派の大家の名画を集めたカレンダーを贈ってくれた。

その絵は想像したほど重くなかったが、サインもなかった。確かめてもいいだろう。慈善バザーから救い出されたきわめて貴重な作品にいつ出会うか、わからないではないか。絵をまたフックに戻そうとしたとき、描かれた赤ん坊がぜったいウインクをしたと思った。おれは絵を腰のまえに持ってきて、よく見てみた。気のせいだったのか、それともまだ酔っているのかと思いながら、また持ち上げてフックにかけようとすると、またウインク。おれは絵を眼のすぐまえまで上げて赤ん坊を一心に見つめた。

その子はウインクをしていなかった。おれは絵を裏返した。裏打ちの厚紙のまんなかに、五十セント玉ほどの大きさの丸いプラスチックのディスクがついていた。ディスクの中心で、ごく小さな赤い光がまたたいている。おれはそれを親指の爪で厚紙からはがした。弱い瞬間接着剤で貼られていた。それは超小型の無線カメラだった。おれがウインクだと思ったのは、カメラのレンズに反射した日光だった。

「いったいこれで何をし腐ってた、イーソー？」おれは声に出して言った。霊界から答えはなかった。絵を戻し、スパイカメラをポケットに入れて、隣の部屋に行った。そこは主寝室だったにちがいない。キングサイズのベッドがあった。群島のなかのひとつの島のように、部屋のまんなかに鎮座している。右の壁に別の絵がかかっていた。まえの部屋と同じ大きさだが、こちらは女ふたりと男ひとりが火災の町から歩き去る場面を描いている。ロトと娘たちだ（旧約聖書創世記第十九章）。その絵の裏も調べると、肌がぞわぞわしはじめた。

別のカメラだ。これはポケットに入れなかった。鍵がかかっていた最初の部屋に戻った。おれはドアに背を向けて、思いきりうしろに蹴りつけた。頼りない錠が壊れ、ドアが内側に開いて、なかにあった何かに激しくぶつかった。ここはおそらくイーソーの書斎だ。ドアがぶつかったのは、使いこんだ書き物机だった。すり切れたデスクマットがのっていて、ちょうどノートパソコンの大きさのものを置いた長方形の輪郭が跡になっていた。左側の壁沿いに、忘れられた番兵よろしくまた本棚があった。おれは棚から次々と本を引き出しはじめた。本棚の上を両手でなで、床にひざまずいて棚の下も見てみた。

おれはルーターを探していた。無線カメラから録画機器やモニターに信号を送るにはルーターが必要だ。しかし何も見つからなかった。部屋の残りの場所を引っかきまわした。教会関係のファイルと牧師の昔の説教のファイルが入った段ボール箱がいくつかあった。説教の日付を確かめた。二〇〇九年までは手書きだったが、そこからノートパソコンに切り替えたにちがいない。

すべてに納得がいかなかった。どうしてローレントと部下たちはカメラを見落とした？　ゴミ入れのなかのものも？　そもそも鑑識はここできちんと作業したのか？　まったくわけがわからない。現場検証は警察業務の基本中の基本だ。おれは部屋のまんなかでゆっくりと体の向きを変えた。彼らがルーターを見つけたのだとしたら、それが何かわからないまま持ち帰ったのだろう。つまり、無能ということだ。おれはもう一度、部屋をよく見てまわることにした。ひざまずいて机の下も調べた。何もなし。だが、机の下に通風口があった。床と壁の境目に沿って走る通風口に明るいクロムの蓋がついている。

おれは子供のころ、よく自分の部屋の床の通風口にものを隠した。うちのトレーラーの暖房は壊れていたので、ポルノ雑誌やたまにマリファナの袋を隠すのに便利な場所だったのだ。

広い肩を机の下に押しこみ、通風口に手を伸ばした。しばらくガタガタやっているうちに蓋が床からはずれた。なかに手を入れて探ってみた。ドブネズミやハツカネズミの腐った死骸がないようにと神に祈った。毛の生えたほかの動物も。何もないとあきらめかけたとき、指先が何かつるつるしたものに触れた。おれはめいっぱい手を伸ばした。通風口のざらざらした縁が手首に食いこんだが、ついに目的のものの隅に指が届き、外に引き出すことができた。机の下からもぞもぞと体を出し、鉄の脚の一本にもたれて坐った。

それは電子タブレットだった。大きさはほぼレターサイズで、埃がついているが、埃まみれというほどではなかった。縁に指を走らせ、電源ボタンを押してみた。死んでいる。おれは立って、両手をズボンでふいた。タブレットを脇に挟み、階段の左側にひとつ残った部屋を調べに行った。おそらくそこがイーソーの寝室だ。彼の薬棚は、薬物的な喜びの宝庫だった。バイアグラとシアリスの壜。鎮痛剤のオキシコンチンにバイコディン。パーコセット、ザナックス。ラベルのついていない壜もいくつか。洗面台に歯ブラシが一本、抽斗にはあと六本あった。すべてのブラシ部分に、旅行のときに使うようなプラスチックのカバーがついている。洗面台には男性用のデオドラントがひとつ置かれ、抽斗には女性用が何種類か入っていた。便器の横の屑籠は空《から》だった。台所のゴミ入れの中身があぁなっていた理由がわかった。屑籠がいっぱいになると、台所のゴミ入れに移していたのだ。ただ、なぜあそこまでたくさんコンドームの袋があったのか、それが謎だった。

おれの心の沼地からひとつの考えが這い上がってきた。ここにあるピースをうまくつなげれば、この古き良き〈シェルタード・エーカーズ〉でイーソー・ワトキンスがどんな不届きなことを愉しんでいたのかがわかりそうだった。おれは急いで階段をおりた。足音が家のなかでうつろに響いた。台所に戻り、ガレージにつながるドアを抜けた。イーソーのメルセデスが物言わぬ黒いタランチュラのように駐まっていた。左側の壁を手探りして明かりのスイッチを見つけた。それを入れると、蛍光灯の真っ白な弱々しい光があちこちの影と果敢に闘った。このガレージは自分の手を決して汚さない男の証だった。修理道具も、芝を手入れする器具もなく、ペンキのバケツがいくつかと、書類がいっぱい詰まった段ボール箱がさらに数個、長年外の光を見ていないローンチェアが数脚あるだけだった。

リビングに戻って、聖書の入ったキャリングケースの持ち手を左手でつかんだ。右手にはタブレットを持っていた。タブレットに何が入っているのはわからないが、イーソーの死をめぐる多くの疑問の答えが含まれている気がした。おれは家から出た。わざわざドアの鍵はかけなかった。こびとの家のドア近くの花壇で、年配の白人女性がひざまずいて草を抜いていた。

「おはよう！」声は高くて陽気だった。スクエアダンスで動く方向を指示する人に呼びかけられたかと思った。

「おはようございます」おれは言ってトラックのほうへ歩いた。

「イーソーの息子さんね。顔がそっくりだもの！」彼女は言った。この人には何も目撃させてはいけないとおれは心に留めた。

「いいえ、ちがいます。彼の娘さんの友人で、家から取ってきてほしいものがあると頼まれて」おれは言った。女性はまたうなずき、さほど苦労せずに立ち上がった。痩せているが、ひ弱そうではない。前腕は筋肉質だ。長年ガーデニングをしてきたせいだろう。紫外線ライトを浴びたのではなく、外にいたことでしっかり日焼けしていた。顔のしわは眼と口のまわりだけで、目尻のしわより笑いじわのほうが多い。歯もほとんど残っている。灰色の長い髪をうしろで結って、小麦色の帽子から背中まで垂らしていた。大きめの男物の白いボタンダウンシャツを着て、かなり着古した短いチノパンをはいている。眼は濃いはしばみ色だが、生まれたての日のように澄んでいた。手袋を脱いで、片手をおれに差し出した。握力も強かった。

「ヘレン・スミザーズよ。イーソーの隣人です」彼女は言った。

「ネイサン・ウェイメイカーといいます。初めまして」おれは言った。彼女は両手を腰に当てた。

「イーソーのことはとても残念でした。いつも親切だったのに。彼に何があったのか、ご存じありませんよね？　わたしは隣に住んで五年になります。夫のモートンが二〇〇七年に亡くなったので、郡の北にあった家を売ってここに越してきたの。イーソーはいつもわたしの買い物袋を運んでくれたり、立ち止まってわたしが望むだけ話をしてくれたりしたんですよ。息子のデイヴィッドは貧しい国で働く医者で、なかなかこっちに来られないので」彼女は言った。声に苦々しさはなく、むしろ誇りが感じられた。

「〈国境なき医師団〉ですか?」おれは言った。彼女は微笑んだ。

「そう! だからヴァージニアには家族がいないの。妹は故郷のニューヨークに住んでるし。だからここはわたしと、猫のシェパードと、こびとたちだけ。わざわざ話しかけてくれたイーソーはいい人でしたよ。聖書の勉強会の準備をしてるときだって、立ち止まって話してくれたから」思い出しながら言うと、目元にしわが寄った。

「聖書の勉強会? この家でそんなことを?」おれは訊いた。ヘレンはうなずいた。

「ええ、もちろん。月に二回ね。ときには三回。それはもう気持ちが昂揚する会だったんでしょうね。通りにずらっと車が並んで。夜の九時にわたしがベッドに入るときでも、まだ勉強してましたよ。イーソーはとっても立派な信仰の指導者だったのね」彼女は言った。笑みで眼のまわりのしわがさらに増えた。

「おれをからかってますよね、ミセス・スミザーズ?」おれが言うと、ヘレンは笑った。音楽のような笑い声だった。それが木々でさえずる朝の鳥の歌と混じり合った。

「わたしは年寄りだけど、馬鹿じゃありませんよ、ミスター・ウェイメイカー。イーソーはいい人でした。いつも礼儀正しくて。でも、あれはパーティね、聖書の勉強会なんかじゃなくて。だからって責めるつもりはありませんよ。わたしはカトリックの家で育ちました。わたしたちの司祭もときどきお酒を飲んでたわ。宗派に関係なく、聖職者でいることはたいへんよね。イーソーは、何を勉強していることになってるか話してくれましたよ」

「ほう。で、何を勉強していると？」

「コリント人への前の書、テサロニケ人への前の書、それか雅歌ですって」彼女は微笑んでいた。おれは微笑まなかった。

「雅歌？」おれは言った。彼女の笑みが広がった。

「聖書のなかで指折りにすばらしい書よね、どう？」ヘレンは顔を赤らめて言った。

第19章

〈シェルタード・エーカーズ〉から出る際に、来たときにはなかった車を数台見かけた。おれはふだん過度に怯えたりしないが、前夜の遠足で神経過敏になっていた。それらの車の横をゆっくり通りすぎた。二台は交通規則違反で停止を命じたくなるような色つき窓だった。三台目の運転席には、顔を布巾のようにしわくちゃにした老人がいた。道に迷ったのか、くそでもしてるのか。どちらにしろ手助けはできないので、おれはそのまま通りすぎた。

朝九時半。葬儀社の近くのレストランで朝食をとる時間はあった。ベティがアスファルトの穴や割れ目を通るたびに、助手席で聖書とタブレットが跳ねた。運転しながら、頭のなかでイーソー、かつての〝Eマネー〟・ワトキンスの事件でわかったことをまとめていった。

誰かが彼を撃ち、それらしい犯行現場を作ろうとした。ワトキンスはフェラ・モンタギュー、シェイド・サンクレアに協力して、教会で月に二万ドル（か、それ以上）を洗浄していた。同時に彼の教会を、ヴァージニア州北部でトマス・ショートが経営する巨大教会の傘下に入れる話し合いを進めていた。ショートもすぐにシェイドとビジネスを始めるだろう。一方、ワトキンスは自宅で二週間に一回、コンドームを大量に要するある種のパーティを開いていた。彼の寝室にはカメラが二個隠されていた。おそらく家じゅう捜せば、もっと見つかる。つまるところ、わが娘をポン引きさながら郡の建築検査官に差し出すような男だ。何をしていても不思議ではない。さらに、どんな理由があるのか、地元の保安官事務所は彼の死の解明に力を入れているようには見えない。

そしておれは見当はずれの罪悪感から、なんであれワトキンスがかかわっていたもののただなかに入ってしまった。そう、まとめればこんなところだ。

〈カントリー・キッチン〉に車を駐め、店に入った。スクランブルエッグとパンケーキをガツガツとかきこみ、上からコーヒーを流しこんで、腹のなかの手榴弾が爆発するのを待った。爆発しなかったので、代金を支払い、係のウェイトレスにウインクして葬儀社に向かった。彼女とは昔〈コーヴ〉の駐車場で熱く燃えたことがあった。

葬儀社の駐車場にベティを駐めたときにいきなり携帯電話が鳴りはじめ、おれは恐怖で死ぬかと思った。リサだった。留守録につながるまで放っておいた。あとでかけ直せばいい。いまはイーソーの告別式の準備だ。霊柩車と、花を運ぶバンのところへ行って、両方ともガソリンが満タンであることを確認した。〝予約車〟と〝駐車中〟のサイン、棺用のライトと、MP3プレーヤーをバッグに入れた。プレーヤーには聴く人の気持ちによって魂を慰められたり眠りたくなったりする穏やかでやさしい曲がたくさん入っている。スーツにアイロンをかけ、靴を磨いた。ガレージの業務用シンクのぬるい水を使って霊柩車とバンを洗った。気温は急降下していた。今年はもう二十度を上まわらない感じだ。

霊柩車の水をふいていると、ウォルトの車が戻ってきた。彼は湯気の立つ紙コップのコーヒーを持ってキャデラックからおりてきた。

「昇給をめざしてるのか？」ウォルトは、フェンダーをふいているおれに訊いた。

「昇給？　それより今週分を早くもらいたいな！」おれは言った。ウォルトは首を振った。

「今日はおれとおまえとカーティスだけだ。ダニエルはリッチモンドの医者に行く。スーツは準備できてるか？」ウォルトは訊いた。おれは霊柩車のボンネットにボロ布を置き、ふざけて敬礼した。「イエッサー！」と叫ぶと、ウォルトは天を仰いだ。

「これで昇給はなしだ。お調子者に褒美はやらない」彼は言い、急に冷えてきた空気のなかにおれを残して事務所に入った。おれが車二台をきれいにし終わるころ、花屋の車が来て、花を置いていったので、それをそのままバンに積んだ。ハッチバックを閉めるなり、次の花屋がやってきた。そして次も。さらに次も。連続殺人犯に人気がありそうなうちの地味なバンは、おれがようやく事務所のなかに入るころには花で満杯になっていた。

「まいった。花屋がいっせいに来たよ。まるでローズ・パレードだ（カリフォルニア州パサデナで新年を祝う大規模なパレード）。こっちはカーネーションとユリだけど」おれは言った。ウォルトは机に向かって、午後の告別式で会葬者に渡すプログラムを仕上げていた。

「ああ、たぶん教会にもっと来る。みんなこの週末じゅう電話してるからな。ミセス・ヴァーレインは忘れ去られた。かわいそうに」ウォルトはパソコンから眼を上げずに言った。

「おれが知ってることをみんなも知ったら、花に火をつけるだろうよ」小声で言ったつもりだったが、ウォルトの耳には入った。

「埋葬されるときに邪悪な人間はいない、ネイト。死ねば誰もが聖人だ」彼は言った。

「イーソーは例外だと思う」おれは言った。ウォルトはそこで顔を上げた。

「どうして？」彼は訊いた。おれはリサの話を聞かせた。彼女の母親がヒンソンを階段から突き落としたところは省き、ローレントのついた嘘のところだけ話した。ウォルトの顔が灰色になった。

「なんてひどい畜生だ。この商売でいつまでも乗り越えられないのはこういうところだ」

彼はまたコンピュータの作業に戻った。おれは彼の事務室の入口に立っていた。じっとウォルトを見ていると、ようやくまた彼が顔を上げた。おれは〝続けて〟というときに誰もがやるように手を振った。ウォルトは厚い唇からふうっと息を吐いた。

「学校の校長が浮気をしてて、保険金の受取人を奥さんじゃなくてガールフレンドにしてたとか、郵便配達の女性の子供四人のうち、旦那との子はふたりだけだったとか、聖歌隊の指揮者がヘロインを常習してたとか。死んだときにそういう汚いものがどんどん出てくることとさ」ウォルトは椅子に沈みこんだように見えた。

「心配すんな。あんたがくたばったときには、ブラウザの履歴はかならず消しとくから」おれは言った。

「ふ・ざ・け・ん・な。履歴にはスイスの銀行口座の開き方しか残ってないさ」ウォルトはため息をつきながら言った。

カーティスがアル・B・シュア！の古い歌を口ずさみながら入ってきた。おれはドアのまえからどいて、カーティスを見た。もう黒いスーツを着ていた。靴はおれの顔が映るくらいピカピカに磨かれている。シルクのネクタイを複雑に入り組んだノットで結んでいた。

「諸君、諸君、おはよう！」彼は言った。

「よう、カート。パレードを見逃したな」おれは言った。カーティスは怪訝な顔をした。

「ワトキンスにものすごい量の花が届いてる。だが、気にするな。ちょうど間に合った。

彼を車に乗せるところから手伝ってくれ」ウォルトが言いながら机のうしろから出てきた。カーティスの唇がちょっとゆがんだ。その手伝いも見逃したかったのだろう。しかし、気を取り直して厳粛な顔を作った。

「いいとも！　早くやろうぜ」彼は熱烈すぎる口調で言った。ウォルトとおれは動きを止めて彼を見つめた。

「今朝はコーヒーをたくさん飲んだんだ」カーティスはにっこり笑った。

三人でワトキンスを霊柩車に乗せ、プログラムを印刷した。ウォルトとおれは着替えた。そろって正午には駐車場を出た。告別式が正式に始まるのは四時だが、教会には一日じゅう人が立ち寄る。有名人が死んだとなれば、礼儀などそっちのけだ。おまけに牧師の死が謎めいているから、好奇心をかき立てられている。長い一日になりそうだった。おれが霊柩車を運転して教会に向かっているあいだに、リサがまた電話をかけてきた。おれは出なかった。まだ彼女に何を言えばいいか決めかねていた。ああ、ところで、きみが当然嫌ってるお父さんだけど、ミシシッピから東で一、二を争う危険なギャングとつき合ってたぞ。本人の内臓を食わせると人を脅すようなやつだ。あ、それと、家じゅうに隠しカメラが仕掛けてあった。何を撮ってたかは神のみぞ知る。そう、とにかく話せばクソ愉しい会話になりそうだった。

おれたちの車はニュー・ホープ・バプテスト教会に十二時半に着いた。駐車場はすでにいっぱいだった。おれは霊柩車をドアのまえにバックで寄せ、カーティスはバンを、ウォルトも彼の車を駐めた。おれたちは一気に仕事モードになった。数人が車から出て、まっすぐウォルトのところに歩いてきた。

「ミスター・ブラックモン、ご遺体はもう教会に入ってます？」顔のたるんだ黒人の年配女性が訊いた。

「いいえ。ですが、もう少ししたらなかに安置しますので、そのあと入って故人をご覧いただけます」彼は言った。声も低く、発音もふだんより正確にしていた。

「おわかりよね、お見送りしたくて来たんです」彼女は言った。ウォルトの説明が彼女の頭の上を飛んでいったのが見えた気がした。

「ええ、よくわかります。少しだけ時間をください」ウォルトは言った。年配女性は入口のまえにすでに集まっている群衆のなかに消えていった。カーティスとおれはてきぱきと花をおろした。玄関ロビーにはさらに花が届いていた。すべて配置し終わると、花の女神フローラが教会じゅうに脱糞したように見えた。車に戻って、ウォルトに助けられながら棺を霊柩車から出し、台車にのせてワトキンスの肖像画のまえをすぎ、広々とした礼拝堂に入った。ウォルトが追いついてきて、棺を開けた。体液のもれやにおいはないか、さらに遺体の全体的な状態を確認して満足すると、入口に戻って、そこに集まっていた人々を招き入れた。

おれは奥の会衆席で携帯電話を取り出した。リサに前夜のことを謝り、仕事だったと言いわけするメッセージを送った。返事は来なかった。カーティスが来て、おれの横に坐った。「今日おれが早めに抜けたら、ウォルトは気にすると思うか？　遺体は明日までここに置いとくから、事務所に持って帰るものはないし、おれは必要ないだろう？」彼は訊いた。

「気にするだろうけど、行けって言うよ。でも、明日は大忙しだぞ。ミセス・ヴァーレインの式もいっしょにあるから」おれは言った。カーティスは席の背にもたれて、肩から花粉を払い、手を嫌そうに眺めて、会衆席にこすりつけた。

「それにしても、見上げた死に方だ」彼は言った。おれはうなった。

「まあな。あの歳でまだ興味があったのは驚きだ」おれが言うと、カーティスはちらっと横目をくれた。

「おれは死ぬとき勃起してるぜ。イキながら死ぬつもりだ」彼は低い声で言った。

「困った人だ」おれは言った。カーティスは左右を見まわした。

「おれが困ってるのはただひとつ、ケーキが大好きな太っちょの子みたいにプッシーが大好きなことだ。週に最低三人としなきゃいけないんだから」彼は言って、悪事を企むようにおれに身を寄せた。

「おまえみたいに本物のスターとファックしてるなら別だけどな」と言ってウインクした。

「なんの話だ？」

「おいおい、聞いたぜ。このまえの夜、喧嘩騒ぎがあったときにリサ・ワトキンス、またの名をキャット・ノワールといたんだろ。やったよな？　彼女、背中側からおまえのちんぽをしゃぶったか？　すっごい体位を試したとか？　くわしく聞かせてくれよ、ブラザー！」カーティスの顔は喜びに輝いていた。

「なんの話をしてるのかわからない」

「ネイト、おれたちの仲だろう。嘘はつくなよ。困ったことがあったら、おれはいつでも手伝うぞ。タッグを組みたかったらいつでも言ってくれ」カーティスはニヤリとした。歯を見せすぎる笑いだった。何本か折ってやろうかという考えが頭にちらついた。彼は上着のポケットから口臭除去スプレーを取り出して、口に二回噴射した。スプレーといっしょに、しわくちゃのティッシュと透明なプラスチックの小片がいくつか出てきて、おれたちのあいだの席に落ちた。そのプラスチックは小さな半球体で、おれはちょっとまえにその半球体を見たばかりだった。夏の日、二枚のガラス板に挟まれて出られなくなったカエルみたいに、おれの喉が干上がった。

「それは何？」おれは言った。カーティスは顔を向けて、席からそのプラスチックの小片を拾った。

「ああ、これか。いつも落ちるから、拾ってポケットに戻すんだ。アイキャップだよ。遺体の支度をするときに、まぶたの形を作る。これを使わないと、まぶたはだらんと開いちまう。葬儀のあいだ、死んだおばあちゃんにじろじろ見られたい人はいないだろう」カーティスは言った。わかるよなといった笑みを浮かべていた。おれの頭はうずいていた。脳が悶えているような感じがした。カーティスはまたまえを向き、説教壇と棺のほうを見た。おれは彼の肩を叩いた。彼を睨みつけていた。そうせずにはいられなかった。

「なんだ？　どうした、おれに腹を立ててないよな？　ちょっとからかっただけだよ」彼は言った。おれは首を振った。

「腹は立ててない」

「だったらなんだ？　ぞっとするぜ、おい」カーティスはくすっと笑って言った。

「イーソーの説教を聞いたことはあるか？」

「ないよ。おれは教会にかようタイプじゃない。教会は仕事で嫌というほど見てるからな」

「つまり、イーソーの説教を聞いたことも、彼の聖書勉強会に行ったこともない？　彼の家に行ったことは一度もないな？」おれは訊いた。カーティスは完全にこちらを向いた。

「ネイサン、なんの話をしてる？　あの牧師はおれの知り合いでもないのに」彼は言った。

おれは体を近づけて声を低くした。

「本当に？　ぜったいだな？　なぜって、おれがファックしてるとあんたが言うポルノスターに頼まれて、彼の家に行ったんだ。探し物をしに。そしたらそこのゴミのなかに小さなプラスチックがふたつあった。見たことはあったが、そのときには何か思い出せなかった。けど、それがいま、あんたのポケットから落ちた。だから訊く。どうしてワトキンスのゴミ箱にアイキャップが二個入ってたのか、思い当たることはないか？」カーティスはポーカーフェイスができるほうではない。眼は眼窩から飛び出しそうになり、上唇がうっすらと湿った。鉛筆で書いたように細い口ひげに汗が浮いた。

「どうしておれにわかる？　ウォルトかダニエルが落としたんじゃないか？　遺体を引き取りに行ったときなんかに」彼は言った。悪態をついているような口調だった。

「いや、ちがう。やり直しだ、カーティス。ダニエルはいとこと遺体の引き取りに行った。どっちも支度室の道具に触れたりしない。ふたりともおれと同じだ。遺体を持ち上げる強い腕と、式の準備を整える強い腰を持ってる。アイキャップをポケットに入れて歩きまわってるのは、あんただけだ。だから知ってるはずだ。ワトキンスが死ぬまえに彼の家に行ったことがあるんだから。あんたは彼が開いてた聖書勉強会に参加した。ただ、それは聖書勉強会じゃなかった、だろ、カーティス？」おれは訊いた。カーティスは無言で顎を上下に動かした。そしていきなり立ち上がったが、おれは彼の腕をつかんで席に引き戻した。「放せ、ネイト」彼は言った。脅そうとしたようだが、おれはもっとひどい場所でもっと怖い男に脅されたことがある。

「イーソーの隣に住んでる人が、彼のドライブウェイにときどき車が何台も駐まっていたと言ってた。イーソーは彼女に聖書の勉強会だと説明してた。勉強してた書のひとつは、雅歌だと。それはちょっとした内輪のジョークだったのか？　どうだ、あんたのハムスターみたいな車の外見を彼女に説明して、憶えてるかどうか訊いてみようか？」おれは彼の手首に握力を加えた。

「おまえが何を吸ってハイになってるのか、てんでわからないが、おれにも分けてもらいたいな」カーティスは笑った。短くて神経質な高笑いだった。

「何を話してるかわからないって？　オーケイ、いいだろう。なんとでも言えばいい。あとでタブレットに何が入ってたか教えるよ」おれが最強のカードを開くと、カーティスはおりた。

「なんのタブレットだ？」彼の下唇が震えていた。

「イーソーは家じゅうに無線カメラを仕掛けてた。タブレットが隠されてた場所から想像するに、聖書勉強会の様子を録画してたんじゃないか？　で、イーソーみたいなクズが後世のために録画してたわけがない。利用してたはずだ」おれは言った。

「ああくそ」カーティスはつぶやいた。

「ゲーム終了でいいか？　あそこで何がおこなわれてたか、おれはかなり確信してるが、空いてるところを埋めてくれないか？　あんたがこのことに、そのきれいに手入れした顎までどっぷり浸かってるのはお互いわかってる」

　カーティスは天井を仰いだ。

「おれの腕を放せ、ネイト」彼は言った。おれは彼の手首を放した。

「ワトキンスを殺した犯人は、おそらくあのカメラに撮られた誰かだ。考えてみるといい。時間をかけて一生懸命考えることだ。あんたはひどい深みにはまってるからな、大将」おれは言った。カーティスは立ち上がった。

「ウォルトに用事ができたと言ってくれ」彼は言った。額にも汗が浮いていた。

「自分で言えよ」おれは言った。カーティスは大股で礼拝堂から出ていった。おれは座席の背にもたれた。ウォルトが玄関ホールの両開きの扉から入ってきて、おれの肩を叩いた。

「あいつ、いったいどこへ行った？」彼は訊いた。おれは肩をすくめた。

「さあね。緊急の用事だと言ってたけど」と答えると、ウォルトはまたおれの肩を叩いた。おれは着ているドレスシャツで可能なかぎり首をまわして、彼に眉を上げてみせた。

「何があった？」ウォルトは訊いた。

「何がって？」

「おれはおまえを知ってる。嘘をつきたくても無駄だぞ。カートは何をしてる？」彼は訊いた。

「なんだろうな。ただ出ていった」おれは言った。多かれ少なかれ事実だった。カーティスが何をしているのか、おれにもよくわからない。だが、強く疑ってはいた。彼がワトキンスを殺したとは思わない。そこまでの胆力はない男だ。それに、タブレットやカメラのことも知らなかった。動機もない。ただ、カーティスは犯人が誰か知っているかもしれない。おれとしては、彼をなんとか説得して話させればよかった。あのタブレットに入っているデータを確認し、カーティスのなんらかの証言を加えれば、州警察に捜査を引き継がせるだけの証拠になるかもしれない。あとは、ローレントと部下たちが州警察の明るい光の下で身悶えするのを眺めていればいい。とにかくカーティスを説き伏せて白状させることだ。

数時間がすぎ、会葬者の流れが淀んだり早まったりした。悲しみも募ったり和らいだりして見えた。棺のまえに行き、遺体を見たのち移動した人たちもいれば、棺にすがりついて声をかぎりに泣き叫び、まわりに助けられてやっと席に戻った人もいた。ウォルトは軽やかな足取りで彼らのあいだを縫い、男性と握手したり、女性を慰めたりしていた。

三時ごろ、容赦なく硬い会衆席から尻の筋肉を解放してやるために、おれが外に出ようとしたとき、会衆のなかをささやき声が伝わるのが聞こえた。声は教会の入口のほうから波のように始まって、だんだん大きくなり、棺の近くまで届いた。会話の一部が聞こえてきたが、ロックスターかレスラーが入ってくるのだろうかというような内容だった。

「彼よ！」

「あのリムジン見た⁉」

「すごい。テレビに出てくる姿そのまま！」

席に残っていると、うしろの扉がさっと開き、三人の背の高い黒人が同じダークブラウンのスーツ姿で礼拝堂に入ってきた。姿勢は三人とも矢のようにまっすぐで、ふたりはフラットトップの短髪だった。三人目は短めのミニアフロ、メタルフレームの眼鏡をかけて、茶色と黄褐色の水玉模様の派手な蝶ネクタイをつけていた。フラットトップのふたりが両側で扉を押さえ、ミニアフロが会衆席の長いベンチの端に立った。

ひと組の男女が、腕をつないで王族のように堂々とした足取りで入ってきた。一部の信徒にとっては、まさに王族なのだろう。トミー・ショート牧師と妻のアンジェリンの華麗なる登場だった。

ショート牧師は寸詰まりの体つきで肩幅が広く、胸が厚かった。脂ぎってカールしたぼさぼさの髪がオールバックの変形よろしく頭にのり、両横は頭皮すれすれまで刈りこんでいる。肌は英国ジェイムズ一世時代の家具のように豊かな褐色で、顎まわりの細いひげが口ひげとさらに上の髪の生え際までつながっていた。前髪はかなり後退していて、額がやたらと広かった。ずんぐりした体に赤いナイロンのTシャツがソーセージの皮のように張りついている。太い首からさがった金の十字架が、歩くと振り子みたいに左右に揺れた。両手首はさらに金で飾られていた。一方にロレックス、もう一方に金のブレスレットだ。見たかぎり、神はトミー・ショートにとても寛大だったようだ。

アンジェリン・ショートのほうは、ふつういないタイプの美形だった。ホットではないし、セクシーですらない。長々と見つめるのはつらい美しさだ。豊かで長い黒髪が、肉体を持った闇のように背中に広がっている。地味なブレザーと黒いドレスは体の立派な曲線美をほとんど隠していない。たくましい太腿が筋肉質のふくらはぎへと続き、臀部は半分の桃のように突き出している。肌の色はハニーブラウンで、神々しい琥珀から彫琢《ちょうたく》されたかのようだ。眼はごく薄いはしばみ色。鉤鼻の顔は繊細な顎で終わっていて、そこに小さな涙形のくぼみがある。唇はふっくらしているが、肉感的ではなく、この世ならざる優美さだった。レンブラントがアンドリュー・ワイエスを研究して描いたら、こうなりそうな。日焼けしたイタリア人か、肌の色の薄い黒人か、この世に現われたラテン系の女神、あるいはその三つすべての混合とも言えそうだった。彼女をじっと見てもファックしたいとは思わない。守りたいと思う。金色の籠に入れて、捕らえた天使のように残りの人生で愛《め》でるのだ。

おれは立ち上がり、ふたりがすぐまえを通って棺のほうに行くのを見守った。棺のまえに立ったアンジェリンは悲しみに打ちひしがれているようだった。ショート牧師の太い腕に寄りかかって震えていた。ショートは彼女に腕をまわし、やがてふたりは振り返って出口に向かった。礼拝堂から出ようかというとき、ゲイリー・ブラッドリーが会衆席のあいだを縫って彼らに近づき、ショートの肩に手を置いた。ゲイリーもパリッシュ夫人やシア夫人と同じ教会役員だ。ショートの付き人がすぐさま割りこんだ。ひとりがショートの肩からブラッドリーの手を引き離し、残るふたりが夫妻の左右にぴたりとついて出口へと誘導した。

「ワトキンス牧師について、ひと言いただければと思っただけです」ゲイリーが言った。声がわずかに苛立っていた。

「牧師はお忙しいのだ」短いアフロの男が言った。『ライオン・キング』のムファサのような重々しい口調だった。ショート牧師は立ち止まって振り返り、手を振った。短いアフロはゲイリーから離れた。

「いいんだ、サミュエル。わが友人について少し話そう」ショートは言った。彼の部下がゲイリーの首を踏みつけるのではないかと思ったので、おれは立ったままでいた。ゲイリーは、胸を突けばポキンと折れそうなくらい細くて弱々しい男だ。ショートのごろつき団のあとふたりは、こっちを無表情に見ていた。おれを品定めして、必要があれば排除できると感じているのだろう。

「まあ落ち着いて、おふたりさん。おれは葬儀社の者だ。礼節《ディコラム》を重んじてもらいたいだけでね。礼節の意味はわかるかな？」おれは訊いた。ふたりとも何も言わなかったが、視線はさらに鋭くなった。おれは会衆席の外に出た。彼らから眼をそらさなかった。敵意を感じたら、同じやり方で返すまでだ。

「皆さん、何かお役に立てますか？」ウォルトが割りこんだ。ちょうど扉から入ってきたところだった。

「イライジャ、ニコデマス、リムジンをまわしてきてもらえるかな？」ショートが言った。ふたりのほうは見なかったが、彼らはすばやく動いて扉の外に出ていった。

「ウォルト、私はイーソーについて牧師に何か話してもらいたかっただけなんだ。もしよければだけど」ゲイリーが言った。眼がきょろきょろと左右に動き、まごついていた。なんの気なしの要望からまさか殴り合いが起きそうになるとは思ってもみなかったのだろう。

「ショート牧師のご負担にならなければ」ウォルトが言った。

ショートは手を差し出し、ウォルトはその手を取って握った。

「負担になるわけがありません。あなたが葬儀社代表ですか？」ショートは言った。

「ウォルター・ブラックモンです。こちらは助手のネイサン・ウェイメイカー」ウォルトがおれのほうに顎を振って言った。おれは二本指で敬礼した。ショートはうなずいた。

「牧師のトマス・ショートです。こちらは妻のアンジェリン。あなたの腕は確かですね。イーソーはじつに安らかに眠っていた」彼は言った。妻の眼は泣いたために赤かった。おれは彼女のところに歩いていきたい不思議な衝動を覚えた。腕をまわしてしっかり抱きしめてやりたかった。彼女はこちらを向いて、おれがじろじろ見ているのに気づいた。おれは眼を落とした。相手がボンド映画のエキストラみたいな偽物の強面なら一日じゅう睨みつけることができるが、美女となると緊張してしまうのだ。

「ありがとうございます。スタッフに伝えておきます。私たちはこの仕事をとても誇りに思っています。職業であると同時に、天から与えられた使命でもあるので」ウォルトは言った。本気でそう思っていることをおれは知っていた。

「ええ、まさしく使命であり、それに応えられる人は多くありません」ショートは言った。音楽のように耳に心地よい声だった。リズムに乗せて話すので、どのことばも叙事詩のひとつの連のようだった。彼はおれに手を伸ばした。握手すると、中手骨がこすれ合うような気がした。おれは全力の七十五パーセントの力で握り返した。一瞬、どちらの握力が強いかというつまらない争いから抜け出せなくなった。おれのほうが先に力を抜いた。わざわざ善良な牧師と張り合う必要はない。視線を感じた。今度は彼の妻がおれをじっと見ていた。

「いくらだね?」ショートが言った。

「え?」おれは答えた。彼の妻の眼に吸い寄せられていた。

「ベンチプレスでどのくらい上げる?」ショートは訊いた。顔には、おれがどう答えようと自分のパーソナルベストのほうがはるか上だろうと思っていることを示す薄笑いが浮かんでいた。

「うーん……どうでしょう。ワークアウトは二百二十五ポンドです。自分のエゴのためにやっているわけではないので」おれは言った。

「だとしたら、なんのために？」ショートは訊いた。屋外バーベキューパーティに厄介な親戚が現われたときのように、まわりに気まずい沈黙が流れた。すると、ショートが笑った。ウォルトも笑った。サミュエルも。アンジェリンだけを除いてみんなが笑った。彼女はまだおれをじっと見ていた。

「すごい握力だったから訊いてみただけです、ネイサン。私は十六歳でワークアウトを始めて、いまではそれが神につながる道になっている。詩篇第十八篇三十二節、神はちからをわれに帯《お》ばしめわが途《みち》を全きものとなしたまう。ウェイトを持ち上げるたびに、私は神に試されている。そして手を伸ばしきったとき、神は私に示している、神とともにあれば不可能なことなど何もないと。鉄との闘いはそのまま罪との闘いに当てはまる。サミュエル、イライジャ、ニコデマスを迎え入れたときにも、鉄とのつき合い方を教えてやりました。それで彼らにも、やり場のない怒りを向ける先がわかった。ずっと昔、妻と私は彼らをルワンダに連れていったんです。鉄は彼らを肉体的に強く、精神的に緻密にした。私にとってはみな息子のようなものです。実際、息子以上だ」ショートは蝶ネクタイの若者の短いアフロをなでた。居心地の悪い沈黙が戻ってきて、今回は持ち帰り袋が必要なくらい居坐った。ようやくウォルトが咳払いをした。

「ところで、ショート牧師、もしおことばをいただけるのであれば、あちらの説教壇でいつでもお願いします」ゲイリーがそう言って、叱られた子供のように退散した。ショート牧師は微笑み、向きを変えて説教壇のほうへ歩いていった。サミュエルがついていった。彼が老人のガレージにガソリンをまき、起きた火事を眺めているところがおれの眼に浮かんだ――ギンギンに勃起して。アンジェリンは動かなかった。

「さぞおつらいことでしょう」おれは言った。彼女はＲＣＡの犬のように首をちょっと傾げた。

「何が？」彼女は言った。おれは片足からもう一方の足に体重を移し、また戻した。

「棺で泣いていましたよね。おつらいことでしょう」おれは言った。彼女は顔をまっすぐにした。

「ええ。そうね。イーソーが亡くなったのは、わたしたち全員にとってつらいことです。あんなにすばらしい人を、誰がどんな理由で撃ったのか、わたしにはわかりません。彼自身のリビングで犬を撃つみたいに。ですけど、神のことばさえ邪悪な人々の残虐行為を防げないことがある」彼女は言い、一歩ごとに長い髪を左右に振りながら歩き去った。ショート夫人の信仰は、ご本人のハニーゴールドの太腿ほどしっかりしてはいないようだ。

「金持ちは一般人とはちがうと言うが、それが変人という意味なら、完全に同意するね」

ウォルトがひとり言のようにつぶやいた。

「そんなに金持ちなのか？」おれは訊いた。

「彼らの教会をテレビで見たことがないのか？　あれと比べたら、ここなんかポンプ小屋みたいなもんだ」ウォルトは言った。

「奥さんはゴージャスだ」おれは言った。ウォルトはおれを肘でつついた。

「黒いドレスを着た悪魔だ、あれは。手を出すな。かかわっても厄介事が増えるだけだぞ。おまえはもう厄介事を充分抱えてるように見える」

「彼女のパンティをおれのベッドのヘッドボードから垂らすと言ったわけじゃない。たんにきれいだと言ったんだ」

「ジギタリスの花だってそうさ。けど、ジギタリスはおまえを一発で殺すことができる」

ウォルトは言った。

第20章

ショートはワトキンスについて五分ほど話した。その短いあいだ、イーソーは十三番目の使徒のように称えられた。

「兄弟姉妹の皆さん、私が今日ここに来たのは、皆さんがすでにご存じでないことを話すためではありません。彼は罪に染まりきった人生を送った人でした。地元で麻薬を売り歩いたり、世俗の卑しい欲望の領域に喜びを見いだしたり。ですが、神が背教者に味方することは皆さんもご存じではありませんか？　あなたがどこの出身であれ、何をしてきたのであれ、神はまばたきひとつの時間であなたを変えることができる！　神の愛と恩寵が届かない人はどこにもいません。飲んだくれだったノアにも、罪深い女だったマグダラのマリアにも、キリスト教徒を迫害していたが、ダマスカスへの途上で眼からうろこが落ちたパウロにも、神は手を差し伸べられた。そしてイーソー・ワトキンスにも。イーソーは精神の地獄からみずからを引き上げ、この世に生きる唯一の神に己の人生を捧げた人でした！　われらの主は彼をとりわけ祝福された。彼はもう物理的にここにはいないかもしれませんが、まだ私たちの心のなかにいます。創造主の足元に坐り、その永遠の楽園に私たちが加わるのを待っているのです」ショートは言った。

説教壇からおりた彼の額には玉の汗が浮いていた。そこに付き人たちが懸命にハンカチを当てた。アンジェリンも彼らの歩調に合わせてついていった。教会全体に拍手が湧き起こった。

称讃とへつらいが渦巻くなか、ショート夫妻とボディガードたちは教会をあとにした。中央通路を歩いていくショートに会衆は次々と手を伸ばし、彼の腕や手に触れた。何人かは涙を流していた。トミー・ショートにたどり着けるなら、ガリラヤのイエスも脇にどかしたのではないか。彼の槍持ちたちは、人々が近づきすぎないようにしっかり警護していた。

ショートの一団がいなくなったあとは、部屋から火花が出ていったかのようだった。引きあげる会葬者の流れが減って数人程度になると、おれもリサに電話をかけるために外に出た。ニュー・ホープ・バプテスト教会のまわりをひどく寒い風が吹いていた。彼女が出るまでに一時間もたった気がした。

「ゆうべはいったい何があったの？」

「ああ、やあ、元気かな？」おれは言った。彼女が舌打ちするのが聞こえた。

「本気で訊いてるの。何があったの？　どこかで迷子になった？」

「それについては直接話したい。これから寄ってもいいかな？　おばあさんの聖書がある」

「家に行ったのね？」

「いや、そいつが窓の外を飛んでたから、ボウルについだ聖餐のワインで罠にかけた。冗談だ。家に行った」おれは言った。リサは笑わなかった。

「もういらないかもしれない」彼女は言った。だんだん呼吸が速くなっていた。

「まあ、そっちに行ってきみに会う口実だ。いくつか説明しなきゃいけないことがある」

おれは言った。沈黙。あまりに静かなので、彼女が電話を切ったかと思った。

「わかった。待ってる」リサは言った。

「オーケイ。すぐ行く」

「ええ」彼女は言った。電話が切れた。教会のなかに戻ると、ウォルトが最後まで残っている人たちに声をかけているところだった。そろそろ出ていく会葬者とすれちがって、おれは説教壇のほうへ歩いていった。ウォルトは壇からおりて、棺のほうへ来いと手を振った。今宵、パリッシュ夫人とシア夫人の姿はなかった。明日の葬儀のために涙を節約しているのかもしれない。みんなが帰ったあと、ゲイリーが棺のところまで来た。

「何か手伝いましょうか？」彼は訊いた。

「いいえ、大丈夫です。ありがとうございます。これから棺を閉じて、明日の葬儀でまた開ける予定です」ウォルトが言った。

「わかりました。今日はいい式でした。イーソーのことは本当に悼まれます。たったひと部屋の事務所だった教会を、いまいるここまで立派にしたんですから。ショート牧師が褒めたのも当然です」ゲイリーは言った。

「ええ、力の入ったスピーチでした」ウォルトが言った。ゲイリーは彼の肩を叩いた。

「仕事が終わったら戸締りをしますので、教えてください」彼はそう言って、礼拝堂からロビーに出ていった。ウォルトとおれはイーソーの顔にナプキンをかけ、棺の蓋を閉めた。

「明日は大勢来るぞ。牧師は仲間が亡くなるとかならず参列するから」ウォルトが言った。

「ああ。マフィアの首領《ドン》みたいに車で乗りつける」おれは言った。

「けど、彼は牧師じゃなかったな、本当の意味では」ウォルトは言った。おれは肩をすくめた。

「彼らはみんな、多かれ少なかれ詐欺師じゃないのか？」

「本物の牧師はちがう。本当の精神的な指導者はな。説教が天職だと言うことは誰でもできるが、本当に牧師の呼び名がふさわしい人はわずかだ」ウォルトは言った。

「その信仰体験についてもう少し話していただけますか、ブラックモン牧師？」

「いや、ワトキンスやショートのような人たちは、口は立つけど、やるべきことをやらないと言いたいだけだ。ぜんぜんやらないね」

おれたちはいっしょに教会を出て、ウォルトはキャデラックに、おれは霊柩車に向かった。半分ほど行ったところでウォルトが止まり、おれのほうを見た。

「おまえがおれから何も隠せないのはわかってるな？　もしいまかかわってることが危なくなりすぎたら、深入りせずに放っとけよ。いいな？」

「そんなに愛情をかけないでくれ。泣いちまう」おれは言った。ウォルトがまた天を仰いでいるのは見なくてもわかった。

「おやすみ」彼は車に乗った。おれも霊柩車に乗り、事務所に向かった。下がる気温のせいで、沈む太陽の光が弱まっているように見えた。事務所に戻って霊柩車を駐めるころには、外気は十度を下まわっていた。花のバンがカーポートに斜めに駐まっていた。近づいてみると、運転席側のシグナルランプが割れていた。地面には崩れた煉瓦の破片が落ちていて、カーポートを支えるいちばん手前の煉瓦の柱が少し欠けていた。カートはおれが言ったことにここまで動揺したのか？　彼の家に寄ってまた話す必要があった。カートは口にしたより多くのことを知っていて、それを抑えこんでいることで頭のなかがぐちゃぐちゃになっている。いつ崩壊してもおかしくない。だがそのまえにリサに会わなければ。

〈ウォルマート〉正面の赤信号で停まり、一見単純な歌詞と哀愁に満ちたメロディに合わせてハンドルに指をトントン打ちつけながら、バックミラーを一瞥すると、うしろにグロスター郡保安官事務所の車がいた。おれは大きく息を吸い、ゆっくりと吐き出して、不安を感じるべき理由は何もないと自分にくり返し言い聞かせた。シートベルトは締めている。免許証も車両保険も有効だし、驚いたことに酒もまったく飲んでいない。なのに、おれの頭のなかの声は納得しなかった。声は、道端に車を停める準備をしろと主張しつづけた。数日前の夜にバーであれだけひどい喧嘩をしたのだからと。

グロスター郡で。しかもトラックをひと晩じゅう駐車場に置いていたから、誰かがプレートのナンバーを書き留めようと思えば、いくらでもそうする時間があった。おれはその声を無視しようと努めた。信号が青に変わり、アクセルを踏もうとしたとき、パトカーのルーフのライトがいきなりついて青と赤の光を発しはじめた。おれはそのまま交差点を抜けた。パトカーはぴたりとついてきた。しかたなく、おれはセブン‐イレブンの隣の廃業した〈ラーソン家具店〉の駐車場に入った。

シートベルトをはずし、ハンドルの二時と十時の位置に両手を置いた。おれを停まらせた車のうしろにもう一台、パトカーが到着したのが見えた。まずい展開だ。いや、まずいどころではない。ふたりの警官ということは、彼らが支援を要すると考えたということだ。支援が必要なのは、つまりおれを逮捕する気だからだ。容疑は何なのか、見当もつかなかった。フェラのような快楽目当てのクスリの売人が、喧嘩ごときで告発に踏みきるとは信じられなかった。ある考えが頭のなかに湧きかけたが、おれはそれを締め出した。まだだめだ。彼らが車から出てきて、停めた理由を話すまでは、まだ。最初の車から保安官補が出てくるのがサイドミラーに映った。今朝人生で初めてひげを剃りはじめたように見えた。薄い茶色の髪をうしろになでつけ、松脂か何かでがちがちに固めているようだった。銃に手を当てていた。

支援のもうひとりも出てきた。桟橋でばたついて海に飛びこむアシカのようなあわてようだった。彼もサイドミラーで見た。平均的な身長、鍛えていない体、ぼさぼさの灰色の髪。顔は不健康に赤らんで、毎朝目覚めるたびに心臓発作を起こしていそうだった。ティーンエイジャーの保安官補がベティのうしろのバンパーまで来ていた。

「外に出なさい、ミスター・ウェイメイカー！」彼は大声で言った。おれはびくっとした。若者は、船から海に落ちた人がライフジャケットにしがみつくように銃を握りしめていた。おれは車の窓を下げ、外側からドアを開けた。そしてゆっくりと、静かにトラックからおりた。手を上げて保安官補と向かい合った。

「いったいどうしたんです？」声は平静を保っても、神経はピリピリしていた。

「両手を上げて！」保安官補は叫んだ。年上の保安官補も近づいてきた。テーザー銃を取り出していた。

「もう上げている」おれは言った。古い駐車場に風が吹いていて、落葉と捨てられたゴミが舞った。葉のいくらかは流れてハイウェイ沿いの溝に落ちていった。

「あ……地面に両手をついて！」彼は言った。

「それは勘弁してほしいな、スーツだから。これはいったいどういうことなのか教えてもらえませんか？」

「地面に手をつかないとテーザー銃を使う！」若い保安官補は言った。

年寄りの相棒はそこで補聴器の調子が悪くなったようだった。

「テーザー銃を使う？　おれにやれということか？」彼は震える声で言った。

おれが次に気づいたときには、胸に二本の金属のピンが当てられていた。

「ああ、く――」と言い終わらないうちに、電気が貨物列車のようにおれを跳ね飛ばした。


テーザー銃を使われたことは？

体じゅうの筋肉がいっせいに痙攣を起こし、同時にコントロール不能になる感覚だ。先端のピンをしっかり押しつければ、相手は丸太のようにバタンと倒れる。口のなかで土や砂利といっしょに血の味がした。おれは顔から地面に倒れたにちがいない。オーピー（ドラマ『メイベリー110番』に登場する田舎の保安官の純朴な息子）とグランパ・ジョーンズ（カントリー歌手でコメディアン）がおれに手錠をかけてパトカーの一台に引き上げようとしたことは憶えている。爺さんのほうが尻餅をついて腰を押さえ、若いほうがおれの体重につぶされて動けなくなった。おれも涎《よだれ》を垂らしていなかったら笑ったところだ。ふたりは無線で助けを呼んだのだろう。また別の保安官補が何人か現われて、おれを車に入れた。おれはそこで意識を失ったらしい。というのも、次に憶えているのは、グロスター裁判所のまえで車からおろされているところだったからだ。

彼らはおれを歩かせて（というより引きずって）赤いドアをくぐり、手錠をはずして留置房に放りこんだ。おれは体に感覚が戻って動かせるようになると、まず股間を調べた。ありがたいことに、もらしてはいなかった。体から埃を払い、いまの状況を検討してみた。いまいるのは、ふたつある房のうちのひとつだ。おれは起訴されておらず、電話をかけたい相手はいるかと訊かれてもいない。どうやらこの逮捕は公式ではない。保安官が圧力をかけてきたのだ。それでも、ふつうに呼吸するのがひと苦労だった。しかも鉄格子のなかにいる。刑務所ではなく留置場だが、鉄格子であることには変わりない。世界にこれほどの無力感もないだろう。おれは檻を形作っている太い円筒状のパイプを両手でつかんで眼を閉じた。前腕が痛くなるほど手に力をこめた。起訴なしで勾留できるのは二十四時間まで。起訴されていたら、留置場ではなくサルダにある地方拘置所に送られるはずだった。ここはおとなしくして、彼らの出方を見たほうがいい。

留置場の金属製のドアが軋んで開く大きな音がし、蝶番《ちょうつがい》が苦痛に悲鳴をあげた。

「ほほう、これはこれは。いつかそのケツを捕まえてやると言ったろう」ヴィクター・カラーがおれの房のまえに立ってニヤリとした。

第21章

ヴィクターは留置房に近づきすぎていた。おれは左手を格子のあいだから突き出して、彼の喉をつかんだ。完全につかむには首が太すぎたので、親指を喉仏に押しこんで力いっぱい左右から絞り上げた。ヴィクターの眼が眼窩から飛び出そうになった。その眼にパニックが広がり、ヴィクターはおれの前腕に爪を立てた。腰のベルトには拳銃とテーザー銃と唐辛子スプレー缶を入れていたが、彼がそれを忘れたのは幸いだった。おれは左手を思いきり手前に引いた。ヴィクターの顔が鉄格子にぶち当たった。房の扉に顔が正面からぶつかるうつろな音がした。明日は左眼でものを見られないだろう。

ダンフォース・カーター保安官と部下たちが監視カメラでわれわれを見ていたにちがいない。彼らがドアから駆けこんできた。三人がおれの前腕をつかみ、ヴィクターの首から離そうとしたが、おれはいっそう強く握った。世界が灰色になり、ヴィクターが喉を切られる直前の豚みたいに甲高く鳴いていることしか考えられなくなっていた。

カーター保安官が警棒を出して、おれの腹を突いた。おれは腹全体に刺すような痛みを感じたが、それでもヴィクターを放さなかった。保安官がまた突いた。今度はおれの股間を狙った。下腹部に熱い痛みが広がり、それが胸まで伝わった。おれはヴィクターを放し、うしろによろけた。まえに屈んで両手で膝をつかんだ。息を吸うたびに睾丸に痛みが走ったが、何度も深呼吸した。

「ここを開けろ！　おれを入れてくれ！　おまえ、たいへんなことになったぞ！　警官に対する暴行だ、このクソが！」ヴィクターが叫んだ。眼のまわりがどんどん腫れてきていた。今晩ベッドに入るまえに卓球の球ぐらいにはなるだろう。もし彼らがヴィクターを房のなかに入れたら、右眼も同じにしてやるつもりだった。

「ヴィクター、黙れ」カーター保安官が言った。ヴィクターは保安官にふたつめの頭が生えたかのような驚きの眼を向けた。

「ダン、いまのクソ暴行を全部見たでしょう！」ヴィクターは言った。顔がケチャップの壜のように赤かった。

「私が見たのは、よその郡の保安官補が私の許可もなくうちの留置場に立ち入っているということだ。わからんのか、ヴィクター、ジョン・ウェイン気取りかもしれんが、おまえの行動はバーニー・ファイフ（『メイベリー110番』でへまばかりする保安官補）だ。持ち場に帰って眼に氷を当てろ。

そして頼むから、ここにいたことを誰にも言うなよ」ダンフォースは言った。ヴィクターは顔をしかめた。

「おれも予約してませんよ。誰もここにいちゃいけないんだ」おれはあえぎながら言った。ヴィクターは下唇を噛み、猪首《いくび》にのった大きな頭を左右にまわした。あくまで暴行容疑を確実にする方法を考えているようだった。

「ダン――」

「早く行け、ヴィクター」ダンフォースが言った。ヴィクターはおれに剣呑な一瞥を浴びせて、部屋から出ていった。ダンフォースはふたりの保安官補を睨みつけた。おれを道路脇に停まらせた保安官補を支援したふたりだった。

「彼を連れてこいと言ったんだ。嫌がらせをして敵にまわすんじゃなくな。おまえたちのどっちがヴィクターの狩猟仲間か釣り仲間か知らんが、これから一カ月間、ゴミ集積場で夜の警邏だ。さあ、さっさと出ていけ」彼は言った。保安官補たちは互いにぶつかりながら大急ぎで出ていった。ダンフォースは腕を組んだ。

「グランヴィルとジョエルがきみを連れてくることを怖れた理由がわかったよ。〈コーヴ〉でもチンピラ相手にこういうことをしたのか?」彼は訊いた。おれは壁にボルトで固定された硬い金属製のベンチに腰をおろした。

「いや、フォックストロットとチャールストンを踊っただけです」おれが言うと、ダンフォースは苦笑いした。

「留置房に入っても、減らず口は忘れないんだな、え、ネイサン？　きみはチンピラどもをこてんぱんにした。もちろん、告発するやつはいない。それどころか、私が店いっぱいの目撃者を集めたとしても、喧嘩があったことすら認めないだろう」彼は言った。おれは胸のなかで固くもつれていたものがほぐれてきたように感じた。これは〈コーヴ〉での乱闘に関する聴取だったのだ。ほかの何かではなく。

「おれを起訴するんですか、カーター保安官？」おれは訊いた。ダンフォースは両肩をすくめた。

「起訴したくなったら、することはできる。フェラとチンピラどもは告発しないと言ってるが、たとえ彼らが告発しなくても、州が暴行事件として取り上げることは可能だ。しかし、そうする必要はないだろうと思う」彼は言った。

「では、なぜおれをここへ？」

ダンフォースは腕をほどき、両手の親指をズボンのまえのポケットに引っかけた。「大部分は対面を保つためだな。私の町でほかの郡の元保安官補が人を殴りまくるのは放置できない。有権者はそういう腐った事態に眉をひそめるから。だが、警告の意味もあるぞ、ネイト。誰も法の上には立てない。それが誰だろうと、そいつがどんな理由でそんなことをしたのだろうと。クソはクイーン郡でしてくれ。というわけで、しばらくここにいてもらう、そうだな、たとえば明日の朝七時まで。時間をかけて考えろ。じっくり瞑想するがいい」ダンフォースは言った。そして背を向け、留置場から出ていった。

第22章

見たことのない保安官補が翌朝七時すぎにやってきて、おれの房の鍵を開けた。彼は何も言わず、ただ房の扉を開けて、赤いドアの脇で待っていた。おれは房から出て、扉を閉めた。

「あとでかならずおれのオンライン・レビューを見てくれよ」おれは赤いドアから出ながら言った。窓口に行き、ルース・アンよりはるかにきれいな通信指令係が出てきて金網越しに話しかけてくれるのを待った。

「お役に立てますか？」彼女が訊いた。髪を引っつめて丸くまとめているが、それも大きな青い眼とハート型の唇を際立たせているだけだった。

「だといいけど。黒い五七年型のシェヴィを牽引してきてないかな？　おれのトラックなんだ。それをどこで回収できるのか知りたくて」おれは言った。彼女は眉間に深いしわを寄せて、コンピュータのキーをカタカタやった。

「牽引してないみたいですけど」彼女は言った。おれは手で自分の額を叩いた。「してるわけないか。逮捕じゃないから」おれはつぶやいた。テレビのニュース番組や地元の民衆煽動家に連絡して、市民権の侵害とか警察の横暴とか、その手の流行りことばを並べて苦情を申し立ててもよかったが、起訴もされず自由の身で警察署を出られたのだから、貸し借りなしということにしよう。

携帯電話をポケットから出した。バッテリーは一パーセントしか残っていなかった。充電前の最後の電話を誰にかけるか。昨夜ひと晩待たせたリサにはかけられない。ウォルトに警察まで迎えに来てもらうのも気が引けた。とりわけ、あんな会話をしたすぐあとでは。残るはひとり。おれは画面のアイコンに触れた。

「ラヒーム、車で迎えに来てくれないか？　グロスター郡保安官事務所にいる。いや、逮捕されたんじゃない。ああ、あとで話すよ。とにかく来てくれ」おれは言った。

ラヒームは、車でおれのトラックに向かう途中、一方的にしゃべっていた。おれは起きたことの一部を話した。リサとシェイドに関する部分は省いた。ラヒームはそれでも大興奮した。

「おい、おまえ本気でアレックス・クロス（ジェイムズ・パタースンの小説の主人公の刑事）みたいな暴れ者だな。ケツに気をつけたほうがいいぜ！」彼は言って、声を落とした。車のなかにはおれとラヒームしかいないのだから、余計な注意を払う必要はなかったのだが。

「武装してんのか？」彼は訊いた。

「ああ。グラブコンパートメントに三五七口径の水鉄砲が入ってる」おれは言った。

「この馬鹿！」ラヒームは駐車場に入りながら言った。おれのトラックのすぐ横に車を停めた。

「ありがとう。恩に着る」おれは手を差し出した。ラヒームはそれを握って二回振った。

「マジだぞ、気をつけろよ。本物のクソ溜まりに足を踏み入れてるみたいだから」彼は言った。おれはドアのレバーを引いた。

「心配しなくていい。靴を汚さない方法は知ってるから」おれはドアを開け、車の外に出た。ラヒームはあきらめたように首を振って走り去った。おれは自分のトラックに飛び乗り、道路の車の流れとも言えないような流れのなかに入った。事務所に戻ってシャワーを浴び、スーツにアイロンをかけなければいけなかった。イーソー・ワトキンスを埋葬する日だ。自分が棺に入るようなにおいをさせて参列するわけにはいかない。

　葬儀社の駐車場に入って、ベティをカーポートの近くに駐めた。まだ誰も来ていなかった。一度みんなで葬儀社に集まって、霊柩車と花のバンで教会に行く予定だった。遺体と花を〈リー・スミス・メモリアル・ガーデンズ〉に移動させるのだ。そこの区画はかなり値が張る。偉大なワトキンス牧師には最高のものしか似合わないというわけだ。

トラックから出て、タブレットと聖書を取った。この調子だと、聖書はリサに郵送することになるかもしれない。タブレットはどうしよう。パスワードはわからない。一々推測して試していたら何十年もかかる。最終的にはハッキングできる誰かを捜すしかないだろう。

事務所に入り、スーツとドレスシャツを脱いだ。その両方に糊のスプレーを噴射し、一切合財を乾燥機に放りこんだ。葬儀屋に古くから伝わる技だ。アイロンをかけるより早くしわが取れる。スーツが乾燥機でまわっているあいだに、ほんの濡れる程度シャワーを浴びた。シャワーから出てTシャツをかぶり、ジーンズとブーツをはいて、ゲットー式ドライクリーニングが終わるのを待った。

ウォルトがドアを開ける音がした。通路の先を見てみると、もうスーツ姿だった。事務室に向かったので、おれもついていった。ウォルトが机につくなり、ダニエルがドアから入ってきた。

「ネイト、着替えてくれ。誰かカーティスから連絡が来てるか？　今朝、五回電話したんだが」ウォルトは完全に仕事モードだった。今日は年初以来、最大の式になる。

「いま乾燥機に入れて、しわを取ってる。もうすぐだ」おれは言った。

「わかった。霊柩車のチェックと、倉庫のなかに駐車のサインが充分な枚数あるか確認してくれ。ダニエル、芳名帳を取ってきて霊柩車に入れてくれ。おれはもう一度カーティスに連絡してみる。これで捕まらなかったら彼抜きで出発する。チェスターたちに電話して、墓が掘られてコンクリートが入っていることも確認しておく」「ウォルト」ウォルトの顔はなめらかで無表情だった。神経が張りつめているときにこうなる。「ウォルト」おれは言った。彼は電話から眼を上げた。

「なんだ?」

「あんたのケツに石炭を突っこんでもいいか? 式が終わったときにはダイヤモンドになってそうだ。緊張でケツが締まりすぎだろ。大丈夫、すべてうまくいくから」おれは言った。最初、彼は読めない表情を保っていたが、すぐにロバみたいに大笑いして、おれに中指を立てた。

「さっさとスーツを着ろ」彼は言った。

ニュー・ホープは混雑どころの騒ぎではなかった。駐車場に入れなかった車が路肩にずらりと駐まっていた。おれは霊柩車から飛びおりて、ドライブウェイまでの道を空けてくれと大声で頼まなければならなかった。式が終わったら滞りなくワトキンスを墓地に運べるように、霊柩車を教会の入口にできるだけ近づけて駐めた。

三郡で働く黒人の牧師全員が参列した。白人の牧師もちらほらいた。黒い牧師服や修道服を着た彼らが続々と教会内に入っていく。おれは霊柩車の近くに立って、ウォルトの車とダニエルのバンが到着するのを待っていた。そのとき誰かがおれの腕に触れた。パリッシュ夫人だった。

「こんにちは、ネイサン」彼女は言った。体の線に合わせた黒いブラウスと、足首までの細身のスカートという装いだった。白髪がなければ実年齢より十歳は若く見えるだろう。その髪はまっすぐ伸ばされ、赤ん坊の息のようにふんわりと肩のまわりに流れていた。

「ミセス・パリッシュ、その後いかがですか？」おれは訊いた。彼女は微笑もうとしたが、笑みは表に出てこなかった。

「ええ……まあなんとか。ネイサン、何かわかったことはあります？」

おれは大げさに左右をうかがった。

「いくつかは。ですが、ここは話すのに最適な場所じゃありません。よければ今晩、式のあとで電話しましょうか？」おれは訊いた。彼女は左の頬を引きつらせたが、おれの眼を見て、顔を背けなかった。

「ああ、そうね。あなたの言うとおり。ここでは話さないほうがよさそう。じゃあ電話を待ってます」彼女は嘘をついた。アザラシのようにするりと人の流れに入りこむその姿を見送っていると、クイーン郡保安官のパトカーが駐車場に入ってきた。おれの胃がよじれて不安の塊になったが、運転席にいたのはサム・ディーンだった。墓地まで先導してくれることになっている。おれは手を上げて軽く敬礼した。サムは手を振り返さなかった。どうやらおれは彼のクソ人間リストにも載ってしまったらしい。奥さんがおれに色目を使ったことをついに告白したのか。それともたんに空が青いからか。

ウォルトが歩いてきて、おれの腕をぽんと叩いた。

「始まるぞ」彼が言った。

われわれは場面と場面のあいだを移動する〝メン・イン・ブラック〟だ。ウォルトは葬儀のまえにいつもそう言った。そこにいるが、そこにいない。悲しみのなかで最初の数歩を踏み出す家族を導き、うながし、丸めこむ。家族を一列に並べて教会のなかへ進ませる。われわれが棺の傍で待機しているのは、そのまえで会葬者が気絶したり、くずおれたり、そしてこれが想像以上に多いのだが、棺にのぼってなかに入ろうとするからだ。故人との関係か、家族内での力の序列にしたがって、みんなに正しく快適に席についてもらう。そしてついに、葬儀でもっともつらい部分に手を貸す――棺の蓋を閉めて釘を打つまえの最後の別れだ。おれはこの部分が大嫌いだ。故人がミス・ヴァーレインのような愛らしいレディ――この葬儀が終わった一時間後に埋葬される――だろうと、ワトキンスのような外道だろうと、それは変わらない。

自分たちの務めを果たすと、われわれは礼拝堂からロビーに出て、説教とむせび泣きと祈りがすっかり終わるのを待つ。そしてイーソーがいかに神々しく、キリスト教的慈愛に満ちた人間であったかという嘘をみながついたあと、礼拝堂に戻って、イーソーを霊柩車に入れ、墓地に向かう。おれは入口近くの広いベンチに腰かけ、ウォルトは隣に坐って携帯電話を出した。

ウォルトはいっそう考えこむ顔になった。

「どうした？」おれは訊いた。

「まだカーティスが捕まらない。午後のミス・ヴァーレインの式には来てもらわないと。一日じゅうおれの電話を無視するなんて、あいつらしくないな」ウォルトは言った。おれは手首の内側を腿にこすりつけた。

「昨日、おまえたちは何かもめたのか？」ウォルトが訊いた。おれは本当のことを言おうかと迷ったが、ウォルトが聞きたいかどうかわからなかった。

「いや、たんにふざけてただけだ。彼が早めに出なきゃいけないと言ったから、おれはかまわないと答えた。出すぎた行動だったかもしれない」

「いや、出すぎてはいない。今日来なくてかまわないと言ったんなら、出すぎた行動だけどな。ランカスターのラリー・コリアーに連絡をとってみよう。ときどきミス・イライザ・ニュートンの店を手伝ってる。今日空いてるといいんだが」ウォルトは言い、古臭い折りたたみ式の携帯を閉じた。礼拝堂でどっと拍手が湧くのが聞こえた。

「まるでマーティン・ルーサー・キングの再臨だったみたいな盛り上がりだな」おれは言った。ウォルトはため息をついた。

「埋葬する人間はみんな欠点がなくなるのさ」彼は言った。

人々の二時間にわたる熱心な哀悼を経て、イーソー・ワトキンスの葬儀が終了した。おれたちは二十ゲージのロイヤルブルーの棺を教会から運び出し、霊柩車に積みこんだ。サムがパトカーのライトをつけ、墓地まで先導してくれた。墓地に到着すると、会葬者は墓穴の近くに用意されたテントのまわりに集まった。大気は急速に涼しいから寒いに変わっていた。おれは黒、白、茶色の顔を見ていった。このなかの何人がイーソーの聖書勉強会に参加していたのだろう。何人が彼に金を借り、首根っこを押さえられていたのか。イーソーがいままさにこの場所にいることを何人が望んだのだろう。あいにく、良心の呵責に耐えかねて罪を告白した人はいなかった。リサは言ったことを守って、告別式にも葬式にも顔を出さなかった。

墓掘り人たちが棺をおろしはじめると、ウォルトがおれに手を振って彼の車に呼んだ。

「どうした？」おれは訊いた。

「カーティスが心配だ。本当にもめなかったか？」ウォルトは訊いた。

「おい、おれはあんたに嘘はつかない。ラリーと連絡はついたのか？」

「ああ、来てくれるそうだ。助かった」

「こうするのはどうだ？　ラリーとダニエルがいるなら、おれがカーティスの家に行ってみようか」おれは言った。ウォルトは車のルーフを指でトントン叩いた。

「そうだな。行って無事を確かめてくれ。ＳＭプレイの女王様の地下牢かどこかで縛られてなきゃいいが」

「ミスター・ブラックモン、女王様について何をご存じで？」おれは訊いた。

「おまえには関係ない」彼はニヤニヤ笑いを浮かべて言った。

第23章

カーティスは郡北部の慎ましい家に住んでいた。高校の近くに造成された新しい分譲地だ。開発者は、子供が平均二・五人いる若い家族が平屋のランチハウスに続々と入居することを期待していたのだろう。しかし悲しいことに、建築が終わったのは住宅市場の底が抜けた二〇〇七年だった。カーティスは投げ売り価格でここの家を手に入れていた。

「もしおれの人生に子供が現われるようなことがあったら、わが家は学校から五百メートルだ。そういう可能性も考えてるんでね」彼は一度おれに言ったことがあった。

運よくカーティスは分譲地の角の区画を手に入れていた。左右の隣人とは一キロ以上離れている。いや、家自体はあるのだが、空き家なのだ。おれは牡蠣殻が敷きつめられた彼のドライブウェイにベティを入れた。砕いた牡蠣殻を敷くのは南部に定着したイギリスの古い伝統だ。ジャリジャリと音を立てながら、ベティのフロントバンパーをカーティスのハイブリッド車のリアバンパーのすぐうしろまで近づけた。

家はオフホワイトとクリーム色の樹脂外壁と、それに合った水色の屋根板というしゃれた造りだった。庭にたいした飾りはないが、手入れは行き届いていた。芝生が茶色になりかけている。おれは玄関まで駆け上がってドアを叩いた。数分待った。誰も出てこないので、また叩いた。何もなし。ドアに耳を当ててみた。冷たいファイバーグラスが耳に痛かったが、そのままくっつけていた。なかから声が聞こえるが、テレビのトークショーか何かのくだらないおしゃべりのようだった。ドアの最上部にはアーチ型の艶消しガラスの窓があった。おれは背伸びしてそのガラス越しに家のなかをのぞきこんだ。床に黒い何かが見えた。毛布でも積んであるのか。それとも巻いたカーペットとか。頭のなかの声はそのどちらでもないと言った。おれもよくわかっていた。

ドアノブをひねってみた。鍵がかかっていた。一度カーティスの車まで戻って振り返った。玄関ドアへとゆっくり走りだし、半分ほど行ったところで勢いをつけて全力で走った。ドアのまえのコンクリートの板を踏みつけて飛び上がり、両足でドアを蹴った。幸いデッドボルトはなかった。ドアがいきなり開いてドア枠が割れた。おれは両足で着地してよろめき、壊れたドア枠につかまった。

カーティスのリビングルームに入った。おれは一度、有料視聴の総合格闘技《MMA》の試合を観るためにここに来たことがあった。ラヒームもいっしょで、ウォルトもしばらく立ち寄った。ダニエルも試合が終わるころ現われた。カーティスはおれたちにサザン・ハリケーンのカクテルを作り、世界的に有名だという彼オリジナルのバッファロー・チーズ・ディップを出してくれた。愉しい夜だった。あんな夜は二度と訪れない。

カーティスは床に倒れていた。その首に持ち手が黄色のドライバーが刺さっていた。そこらじゅう血だらけだった。

リビングの壁にも血がついていた。薄型テレビの向こうの大きなピクチャーウィンドウにかかったカーテンにも。窓のブラインドの羽根にまで血が飛んでいた。血の跡がおれの左側にあるテレビから、すぐまえに倒れたコーヒーテーブルまで続いていた。テーブルのまわりには割れたガラスが光輪のように散っていた。ガラスの破片のあいだに血がたまり、破片はピンクのダイヤモンドのように見えた。

血は彼のしゃれた白いボタンダウンシャツにもついていた。

「だから言ったのに。あんたは聞こうとしなかった」おれはつぶやいた。

九一一番に通報して、自分のトラックのなかで警察の到着を待った。十分後、サイドミラーと家の樹脂外壁に青と赤の光が反射した。パトカーが二台、角を曲がってきた。一台はその角に停まり、もう一台はおれのトラックのうしろにつけた。一方にはサムが乗っていた。もう一方はヴィクターが運転していた。おれはトラックから出て、両手を体から離した。ヴィクターが銃に手を当てて近づいてきた。左眼のまわりが醜い紫色の痣になり、頬にはマスタードがついたような黄褐色の傷があった。サムも来て彼の隣に立った。

「ネイト、何が起きた?」サムはいつものののんびりした口調で言った。

「カーティス・サンプソン。今朝、葬儀社に来なかった。電話にも出なかったから、ウォルトに頼まれて様子を見に来た。ドアに鍵がかかってたんで、ぶち壊してなかに入ったら、ああなってた。刺されてる」おれは言った。

「死んでるのか?」サムは訊いた。

「死んでないとしたら、ものすごい演技だ」おれは言った。サムの顔に不健康な緑色が広がりはじめた。ヴィクターが銃を抜いた。

「地面に尻をつけてろ。おれたちが状況を確認するまで。早く!」彼は叫んだ。サムが彼の肩に手を置いた。

「ヴィク、やめとけ。なかにあるのは遺体だ」彼は言った。

「こいつがこの黒いケツを地面につけないなら、もうひとつ遺体が増える」ヴィクターは銃をおれに向けた。

「イカしたアイシャドウだな、ヴィクター」おれは言った。

「その腐ったケツを地面につけろ」ヴィクターは噛みしめた歯のあいだから言った。

「いや、今日はなしだ、ヴィクター。今日はくだらん小便飛ばし競争はしない。おれの職場の同僚がなかで死んでる。友だちと呼んでた男が。だから、おまえのそのみじめなクソ人生で一度でいいから、今日はしっかり仕事をしろ」おれは言った。ヴィクターは銃口をおれの左眼のまんまえに近づけた。おれはまばたきしなかった。胸焼けがした。ヴィクターの磨いた靴がどっぷり浸かるくらいゲロを吐きたかった。

「地面・に・坐れ」ヴィクターが言った。一語一語が一文であるかのようにはっきりと区切って発音した。風が立ち、紙くずと落葉をドライブウェイに吹き飛ばした。

「もうやめろ、ふたりとも！」サムが言った。声が音叉みたいに震えていた。

おれは左手を突き出し、ヴィクターの銃を持った右手を右に押して、おれの体のまえから離した。全力で相手の手首をつかんでいた。そして右手で銃をつかんでひねり、銃口を彼の胸に向けながら前腕を締め上げた。ヴィクターの人差し指が用心金から離れた。おれは銃を奪い取ってうしろに下がり、弾倉をはずし、薬室の弾を弾き出して、すべてを牡蠣殻の上に落とした。

「仕事をしろ、ヴィクター。サム、おれの供述を取るか？」おれは訊いた。

ローレントとサンディが二十分後にやってきた。パートタイムで働いているネルソン・

ロスという別の保安官補もその五分後に現われた。サムはパトカーのなかでおれの供述を取った。それが終わると、ローレントが車に近づいてきた。おれは外に出て、彼の横を通りすぎようとした。

「きみは何か知ってるのか?」ローレントは葉巻を吹かす合間に言った。

「サムに供述したところです」おれは言った。

「ドアを壊して入ったときのことを訊いてるんじゃない。きみはサンプソンと働いてたんだろう。知り合いだった。もう一度訊く。きみはこのことについて何か知ってるのか?」

「おれが知ってるのは、あなたと保安官補たちがこういう事件についてあまり記録を残さないことだけです。この事件を州警察に報告すべきだと思わないんですか? ワトキンスの件で暗いなか手探りしてるうちに、今度はこれだ」おれは言った。ローレントは葉巻を深々と吸い、おれの顔に煙を吹きかけた。

「私の郡の運営を州のぼんくらどもに手伝ってもらう必要はない」彼は言った。おれは笑った。というか、ラバみたいに大笑いした。

「まわりをよく見てくださいよ、ローレント! あなたの郡は急速にクソだらけになって、もうすぐ住民は靴をはく代わりに足にトイレットペーパーを巻きはじめる。さて、よければおれは、いとこのところに帰って、従業員で友人だったひとりが死んだことを告げなきゃならない」おれは言った。ローレントはまた煙を吐いた。

「連絡がつくようにしておけ。さっさと行くがいい」彼は言った。


おれは葬儀社に戻った。自分の部屋から酒罎を取ってきて一気に飲んだ。ウォルトの事務室に入って彼の椅子に坐り、また飲んだ。そしてまた。ウォルトとダニエルとラリーが墓場から戻ってくるまで飲みつづけた。三人は笑いながらドアから入ってきた。ウォルトはおれの顔を見た瞬間に立ち止まった。

「ネイサン、どうした?」彼は訊いた。ブレザーを脱いで腕にかけ、ネクタイもゆるめていた。おれは下唇を嚙み、ラムをもう一回飲んだ。

「カーティスが死んだ。家に行ったら死んでた。刺されて。もうすぐルース・アンから遺体を引き取ってくれと電話があると思う」

「死んだ? 死んだってどういう意味だ?」ダニエルが訊いた。

「本当に死んだってことさ。世知辛いこの世からおさらばした。天界に召された。天上の偉大なる聖歌隊に加わった……死んだんだよ、くそっ」おれは言った。ほんのわずかだが、呂律がまわらなくなった。ダニエルの下唇が震えはじめた。

ウォルトが事務室のすぐ外にあるふたり掛けのソファに腰をおろした。両手で頭を抱え、ブレザーを下に落とした。ダニエルは部屋のなかをぐるぐるまわりだした。

「嘘だろ、おい、カーティスが。いったい何が起きたんだ、ネイト？」彼が訊いた。おれはボトルをあおってから答えた。

「彼はまちがった娘《チック》とファックしてたんだと思う。失礼、軽蔑語だったな。彼はまちがった売女《ホー》とファックしてたと言いたかった」おれは言った。ウォルトが立ち上がり、事務室に入ってきた。

「そのボトルをよこせ。おまえはもう酔ってるし、おれは酒が必要だ」ウォルトは言った。おれは机の向こうに腕を伸ばして酒壜を渡した。

たしかにおれは酔いかけていたが、ウォルトをこのごたごたに引き入れるほど酔ってはいなかった。カーティスが死んだのは、おれが彼を脅して、〝聖書勉強会〟に同席した誰かに連絡をとらせたからだ。カーティスを殺したのと同じ人物がワトキンスも殺したのか？　すべての状況が〝イエス〟を指し示していることは、マジック8ボールを使わなくてもわかった。ウォルトには何も話せない。死んでほしくないから。それに、もしおれが誰かを殺さなきゃならなくなった場合、ウォルトはかかわっていないというそれらしい説明が必要になる。カーティスは自分勝手で偉そうで神経質だったが、誠実でおもしろいやつでもあった。あんなふうに殺されていいわけがない。葬儀屋としての腕は確かだったし、ウォルトといまの仕事に身を捧げていた。だから家族のようなものだった。もうこれはワトキンスの事件ではなくなった。おれはカーティスにあんなことをした人間を見つけ、痛い目に遭わせる——それはおれがいちばん得意とすることだ。

第24章

ルース・アンが一時間ほどで連絡してきた。おれは飲んでいたし、ウォルトは動揺しすぎていたので、ダニエルが行くと言った。ダニエルとラリーがいなくなると、ウォルトが来て机の向かい側に坐り、空《から》のボトルを机のノートパソコンの隣に置いた。

「さあ、おれたちだけだ。おまえが本当に知ってることを話せ」ウォルトは言った。おれは両手で顔をこすった。

「ウォルト……」

「おい、ネイト。おれだぞ。おれたちの仲でずっと嘘はつけないだろ。おれはおまえとカーティスが告別式で話してるのを見た。そしたらカーティスが死んだ。ワトキンスのことが関係してるのか？」彼は訊いた。おれは立ち上がり、机の端に坐った。ウォルトの肩に手を置くと、彼も手を伸ばしておれの肩に手を添えた。おれたちは額と額を合わせた。そうやってしばらくじっとしていた。おれは口を開いた。

「あんたを巻きこむわけにはいかないんだ。そんなことはしない」おれは言った。ウォルトはおれの頭のうしろに手をやり、自分の頭を上下に激しく振った。

「ネイト、もう手遅れだ。おれはすでに巻きこまれてる。なあ、おまえが自分の面倒を見られるのはわかってるが、引き際を知ることは恥でもなんでもないぞ」彼は言った。

「おれはこいつを最後まで追わなきゃならない。もう金の問題じゃないんだ」おれは言った。ウォルトは頭を上げ、おれの首を抱き寄せた。

「おまえは最後まで黒人で、いつか死ぬ。だが、それ以外の責任を引き受ける必要はない。近いうちにおまえの棺を引き取りに行くようなことだけは勘弁してくれ」彼はおれの耳にささやいた。

「わかってる」おれは言った。ウォルトはおれを放した。

「わかっていても、やめようとしない」彼は手の甲で眼をぬぐった。「おれは家に帰って、ベッドでかみさんをしっかり抱きしめる。明日を約束された人間はいない。おれはたいていの人間よりそのことを知ってるが、それにしてもひどい話だ、カーティスが……」最後まで言わなかった。

「わかる」おれは言った。ウォルトは首を振り、足早に外へ出ていった。おれはドアに鍵をかけ、通路をよろよろと自分の部屋へ向かった。体が捧られて床に投げられた雑巾のように感じられた。

ふらつきながら部屋に入り、ベッドに倒れこんだ。七時ごろだった。ふとリサに電話しようかという考えが浮かんだが、思いついたのと同じくらい早く消えた。おれは眼を閉じ、ここ数日に起きたすべてのことが自分に迫ってくるのを感じた。


頭の横をしつこく押してくるものがあった。眼を少し開けると、ベッドのまわりに男が三人立っていた。みな古風な黒いスキーマスクをかぶっている。右眼の視界の隅に、ひとりが五〇口径デザート・イーグルらしきものをおれのこめかみに突きつけているのが見えた。残るふたりはベッドの足元のほうにいた。どちらも茶色のブレザーを着て、白いドレスシャツの喉元のボタンをはずしている。銃を持ったやつは茶色のブレザーに蝶ネクタイ。茶色と黄褐色の水玉のようなモザイク模様――この蝶ネクタイには見憶えがあった。昨日の告別式で、ショート牧師の槍持ちのトップがこれをつけていた。

「この三人は、どう考えてもおれが夢で見てたサルサダンサーじゃないな」おれはしわがれ声で言った。蝶ネクタイの男がカウボーイよろしく人差し指で銃をくるりとまわして、グリップでおれの額を殴った。一瞬、世界が太陽フレアのように爆発して、ものが見えなくなった。痛みが顔から頭全体に広がった。顔を温かい血が流れるのがわかった。視界が戻ると、男はまたおれのこめかみに銃口を当てた。

「タブレットをもらいに来た。この部屋をバラバラにして、そのあと事務所を破壊する。バスルームをひっくり返して、おまえらが死体を整える部屋に行く。ここ全部を本気でぐしゃぐしゃにしてやる。それが嫌ならタブレットの置き場所を言え。どっちにしてもタブレットは見つける。おまえが選べ」彼は言った。パンケーキにかける糖蜜のように濃い訛りだった。

「それはデザート・イーグルか？」おれは訊いた。蝶ネクタイは答えなかった。

「一応訊いたのは、そいつをおまえのケツの穴に突っこんだら痛そうだからだ」おれは言った。蝶ネクタイはゆっくりと、悲しそうに首を振った。また銃をくるりとまわし、すばやく鋭い動きで振りおろした。今度はおれの口を狙っていた。おれはおりてくる手首を右手でつかみ、相手を自分のほうへ引くと同時に起き上がって、血の出た額を彼の顔に打ちこんだ。額のまんなかに彼の歯がぶつかった気がした。ハリウッドのアクション映画じゃないから、おれも無傷では逃れられないが、おれが血を流すなら、みんなが流すべきだ。

おれの両足はベッドの足側に出ていた。ふだんはベッドに引き上げ、体を丸めて寝るところ、酔っ払ったので仰向けに寝て両足を垂らしていたのだ。蝶ネクタイの仲間がリーダーを助けようと移動してきたので、おれは両足を上げて、ひとりの顎ともうひとりの首のあたりを蹴りつけた。左の拳で蝶ネクタイの頭の横を殴ると、相手の首が弾かれたように反対側に倒れた。おれは右手で彼の手首を思いきりひねり上げた。その手から銃が下に落ちて大きな音を立てた。蝶ネクタイをまた殴ったが、今度は前腕と肘を使った。蝶ネクタイは小さな穴があいた風船みたいな低い音でヒューッと空気を吐いて床に倒れた。銃を下敷きにして。奪い取るべきだったが、おれはとにかく部屋から出る必要があった。出なければ死ぬ。

ベッドから飛びおりてドアに走った。蝶ネクタイの仲間のひとりが立ち上がって、おれにタックルをかけようとしたが、こっちには勢いがあり、そいつはカーター政権以来ろくな食事をしていないように見えた。おれはサイズ十四の足で泥に穴をあけるように彼を踏みつけた。そいつの金玉が尻にめりこむ感触があった。ついでに肋骨を折ってやってもよかったが、そんなことしてる場合か？　ドアを開けるのももどかしく、全体重をかけてぶつかって合板を割った。血だらけの顔に木っ端やら紙やらが張りついた。

ドアの穴から通路に出たとき、何かがうしろからぶつかってきた。細いが筋肉質で力強い腕が、おれの首を絞めようとしていた。おれは背中にしがみついたマスクの男ごと体を押し上げて立った。何歩かうしろに下がって壁に寄ると、そこから一度まえに飛び出し、同じ壁に背中からぶつかった。うしろの男が後頭部を壁にぶつけ、口をおれの頭にぶつけて、ぐあっと叫んだ。おれの首のまわりを温かいものが伝い、しがみつく腕の力がゆるんだので、背負い投げでそいつの体を通路に叩きつけた。肺気腫みたいな息をしながら振り返って、通路の先のガレージと支度室につながるドアまで走ろうとしたところへ、もうひとりの仲間が飛びかかってきた。これから飛ぼうとしているスーパーヒーローみたいに両手を広げて。だが、そいつの体重はポケットに石を詰めても七十キロぐらいだ。

おれは彼をつかみ、飛んできた勢いを利用しながら体をまわして反対側の壁に放り投げた。彼は車のフロントガラスにぶつかった虫のようにつぶれて、通路に崩れ落ちた。

「そこまでだ！」口じゅうの歯が折れたムファサのような声が言った。おれは声のほうを向いた。蝶ネクタイだ。また銃を持っていた。

「タブレットをよこせ。さもないと、あらゆる神に誓ってその顔に弾をどっさり撃ちこんでやる」彼は言った。まあ、少なくともそう言ったと思う。彼の口から血が湧いてスキーマスクをびっしょり濡らしていた。おれが殴った顔の左側が腫れてきている。少しふらついているようだが、銃を構えた腕はぴんと伸びて、震えてもいない。デザート・イーグルの太い銃身がまっすぐこっちを向いていた。おれは唇をなめた。血の味がした。怒りがまた燃え上がってきた。

「くそタブレットだ！」蝶ネクタイがうなった。口のなかはものすごく痛いはずだが、懸命にこらえている。こっちが不意をつくには距離がありすぎた。選ばなければならなかった。何か試みて殺されるか、ここはタブレットを渡して別の日に闘い、このクソ野郎を追いつめるか。もうひとりがまた立ち上がり、ためらいなくおれの脇腹に拳をぶちこんだ。キドニーブローとしては、まずまずだった。おれが苦しんで倒れると思ってたんだろう。だが、おれは脇腹に手を当て、低く息を吐いただけだった。

もうひとりも立っていた。しぶといやつらだ。彼のマスクは横にずれていた。それを不器用に調節し、眼の穴が正しい位置に戻ると、おれの後頭部を殴ってきた。何を使ったのかわからないが、拳ではなかったようだ。燃えるような痛みが頭全体から首へと広がり、何かの理由で肩まで飛び火した。おれはよろめいたが、倒れなかった。倒れるべきだったかもしれない。しかしまだ連中に満足感は与えたくなかった。仲間その一がまたおれを殴ろうとしたとき、仲間その二が蝶ネクタイの体の先に眼を凝らした。

「まさか、そのフットロッカーの上にあるやつか？」彼は訊いた。とても信じられないという声だった。

蝶ネクタイはおれから眼を離さなかったが、うしろに下がり、右手を伸ばしてフットロッカーの上を手探りした。フットロッカーは、ドアを開けたときにその裏に来る位置にある。蝶ネクタイの手がタブレットに触れた。それを取り上げ、ほんの一瞬、眼をやった。

「ハパ」彼は言い、仲間のひとりにタブレットを放った。おれは誰が誰だかわからなくなってきた。ハパは器用にタブレットを受け取り、ちょっと見たあと頭上に持ち上げて、膝で叩き割った。ハパは器用にタブレットを受け取り、プラスチックとガラスの破片が飛び散り、タブレットは棒つきアイスキャンディのようにふたつに折れた。彼はその両方を通路に落とし、しっかり踏みつけた。

「持っとけばよかったんだがな。そのタブレットは持ち帰ることになってた」蝶ネクタイが言った。声にたっぷり軽蔑が含まれていた。同僚は肩をすくめ、両手を広げる降伏の仕種をした。蝶ネクタイは疲れたため息を長々とついた。

「ド素人が」おれは誰にともなくつぶやいた。蝶ネクタイが部屋の外に出てきた。まだ銃をおれに向けている。おれは、もっと近づけとテレパシーでメッセージを送ろうとした。あと一メートルほど近づけば戦闘圏内に入る。

「こいつの両腕をつかめ」彼は言った。綿の塊を口に入れて話しているようだった。残るふたりは喜んでしたがった。タブレットを破壊したほうは何かやることができてうれしそうだった。彼らは左右から腕をつかんでおれを壁に押しつけた。首のうしろは小便をかけられたようだし、頭もクラクラしていたので、おれはあまり抵抗できなかった。彼らは十字架にかけるようにおれの両腕を伸ばし、壁にぴたりとつけた。

「おれの故郷にはあまりキリスト教徒がいない。だが、伝道者が来ると朝から晩までイエスの話だ。イエスがわれわれの罪を贖うために十字架にかけられただの、イエスを信じればおれの罪が赦されるだの。だからおれはキリスト教徒になった。わかるか？　山ほど罪を犯してるからな」蝶ネクタイは言い、右眼を閉じてわずかに銃を動かした。おれの左手を狙っていた。

「おまえはキリストみたいになりたいか？　キリストみたいにしてやろう」

「撃つならさっさと撃て。その口からもごもご出てくるクソ御託はあと一分だって聞きたくないから」おれは言った。手に弾を撃ちこまれるのは最悪だが、このサイコが自分の仕事ぶりを確かめたくなるのには賭けてもいい。だとすれば、いい具合に近づいてくる。両手は押さえられているが、両足はまだ自由だった。

「ほら、やれよ、もごもごのクソガキ」おれは言って、血と唾の混じったものを通路に吐いた。

「オーケイ」彼は言った。

銃声が轟いた。が、痛みはまったく感じなかった。おれの左腕を押さえていた男が通路に倒れ、自分の左脚をつかんだ。生まれたばかりの赤ん坊のように泣きわめいていた。彼の指のあいだから血がにじみ出し、ズボンが濡れた。蝶ネクタイがおれのシャツの襟をつかみ、自分のまえにおれを持ってきた。身長差がありすぎて、おれの頭に銃を突きつけられなかったので、脇腹に銃口を押し当てた。もうひとりの男は蝶ネクタイのうしろ、通路の突き当たりのドアのそばにいた。

「次は誰を撃てばいい、ネイト？　蝶ネクタイか、それともマスクをまっすぐかぶれないやつか？」スカンクがいつもの低くざらついたささやき声で言った。

第25章

スカンクはまだ煙の出ている三八口径を調べるかのように、のんびりと体のまえに構えていた。通路の蛍光灯の真下なので、真っ白い光が彼のごつごつした顔を不気味に見せていた。恰好は革ジャケット、白いシャツにブルージーンズ。長い黒髪に入った白い筋はまるで輝いているようだった。新しい傷が増えていたが、それ以外は昔どおり猫を愛するクレイジーな男だ。蝶ネクタイの息遣いから察するに、悪魔そのものに見えたにちがいない。

スカンクが一歩まえに出た。

蝶ネクタイがおれをうしろに引いた。

スカンクがまたまえに出た。

蝶ネクタイがうしろに下がった。この調子でいくと通路が終わってしまう。

スカンクは叫びつづける蝶ネクタイの仲間を見おろして立った。そいつはスカンクに気づくと、叫ぶのをやめた。

「さあ、どっちだ、ネイト？　おれなら蝶ネクタイだな。ボスのようだから。この蛇の頭を切り落として終わりにしよう」スカンクは言った。

「彼は本気だ。たかがパックマンのゲームのことで喧嘩して、木ネジの詰まった靴下で相手をぶん殴るのを見たことがある。なんのためらいもなくあんたを殺すぞ、クンタ・キンテ」おれはできるだけ大きな声で言った。

「黙れ！　交換するのはどうだ、え？　おまえの友人とおれの友人と」蝶ネクタイが言った。スカンクはちょっと首を傾けて眉間にしわを寄せた。

「このミスター大出血と？」蝶ネクタイの仲間は撃たれた脚の傷を手で押さえて横向きに倒れていた。スカンクはまた首を傾け、蝶ネクタイともうひとりの仲間に眼をやった。そして視線を注いだまま、右足のカウボーイブーツの踵を、倒れた男の手に――必然的に脚の傷に――ゆっくりとねじこんだ。ミスター大出血はまた叫びはじめた。

「何が交換だ。おれはおまえを殺す。そのあと、おまえのうしろのチビクソも。最後にここに倒れてるマザーファッカーも。死体の処理方法はわかると思うぞ。もう葬儀屋にいるんだから」彼は言った。完全に本気だった。スカンクは無用の脅しはしない。蝶ネクタイの呼吸がおれの耳元でうるさくなった。息を吐くたびに何か湿ったものが胸から這い出るような音だった。

「頭に気をつけろ、ネイト」スカンクが言った。蝶ネクタイは過呼吸になりかけていた。彼はおれを激しく押した。めまいがしているおれは自分の足に引っかかり、銅像のようにまえにぐらついた。ずれマスク男がガレージにつながるドアを開けて逃げ出した。蝶ネクタイもすぐあとを追った。スカンクが三八口径で撃った。閉めきった通路で銃声が榴弾砲のように轟いた。おれは倒れる途中、誰かが苦痛に叫ぶのを聞いた。通路にぶち当たるまえにスカンクが支えてくれた。彼は体つきはほっそりしているのに、信じられないくらい力が強い。左手でおれを受け止めながら右手で撃とうとしていた。ミスター大出血は怪我をしたドブネズミのようにドアの向こうに走り去った。スカンクは三人を撃つのをあきらめ、両腕をおれにまわして、そっと通路に横たえた。まぎれもなくガレージの扉が上がる音が聞こえてきた。

「助けたぞ。もう大丈夫だ」スカンクの声が聞こえたあと、世界が真っ暗になった。

意識が戻ると、喉が焼けるように痛かった。息ができず、唾を吐いてもまた息が詰まった。首に力強い手を感じた。眼を開けると、スカンクがおれの横にしゃがんで、おれの顔のまえでリップクリームのように見えるチューブを振っていた。頭痛がした。土の精《ノーム》が錆びたつるはしで頭蓋骨を掘り進もうとしているかのようだった。

「それを顔のまえからどかせ。ゾンビの息みたいなにおいがする」おれはつぶやいた。スカンクは立ち上がって、チューブをおれの部屋の入口近くのゴミ箱に放った。手をズボンでふき、髪をなでて整えた。

「気つけ薬だ。ウォルトの机にあった。効くかどうかはわからなかった、説明書にアヒルのケツみたいな髪型の白人男が載ってたから。でも大丈夫そうだな。まだ減らず口を叩いてるとこを見ると」スカンクは言った。おれは横に転がり、床から体を押し上げた。世界がまわりはじめたが、壁に手をついて気を引き締め、眼を閉じた。また眼を開けて損傷を確かめた。部屋のドアは原形をとどめていなかった。一部はまだ蝶番からぶら下がっているが、ほとんど破壊されて破片が散らばっていた。ダークグリーンのカーペットに血が広がり、両側の壁にも子供の掌くらいの幅の血の跡がふたつずつついていた。おれは壁に手をつきながら、通路をロビーのほうに進んだ。両開きのガラスドアは残っていたが、錠前があったところには穴があいていた。

「錠をまるごと取り除いたんだな。ガラスを割っておまえを起こしたくなかったから。おれでもそうする」スカンクがうしろから言った。振り返って見ると、通路の突き当たりのドアに銃痕がいくつかあり、壁にも穴がひとつあいていた。おれは穴を指差した。

「狙いをはずしたな」おれが言うと、スカンクが「ふん」というような声を発した。

「あの男の脚を撃ったのも、逃げたやつらに当てなかったのもわざとだ。おまえのいとこの店でおまえの許可なく人を殺したくなかったから。だが、なぜおまえは撃たなかった？　銃を捨てたわけじゃないだろ？」彼は言った。スカンクの礼儀正しさは称讃に値する。南部で言うところの〝躾がしっかりできている〟だ。近所の家で何か食べたいと言わない。話すときにはかならず〝サー〟や〝マーム〟をつける。友だちの家で許可なく人を殺さない。

スカンクの横をすり抜け、よろめきながら通路を進んでバスルームに入った。鏡からおれを見返す顔は、プロレスの実況中継で言う〝血のマスク〟をつけていた。額から出た血は固まって、濡れたかさぶたができつつあった。血の量から想像するほどひどい傷ではない。

後頭部に触れてみた。そこはまだ血が出ていた。そっと確かめると、ふたつめの口ができている感じだった。針で縫う必要があるかもしれない。おれは顔に水をかけ、眼についた血を洗い流した。ペーパータオルで顔をふき、さらに何枚か取って後頭部の傷に当てた。死ぬほど痛かったが、血を止めなきゃいけない。バスルームから通路に出た。スカンクはいなかった。ロビーに行くと、ふたり掛けソファのひとつに坐って酒のボトルを膝に置いていた。

「銃のところまでたどり着けなかったんだ。その不味いスコッチをいつまで飲んでるんだ？」おれは訊いた。

「スコッチは不味くない」彼は言った。それを証明するかのように、ひと口飲んだ。

「そう、すべてのスコッチが不味いわけじゃない。けどそれはライオンの小便みたいな味がするだろ」おれは言った。スカンクはまたひと口飲んだ。

「どうしておまえはライオンの小便の味を知ってる？」スカンクはいつものように低い声で簡潔に言った。ジョークなのかどうかわからない言い方だ。

喉が焼け、頭は痛く、いとこの店はめちゃくちゃになったが、おれは生きていた。多くは一メートルほど先のソファに坐っているアウトローのおかげで。おれは頭のうしろの開口部からペーパータオルをはずして見てみた。納屋を塗るペンキの缶に浸したかのようだった。丸めてゴミ箱に捨てた。ポケットから携帯電話を取り出した。

「何してる？」スカンクが訊いた。

「ウォルトにかけないと」おれは言った。スカンクはまた酒を飲んだ。

「ちょっと待て。さっきここにいた三人は、おまえがこのまえ電話で話したやつらの仲間か？」彼は訊いた。おれは向かい側のソファに坐った。背もたれに血をつけないように端っこに腰かけた。

「何が起きてるか話そう」

おれはスカンクにすべてを話した。ワトキンス、リサ、カーティス、ショート牧師夫妻とタブレット。スカンクはまた酒を飲み、ボトルを両足のあいだに置いた。

「つまり、そのタブレットとやらに入ってるもののせいで、あいつらがおまえを殺そうとした？」彼は訊いた。おれは頭のうしろをそっと触った。血は止まっていたが、やはり縫合は必要かもしれない。大きく息を吸った。

「ワトキンスは自宅でセックスパーティを開いてたんだと思う。乱行パーティだ。それを録画して、何人かを強請《ゆす》るネタにしてた。彼が自分の娘に何をしたか話したよな。誰が牧師を殺したにしろ、そいつは彼のパーティにいて、タブレットに録画されてる。カーティスもパーティに行ってた。そして愚かにも、同じ参加者の誰かと対立したんだと思う。カーティスの知ってた誰かに、ワトキンスを殺す理由があった。何があったにせよ、その人物がカーティスも殺した。で、例の牧師のショート？　ここに来たのはあの牧師の部下たちだ。マスクをかぶってたが、教会で見た服装のままだった。だからショートもこれに一枚噛んでる。ワトキンスとカーティスを殺したのがショートかどうかはわからないが、あの男に訊けば犯人はわかるだろう」おれは頭のなかで渦巻いていたことを話して少しほっとした。ワトキンスの家で隠しカメラを見つけてから、ずっとこれを自分のなかにためこんでいたのだ。

「これからどうする？　ウォルトに電話すること以外に」スカンクが言った。

「そうだな。電話したあと、ここの掃除をして、自分の頭を縫ってみるかな。この奥には緊急治療室と同じ道具が全部そろってるから。で、タブレットの破片を集めて、メモリカードのようなものを取り出せないか、友だちのラヒームに見てもらう」おれは言った。スカンクは両眉を上げた。

「あいつらコンピュータにはくわしくないようだ。あのタブレットにはたぶんまだメモリカードかハードドライブが残ってて、アクセスできる。ラヒームに頼まなきゃならないが」おれは言った。本当は、ウォルトだけでなくラヒームもこの件には巻きこみたくなかった。友人や家族をこのとんでもない事態から遠ざけておきたいのに、打率十割と来た。

「その牧師に会いに行くのか？」スカンクが訊いた。眼が狂犬病の犬みたいに凶暴だった。彼はまだ誰かの血を流していない。そこまで近づいてもいない。それがときどき問題になる。スカンクから一度リードをはずすと、またリードをつけるのはむずかしいのだ。

「たぶん。だが、まずタブレットの中身を見たい。ひょっとしたらそれだけで州警察の興味を惹けるから」聞いたスカンクはふんと鼻を鳴らした。

「おまえが言うとおりその説教師が金持ちなら、警察にコネがある。州警察は何もしないぞ」彼は言った。

「まあ、そうなったら、いつでもシェイドに話せばいい。彼の貯金を奪い、ワトキンスとの貸付計画をおじゃんにした人間に手を下せるなら大喜びだろう」おれは言った。スカンクはうなった。

「シェイドが出てくるなら、連中は警察にパクられたほうがよかったと思うだろうな」おれはソファから立ち上がり、首を左右に倒した。世は事もなし。数日は頭痛に悩まされるだろうが、いずれふつうに動けるようになる。海兵隊ではもっとひどい怪我もした。

「ウォルトが来たら警察に通報するだろう。おれはそのあと友だちに会いに行く。彼女の持ち物がいま手元にあるから。今晩泊まるところはあるか？　明日はいっしょにラヒームのところに行こう。そのあと、これからどうするか決める」おれは言った。スカンクも立ち上がった。

「ウォルトはおれを怖がらないだろうな。おまえはおれのブラザーだから、ウォルトもおれの家族だ」彼は言った。

「ウォルトはおまえを怖がらない」おれは嘘をついた。スカンクはまたうなった。

「マシューズに行く。おれにも友だちがいる。おれが来るとは思ってないが、行けば喜ぶ」彼は言った。これもジョークか？　おそらくそうだろう。

「わかった。スカンク、あ――」おれは言いかけた。

「ありがとうは言うな。おれたちが乗り越えてきたものは、そんなくだらん挨拶よりはるかに重い。明日の朝、電話をくれ。今晩はそのプッシーを愉しむことだ」彼は言った。

「なんでそういうことをすると思う?」おれは訊いた。スカンクはボトルを取り上げた。

「あのな、おまえは死にかけたんだ。生きてることを実感するのに、スーパーマンのちんぽも溶かす熱いプッシーほどいいものはないだろ」彼は言った。その自家製の知恵を残して、スカンクは去った。数分後、彼のLTDが轟音を立てて砂利敷きの駐車場から出ていくのが聞こえた。おれは奥に行って、縫合糸とS字型の針と、ウォルトが更衣室に置いている手鏡を用意し、頭のうしろの傷の手当てに取りかかった。手鏡に映した後頭部をバスルームの鏡で見てみると、傷は思ったより深かった。

手当てを終えて、ウォルトに連絡した。ウォルトは光速で移動したのだろう。次に気づくともうロビーに立っていた。ローブをはおり、ゆったりした格子柄のラウンジパンツにローファーという恰好だった。壁の時計は午前一時を指していた。ウォルトは通路をおれの部屋のあたりまで歩き、現場を見て戻ってくると、おれの腕に手を置いた。

「大丈夫か?　いったい何があった?」彼は訊いた。

「三人の男に押し入られた。防腐処理液を探してたようだ。おれは部屋にいて襲いかかられた。ひとりは銃を持ってたが、おれは経験と力にものを言わせて連中を追い払った。けど、見てのとおりドアは壊れた。玄関のドアの錠もつけ替えなきゃいけない」おれは言った。麻薬中毒者は防腐処理液をPCP（麻酔薬フェンサイクリジン）と混ぜて〝ウェット〟にする。自分の頭のなかでは、ありそうな話に思えた。ウォルトはおれの腕から手を離し、太鼓腹の上で腕を組んだ。

「ネイサン、おれは高校の卒業生総代だった。ジョン・タイラー大学も優等で卒業した。SAT（大学進学適性試験）の成績は千三百五十点だ。そして自分の会社を十七年経営してる。だから、おれがまぬけからかけ離れてることはわかるだろう。塗り絵を習ってる十一年生みたいな扱いはやめろ。おれに嘘をつくな。これは処理液とはなんの関係もないし、イーソー・ワトキンスとの関係は大ありだろう」彼は言った。おれは黙っていた。手に持ったジムバッグには、割れたタブレットとリサの聖書が入っていた。

「ローレントの事務所に電話して、おれのいまの話を伝えてくれ。出かけないと」おれは言って、ドアのほうに向かった。

「ネイサン、このクソはもう手に負えないじゃないか。壁にあいてるのは弾のあとだ。そこらじゅう血だらけで、おまえは巨大ハンマーと十五ラウンド闘ったみたいに見える。もし支度室に遺体があって連中が何かしたらどうなる？　カーティスまで死んだ！　監察医務局の台にのって胸骨を切り開かれてる。このワトキンスの腐れ事件のせいで。ネイサン、おれはおまえを愛してる。それはわかるな……だが、おまえはここから出ていくべきかもしれない。出ていって、戻ってくるな。少なくともこのことが終わるまで。おれは本気で仕事に打ちこんできたから、こんなのは受け入れられない。おまえが世界をまわってるあいだ、煉瓦の一個一個を積み上げてきたんだ。おれにはこれしかないんだよ、ネイサン」

ネイトではなくネイサンと言ったとき、ウォルトの声が震えた。今晩の闘いで得た傷の痛みなど、彼から出てきたこのことばを聞くことに比べればなんでもなかった。ウォルトはいつもおれに味方してくれた。おれの頭はおかしいと町じゅうの人間が決めつけて背を向けたときにも、ウォルトだけは寝起きする場所を与えてくれた。スティーヴン・ヴァンデケラムの失踪に関する噂がまわりを駆けめぐったときにも、仕事を与えてくれた。おれの胸はバターナイフで心臓をえぐり出されたように痛んだ。ウォルトからも見放されたら、いったいどうすればいい？

終わらせろ。残された道はそれだけだった。このろくでもない事件に決着をつけるんだ。

「そうだな、ウォルト。このことが終わるまで、おれは戻ってこない。戻ってくるとしたら、正面玄関から歩いて入るか、あんたが裏口から運びこむかだ」おれは言った。そして背を向け、冷たい夜気のなかに足を踏み出した。

第26章

例の声が頭のなかで叫んでいた。今度ばかりは修復不能の大へまだったと。渦巻き、瘴気を発するおれの人生の陥没穴にまたウォルトを引きずりこんでしまった。カーティスが殺される原因も作った。このごたごたは制御不能だった。今回は反論するすべがなかったので、おれは声が聞こえなくなるまでラジオの音量を上げて叫んだ。胸が痛くなり、腹の筋肉が引きつりはじめるまで叫んだ。鼻血が出はじめるまで叫んだ。アクセルを踏みこみ、ベティのギアを五速に入れた。ベティは競走馬のように飛び出した。天上の星が花火のようだった。速度計はじりじりと百六十キロに近づいた。

急ブレーキをかけ、同時にギアを落とした。ベティは尻を振って三百六十度回転した。道路にはおれしかいなかった。おれはエンジンをかけたままそこに停まっていた。

「まだ終わりじゃない。おれは終わってない。おれの家にずかずか入りこんだやつらに、これで終わりだとは思わせない。終わるもんか。何も終わってないぞ、くそったれ！」おれは叫んだ。タイヤから出た煙がベティのボンネットとリアフェンダーのまわりを漂っていた。おれはゆっくりと、長く深呼吸した。夜は修道院のように静かだった。単音の交響曲を奏でるコオロギすらいなかった。心臓が暴れるのをやめ、正確なリズムを刻みはじめた。削岩機からバスドラムくらいになった。

　おれはベティのギアを入れ、運転を再開した。


　リサのホテルの部屋のドアを、血のついた左手で叩いた。ポリウレタンのドアの表面に三日月型の跡が残った。一分ほどして彼女がわずかにドアを開けた。黒いテディを着て、髪をざっくりポニーテールにまとめていた。

「いったいなんの用？」彼女は言った。

「入ってもいいか？　どうしても入らないと」おれは言った。彼女は眼をすがめた。おれの顔をじっくり見ているのは明らかだった。

「ひどい怪我。あなたどうしたの？」

「入れてくれ」おれは言った。彼女は脇にどき、おれが入ったあとドアを閉めた。おれはナイトスタンドのそばの椅子に坐った。

「きみの父さんは誰かを強請《ゆす》ってたと思う。おそらくその人物に殺された。おれの職場の同僚のカーティス・サンプソンは、きみの父さんが強請ってた人物を知っていて、そいつと対立した。カーティス……カーティスは死んだ」おれは言った。ベッドに坐っていたリサは口に手を当てた。

「トマス・ショート牧師が今晩、おれを痛めつけるためにごろつきを送りこんできた。きみの父さんの家にあった隠しカメラにつながっていたタブレットを見つけたと、おれがカーティスに話したからだ。どこからか彼らはその情報を仕入れて、おれを訪ねてきた。そしてタブレットを破壊したが、まだおれの友だちに頼めばデータを救い出せるかもしれない。連中は葬儀社に来て、おれのいとこの職場をめちゃくちゃにした。おれはカーティスが殺される原因を作ったと思う。おそらくきみの父さんはあの家で乱行パーティをしてた。おれはカーティスがそのパーティに行ってたことを突き止めた。なんだか脈絡なくしゃべってるな。わかってる。頭がどうにかなりそうだ。きみの聖書を持ってきた」おれは立ち上がり、リサにキャリングケースを渡した。彼女はそれを胸に抱きかかえた。

「なんてこと、ネイサン、ここに来て。さあほら」リサはおれの手を取り、ベッドの彼女の隣に引き寄せた。ケースのファスナーを開け、聖書を取り出して、表紙の金の文字を指でなぞった。

「おばあちゃんは、わたしが知ってるなかで最高にいい人だったけど、まあとにかく、イエスの熱狂的なファンだったの。この聖書をこのケースに入れて、外科手術で手にくっつけられたみたいに持ち歩いてたのを憶えてる」リサは言った。その顔に手品よろしく笑みが浮かんだ。おれの頭のなかで歯車が嚙み合いはじめた。おれは彼女の膝からキャリングケースを引ったくった。立って部屋のなかを歩きながら、ケースを両手で雑巾みたいにひねりはじめた。

「いったいなんなの、ネイサン?」リサが叫んだ。

おれはすでに聖書のなかは探ったが、ケースは探っていなかった。ケースの縁や角に指を這わせた。古い革は金持ちの男の手のように柔らかで、よく曲がった。なかには鉛筆やペン、メモ帳を入れるポケットがついていた。それを引きはがして、中身を床に落とした。内側の補強材をたどっていくと、中間あたりで指が何か硬い長方形のものに触れた。ケース中央の縫い目をよく見ると、その長方形の上下に黒い糸でしっかり縫われている部分があった。おれは親指で長方形の左側を押した。右側から平らで黒いプラスチック製のサムドライブが飛び出した。

「パソコンはあるか?」おれはリサに訊いた。

「え? ああ、あるけど。仕事のために持ってきたの。なぜ?」

「聖書勉強会で何をしてたか確かめる必要がある」おれは言った。リサはおれがサムドライブを見せるまで、ぽかんとしていた。おれの完全な見当ちがいという可能性もあった。つまり、サムドライブには比較的無害なデータが入っているのかもしれない。次の教会設立記念日の食事会のメニューとか、自分の説教をすべてひとつのファイルにまとめてるとか。だが、そうではないと思った。ワトキンスのような卑劣漢が、手元にあるもっとも強力な強請のネタをタブレットのハードディスクだけに置いておくわけがない。かならずバックアップをとったはずだ。ただ、クラウドには保存しない。昔気質《かたぎ》だから。だろ？　彼は実体のある何かを欲しがる。触れることができて、枕の下とか聖書のケースの内張りのなかに隠せるような、なんらかの機器を。ある土地の再区画を急がせたいときのために、すぐ取り出せるようなものを。

リサがノートパソコンを取ってきてベッドに坐った。おれは隣に坐って、サムドライブをUSBポートに挿した。

「彼はタブレットを持ってた。そう言ったわよね？」彼女は訊いた。

「ああ。床の通風口のなかにあった」おれは言った。

「なら、そのサムドライブは使ってないわ。タブレットとサムドライブは互換性がないから」

「タブレットで録画して、ファイルをサムドライブに移した可能性はないか？」今度は彼女がおれを驚きの眼で見る番だった。シェイクスピアを朗読しはじめた熊を見るように。

「海兵隊でときどき新しい機器を扱ってたからな」

「そうね、そういう可能性はある。でも彼ひとりではできなかったでしょうね」

「信徒のなかからハイテクにくわしい若者を見つけるのはむずかしくない。何が入っているのかはもちろん言わなかっただろうが」と言いながら、カーソルをUSBドライブのアイコンに持っていってクリックした。ウィンドウが開き、異なるファイルが十五個ほど入っていた。

「なるほど。どれも動画ね」リサが言った。

「すべて見る必要はない。おれの予想が正しくて、誰かパーティの出席者が映ってたら、いちばん新しいファイルを見て、最後のパーティで何か起きたかどうか確かめる」

おれはウィンドウの最後のファイルをクリックした。白黒の動画だった。画面は四つに分かれ、そのひとつはリビングで、エアマットレスが四つ無造作に置かれていた。もうひとつはサンルームで、ここにもマットレスがいくつか、そしてコンドームとローションにしか見えないものがどっさり入ったボウルがあった。

残りの二画面は二階の寝室だった。家のなかには二十人ほどいた。イーソーとカーティスはすぐにわかった。あと何人か、おれの知っている地元の人間がいた。ジョンとドンナのデントン夫妻。ジョンは郡管理委員会の現在の会長だ。ソール・ウィリアムズもいる。ソールは石油会社の元役員で、引退してノース・リバーの土地を所有し、そこをワイルド・プレーンズと呼んでいる。彼の横に美しいアジア系の女性が立っている。建設会社を所有しているラマー・ヤングもいた。彼とイーソーのあいだに立っている女性に見憶えはないが、妻ではない。イーソーがマットレスとボウルのほうに手を振って笑っていた。動画に音声はついていないが、イーソーの口の開き具合から大笑いしているのはわかる。でなければ、あくびをしている。

「階下《した》に行って煙草を吸ってくる。彼の裸を見たくないから」リサが言い、おれがひと言も返さないうちにスウェットの上下を着て部屋から出ていった。

画面に戻ると、アンジェリン・ショートがブラウスを脱ぐ美しい場面が展開していた。そこはイーソーの寝室のひとつで、ショート牧師が画面に入ってきて手を伸ばし、彼女の胸をつかんだ。牧師はまだ服を一枚も脱いでいない。アンジェリンはスカートを脱ぎ、ベッドに四つん這いになった。やけに白い肌の人物が画面に入ってきた。すでに真っ裸で勃起している。そのままアンジェリンのなかに入り、力強く突きはじめた。〝発情《さか》る〟という表現のほうがふさわしい。ふたりの営みにはどこか自暴自棄で動物的なところがあった。白いショート牧師はその場に立ち、右手をズボンのなかにおろして激しく動かしていた。

人物が振り返ってショート牧師を見た。その人物の顔がはっきり見えた。

「クソ野郎」おれはつぶやいた。その白い男は、われらが尊敬さるべきクイーン郡保安官事務所の一員だった。一瞬、おれの体全体が無感覚になった。忌々しい脳卒中を起こしたと思った。それがすぎ去ったあと、何かがおれをつつきはじめた。歯に挟まったトウモロコシの粒とか、手に刺さった細い小枝のように苛立たしい何かが。それはイーソーの家にいるアンジェリンを見たことと関係していた。

リサのパソコンの画面で彼女のすばらしい体がねじれたり揺れ動いたりするのを見ながら、おれはつながりを見つけようとした。アンジェリンがイーソーの家にいるからなんだというのか。夫が見ているまえで、保安官事務所のひとりと内臓の位置が変わるほど激しいセックスをしていることではない。おれだって三人でしたことは何度かある。おれは眼を閉じた。フラッシュカードに書かれているかのように考えが次々と湧いた。

イーソーの家。

イーソーの家にいるアンジェリン。

彼の寝室に。

彼の家の彼の寝室に、夫と保安官補といる。

イーソーの家には部屋が七つ。

イーソーはリビングで撃たれた。

ついにそれがわかり、パズルのすべてのピースがはまった。

まだ唖然として坐っているときに、リサが部屋に戻ってきた。

「幽霊でも見たような顔してる」彼女は言った。

「幽霊のほうがまだありきたりだ」おれは言った。

「テープに何が入ってたの、ネイト？」彼女は訊いた。リサはベッドのおれの横に坐った。おれは見たものを説明した。リサはベッドのヘッドボードにもたれ、長々と大きな声で笑った。その豊かな笑い声を聞いて温かい気持ちになったが、今晩はそこから先には進めない。それでも彼女が笑うのを聞くのは心地よかった。

「わたしの業界にはそれを指す特別なことばがあるわ」笑いがおさまったあと、彼女は言った。おれは体を起こしてヘッドボードにもたれた。リサは頭をおれの肩にのせた。

「あなたがいると、トラブルはいつもこんなにむちゃくちゃになるの？」彼女は訊いた。

おれはその体に腕をまわした。リサは頭をおれの胸に移した。いい気持ちだった。まるで彼女がそこにずっといるような。「ときどきだ。いつもならここで南部の保守派や忍者やアイルランドの妖精《レプラコーン》が出てくる」リサは口をおれの腕につけて笑った。

「それで、これからどうする？」

「朝いちばんでローレントのところへ行く。これをぜひ見せないとな。そのあとローレントがすぐさま州警察に連絡しなかったら、おれ自身がする。部下の保安官補のひとりが、このくそパーティ《ファッキング》——しゃれじゃないが——にいるのを見たときのローレントの顔を拝みたいよ」おれは言った。

「それから？」

「ここに戻ってきて、きみに別れの挨拶をするかな。今晩はすごいのを八回やりたいとこだけど、まだ頭がクラクラしてる」おれは言った。

「八回？　それはまた豪勢ね」リサは言った。首を曲げて彼女を見ると、微笑んでいた。

「冗談よ」と彼女。

「今晩はだめだ。それと、八回ってのは控えめな数字だぞ」おれはそう言って眼を閉じた。

眠りに落ちながら、このさんざんな事件に巻きこまれて初めて先手を取っていると感じた。イーソー・ワトキンスを殺した犯人がわかった。なぜ殺したのかも。誰がそれを隠蔽しようとしたのかもわかっていた。

第27章

朝の太陽が静かに部屋に入ってきた。眼を開けると、リサが横で丸くなっていた。おれはひと晩じゅうヘッドボードにもたれたまま眠っていた。背骨は椎骨から頭蓋骨まで白熱した銅線を押し入れられたかのように痛んだ。立ち上がって伸びをした。パキ、ポキ、ポンという音がした。服も着たまま、ブーツもはいたままだった。サムドライブと上着を取り、屈んでリサの頬にキスをした。

「うーん、行くの？」彼女はもごもごと言った。

「ああ、ローレントに会いに行く。フライトは何時だ？」

「四時。でも、二時ごろ出発する」彼女は言った。おれは携帯電話を見た。午前八時だった。

「なら、それまでに戻ってくる」また彼女の頬にキスをした。

「だったら、できるだけ早く帰ってきて。田舎者みたいなにおいをさせて飛行機に乗るわけにはいかないから」彼女は反対側を向いて毛布をかぶった。おれはホテルから出て、トラックに向かった。また例の声が出てきた。ローレントに動画を見せるのは傲慢だと言っていた。州警察に直接連絡しろ、彼らにサムドライブを渡して自分の考えを伝えればいいじゃないか、ローレントに会うのは彼に思い知らせてやりたいからだろう、と。たしかにそうだった。思い知らせてやりたかった。彼があのクソ葉巻を喉に詰まらせるところが見たかった。

ひと晩じゅう攻められ、ついにノックアウトパンチをくり出すチャンスを得たボクサーの気分で、保安官事務所へと車を走らせた。命中すると同時に敵がへたりこむあのパンチ。効くことがわかりきっていて、レフェリーが十数えるのを見る必要すらないあのパンチだ。

ベティを事務所の正面に駐めた。外に出て、足音高く階段を上がった。いつものように、メッシュの窓口の向こうにルース・アンがいた。ロビーにはほかに誰もいなかった。おれはまっすぐ窓口に行って仕切りを叩いた。

「やだ、ネイト、びっくりするじゃない！　ゆうべはみんな、あなたの悪口がすごかったわよ。供述をしに来たの？」彼女は訊いた。

「いや。だがローレントにいますぐ会わなきゃならない。打ち合わせ中という返事は聞きたくない。本当に重要なんだ、ルース・アン」おれは言った。彼女は席から立って窓口まで来た。

「どういう案件、ネイト？」と眼を細めた。

「ローレントに、会う必要があると伝えてくれ。でないと次にあのドアを通ってくるのは州警察の特別捜査官になると」おれは言った。州警察を出したことで、彼女のパンケーキのように厚い化粧の下の顔から血の気が引いた。

「伝えてみるわ」ルース・アンは背を向け、机の電話を取った。数秒後にまたこっちを向いた。

「入って」彼女は言った。

おれはローレントの事務室に入り、レス・ドレイトンのまえを通りすぎた。レスは机でチーズバーガーを食べていたが、おれが通るのを見て口のなかのものを吹き出しそうになった。おれはローレントの部屋のドアを開けた。ノックもしなかった。ローレントは机について新しい安物葉巻をくわえていた。彼が吸いこむと葉巻の先端が赤く光った。

「ネイト、ちょうど電話しようと思ってたところだ。坐りたまえ」彼は言った。

「ローレント、見てもらわなきゃいけないものがあります」

「坐れ、ネイサン」彼は言った。おれは彼の机のまえに置いてある金属製のオフィスチェアに坐った。椅子は部屋の隅にもうひとつあった。ローレントは口から葉巻を取って、トラクターのタイヤの形をした鉄の灰皿に灰を落とした。

「ローレント、パソコンはありますか?」おれは訊いた。

「何を持ってきたか知らないが、あとでいい」彼は言った。

「ローレント、それはちがう。あなたの人生でこれほどまちがってたことはない。信じてほしい」おれは言った。ローレントは葉巻を口に戻した。

「ネイト、イーソー・ワトキンスについて知っていることをすべて話すんだ。でないと、公務執行妨害で逮捕する」彼は言った。おれは激しくまばたきした。

「いったいなんの話をしてるんです?」おれは訊いた。

「殺されたイーソー・ワトキンスの話だよ。殺されたカーティス・サンプソンの話もしている、きみのいとこの職場への不法侵入の話も。チャールズ・コーンウォリス（アメリカ独立戦争で敗れたイギリス軍を指揮した将軍）がヨーク川をさかのぼって以来、この郡でこれほど犯罪が続いたことはない。きみはそのどまんなかにいる。さあ、知っていることを話してもらおうか。何ひとつ隠すんじゃないぞ。隠したりしたら、ネイサン、地方拘置所に送りこまれて、きみの孫が保釈金を払うことになる」ローレントは言った。そんなことを言われたら、ふつうは頭がパカッと割れて心臓が破裂するが、この日のおれはちがった。保安官の脅しも力を持たなかった。五歳の子が息を止めて死んでやると大人を脅しているようなものだ。

「いいですか、保安官。そのパソコンを開いて、ここに持ってきたサムドライブの動画を見るんです。おれが何か説明するよりはるかにわかりやすい」おれは言った。ローレントは二、三回煙を吐いた。その煙が青っぽい雲になって、彼のたるんだ顔をぼやけさせた。

「いいだろう。見ようじゃないか。私をかついだら《ジャーキング・マイ・チェーン》承知しない」彼は言った。

「ああ、痙攣《ジャーキング》はありますよ。鎖《チェーン》が出ないだけで」おれはつぶやいた。ローレントは椅子を右にまわし、机の脇に置いてある傷だらけの古いノートパソコンを取った。古すぎてネジを巻いて動かすのかと思うほどだった。おれは机の反対側にまわって、サムドライブをUSBポートに挿した。ファイルの入ったウィンドウが現われると、すぐに最後のファイルをクリックし、見るべき場所まで早送りした。

最初、ローレントは完全な無表情で画面を見つめていたが、それもわずか数秒だった。顔が漫画の温度計のキャラクターのように下から赤くなってきた。

「これはいったい……」彼のことばは、唇からこぼれた乾いた抜け殻だった。おれは屈んで彼の耳にささやいた。

「ほら、わかります？　サム・ディーンがアンジェリン・ショートとしていて、ショート牧師が自分のものをいじってる。偉大で畏れ多いイーソー・ワトキンスが主催したセックス・パーティだ。殺人事件の被害者の家でおこなわれたファック祭りに、ここの保安官補が映ってる。あなたの部下だ、ローレント。あなたは終わりだ。でしょ？　州警察がこれを入手したら、もう若者向けのガーデニング委員会に推薦されるかどうかも怪しいもんだ。あなたが青いベストを着て、どこかの馬鹿でかい青果店に挨拶まわりをしてるところを見るのが待ちきれない」おれは背を起こして彼の肩に手を置いた。

「いや、失礼。まだある」おれは言った。心の底ではあとでしっぺ返しをくらうぞと警戒していたが、もうどうでもよかった。ここまで生きてきたのだから、この下衆男が身悶えするのを見てもいいではないか。おれたちは、ショート牧師が画面に入ってきて床に両膝をつくのを見た。おれはローレントに叫びはじめた。そんなつもりはなかったのに、自分が抑えられなくなった。一度叫びだすと止められなかった。

「いまのクソを見ました？　あれがあなたの遺産になるんだ、ローレント！　薬局の強盗を阻止したことでも、逃げた銀行強盗犯をオールド・ネックの森で捕まえたことでもなく、住民の誰もがローレント保安官と口にするときに思い出すのは、いまのあれだけだ。サム・ディーンがトミー・ショートの妻とやりまくって、トミー・ショートが汚したカーペットをふいている。ＡＶ業界にいるある友人が、これを〝寝取られ《カコールディング》〟と呼んでた。おれなら、あなたが保安官事務所と呼んでるこの見るに耐えないショーの終わりと呼びたいね」

　ローレントから水道管が詰まったような音がした。彼は自分の胸をつかみ、葉巻を噛み切った。燃えている端が机に落ちた。おれはスローモーションでそれらを見ている感じだった。ローレントの顔は汗に濡れ、ヒヒの尻のように赤かった。ついに彼は椅子からすべり落ち、床にばったり倒れた。部屋に走ってくる足音がしたかと思うと、ドアが勢いよく開き、レス・ドレイトンが駆けこんできた。

「救急車を！」おれは彼に叫んだ。レスはベルトから携帯電話を取ってダイヤルした。おれはローレントのシャツのまえを開き、脈を探った。保安官バッジと勲章のリボンが床に散らばった。指を分厚い二重顎の下に無理やり突っこんだが、それでも脈は感じられなかった。おれは彼の口を開き、濡れた葉巻の吸いさしを取り除いた。気道を確保して心肺蘇生法を試みた。彼の息は煙草と大便だらけの屋外便所のにおいがした。おれは彼の口に自分の口を当て、思いきり息を吹きこんだ。吐き気を催しそうになったが、さらに二回吹きこんで、胸に圧力をかけはじめた。

「起きろ、このデブ！　息をしろ！　死ぬんじゃない！　まだだ！」おれは心臓マッサージをしながら言った。

ボランティアの救急隊が到着するころには、おれの腕は燃えるように熱くなっていた。彼らは家から出なくても同じことだった。ウィリアム・ジェファーソン・ローレントはすでに空の立派な警察署に昇ってしまっていた。救急隊は彼を担架にのせ、事務所から運び出した。レスはルース・アンを抱き止め、彼女はレスの胸で泣いていた。保安官が救急車の後部からなかに入れられているときに、サンディが現われた。強い意志で涙をこらえているせいで、髪の生え際の血管がヘビのようにピクピクしていた。救急隊は応急処置を十五分試みたあと、ローレントを病院に運ぶことにした。通報に応えたふたりの隊員と眼が合った。おれが知ってることを彼らも知っていて、監察医から正式に死亡を宣告してもらいたがっていた。

救急隊を呼び入れてローレントを運び出してもらう合間に、彼の事務室内でひとりになる時間が数秒あった。おれはパソコンからサムドライブを抜き取ってポケットに入れた。それから部屋の外に出て、ローレントの担架が運ばれていくのを見た。保安官は何十年も傍を歩いた部下たちの机の横を通っていった。おれがまだよちよち歩きで、両親のトレーラーのまえの地べたで遊んでいたころから、彼が毎日出入りしていたドアの向こうに運ばれていった。

おれは事務室のドアのすりガラスのパネルに書かれた黒い文字に触れた。この文字は消せるのだろうか。それともドア全体を新しくしなきゃいけないのか。涙のベールの向こうにもし別の世界があるなら、ローレントはおれの両親に会うだろうか。会って謝る？　スティーヴン・ヴァンデケラムも、おれの夢でそうするように、彼に挨拶するのだろうか。

銃弾を続けざまに撃ちこまれて、ぱっくり割れた顔で。

「彼に何をしたの、このろくでなし」サンドラがおれを睨んだ。頬に軽くキスができるくらいそばに立っていて、青い眼は火花を放っているかのようだった。石鹼のにおいがした。ふつうの香りだった。過度に男らしくもないし、花の香りが強すぎたり、女らしすぎることもない。

「サンディ、おれは何もしてない。両親の事件について話してただけだ。スティーヴン・ヴァンデケラムが見つかったという情報が入ったから」と嘘をついた。おれにとって嘘をつくことは怖くなるくらい簡単だ。軍に長年務めて、真実を選り分けることを学んだ。真実とは、なんであれ上官が真実と言うことなのだ。

「保安官と言い争ってたじゃないか！　ヴィクターがドアを壊して助けに行くんじゃないかと思うくらい大声だった！」レス・ドレイトンが言った。彼の声は十代の女の子並みに高い。

「ヴィクターがいたのか？」おれは訊いた。レスはルース・アンを抱きしめ、禿げかかった頭でうなずいた。

「いたさ！　ドアに耳をつけてた。いっそ……いっそなかに飛びこんで、あんたに手錠をかけてくれりゃよかった！」レスは叫んだ。叫ぶと声は高くなる一方だった。

「わたしは病院に行く。レス、ネイトの供述を取って、サムに来られるかどうか連絡して。あとヴィクターを捜して。ネイト、保安官が息を吹き返すことを祈るのね。でないと、あなたは殺人罪へと続く長い道を見つめることになるわよ」サンディが言った。睨みつける視線があまりに鋭いので、銃を抜くのではないかと思ったほどだった。彼女は先の尖ったグレーのスモーキー・ベアの帽子をかぶり、大股で事務所から出ていった。ルース・アンはレスの腕から離れて、眼をふいた。

「す、坐ってくれ、ネイト。供述してもらう」レスが言った。

「くそニガーが彼を殺したのよ」ルース・アンはつぶやきながら自分の机に向かった。レスは平手打ちを受けたかのように震えた。おれは驚いたと言いたかったが、驚いていなかった。

「ほう、そういうことか、ルース・アン？　おれは昔、雪のなかであんたのタイヤを替えてやったニガーか？　あんたの孫が五回目のリハビリ施設に入ったとき、泣いてたあんたを慰めたニガーか？」おれは机に戻る彼女の背中に大声で言った。

「き、きょ、供述をしてもらう、ネイト」レスが言った。おれは大きく二歩で近づいて、レスを見おろした。彼の耳が赤くなっていた。額は汗で輝いていた。

「おれは、スティーヴン・ヴァンデケラムを目撃したかもしれないという情報について、ローレント保安官と話しに来た。話しているうちに、ふたりとも興奮してきた。ローレント保安官が心不全か何かの症状で自分の胸をつかんだ。おれは救急隊が到着するまでのクソ二十分間、心肺蘇生法をほどこした。これで失礼する、レス。いいか？」おれは訊いた。レスはごくりと唾を飲み、そっけなくうなずいた。

おれはのんびり事務所から出た。通りを渡ると、裁判所のまわりにいい服を着た弁護士が数人立っていた。左からはまだ救急車のサイレンが音高く聞こえた。救急車はコートハウス・ロードからルート十七号に戻り、エスコ・レーンを疾走して、ローレントをメカニクスヴィルのリード地域医療センターに運んでいる。右のほうでは、主婦や主夫たちがカートを押しながら〈サヴ・モア〉食料雑貨店の駐車場を往き来していた。大気はピリッと冷たく、太陽は空でぼんやりと輝いていた。おれは早足でトラックまで行き、急いで乗りこんだ。

サンドラに言われたことを考えていた。ローレントの解剖をして、彼の心臓が鶏肉の筋のようになっていたことがわかれば、おれが何かで有罪になることはないだろう。なんと言っても、葉巻を日に十五本は吸っていたのだから。彼は健康の歩く広告塔でもなかった。

おれは両手で頭を抱えた。保安官事務所から遠ざかる必要があった。証拠は提出するが、まず圧力を下げる時間が必要だった。肌がチクチクする。口のなかにはまだローレントの葉巻の吸いさしの味が残っていた。ウォルトのところへは帰れないし、地元の酒場はまだどこも開いていない。おれはベティのエンジンをかけ、コートハウス・ロードに出た。右に曲がって、グロスターをめざした。リサに別れの挨拶をしに行って、彼女のなかに入り、ここ数日の記憶を押しやってしまおう。激しく長くファックすれば、おれのせいで死んだ人たちの顔を忘れられるかもしれない。おれの手か、おれの行動によって死んだ人たちの顔を。


二十五分後、おれは〈ハンプトン・イン〉のロビーを横切っていた。エレベーターに向かう途中、ラシャウンダが声をかけてきた。

「ネイト、友だちに会いに来たの？」彼女は訊いた。おれは立ち止まった。胃の底が抜けた気がした。彼女のほうを振り返った。

「ああ、そうなんだ。まだチェックアウトしてないだろ？」ラシャウンダは首を振って、おれを手招きした。

「してないと思う。というか、お客さんの話をほかの人にしちゃいけないんだけど、警察の人がひとり来て、彼女をロビーに呼べって言われたの。そのあと、ふたりはいっしょに出ていった」彼女は言った。おれの心臓が花崗岩の塊になった。脈拍が遅くなってきた。

「警察が来て彼女を連れていった？　クイーン郡の警官だったか？」おれは訊いた。喉が蠟状になり、舌は生皮のように感じられた。

「そこはわからないけど、怒ってたみたい。あの女の人をここに引っ張ってきて、みんなが見てるまえで手錠をかけた。彼女のお父さんのことで、真実を話せって叫んでた。彼女は叫んで罵ってたけど、彼がテーザー銃を当てて、お尻に火がついたみたいな勢いであの人を連れ去ったの」ラシャウンダは言った。世界が一瞬で灰色になった。おれは机に両手をつき、指をその表面に押しつけた。身を乗り出したので、ラシャウンダは一歩うしろに下がった。おれの眼に荒々しいものを見たのだろう。

「そいつはどんな外見だった？」おれは言った。落ち着こうとしていたので、ことばはゆっくりだった。

「誰？　警官？　よくわからない。白人だったけど」彼女は肩をすくめた。

「髪はブロンドだったか？　背はおれくらい？」

ラシャウンダは首を振った。

「いいえ。もっと歳をとってて、黒い髪だった。悲しげな顔だったわ、たぶん」彼女は言った。おれは寒気を覚えた。背を起こして、ドアに向かった。ラシャウンダがうしろから声をかけてきたが、無視した。ホテルのロビーから出ると、ベティが駐車スペースで待っていた。外の空気は冷えきっていた。頭上に灰色の雲が集まり、いまにも雨が降りそうだった。おれはトラックに乗りこみ、数分間そこに坐っていた。ラシャウンダが描写した男は、サム・ディーンだ。リサをどこへ連れていった？　保安官事務所ではない。それならおれとすれちがったはずだから。グロスターからクイーン郡に行く道はブエナ・ビスタ・ロードの一本だけだ。おれは両手を拳に握って、開いた。サムとヴィクターを見つけないと。何が起きているにしろ、ふたりはこのことに首まで浸かっている。ヴィクターはおれがローレントと話しているのを盗み聞きした。あわてて仲間に告げ口したにちがいない。そしてサムがリサを車で連れ去った。あのふたりがサムドライブを欲しがっているのはまちがいない。ほかにどんな理由があって、ヴィクターが保安官事務所から飛び出して一時間もたたないうちに、サムがリサをパトカーの後部座席に放りこむのだ？　彼らを見つけなければ。この手で捕まえなければ。あいつらはリサを自分の家に連れていったのか？　彼女とサムドライブを交換したいのなら、ありうる。いずれにせよ、そこから始めるのが最善策だ。おれは携帯電話を取り出して、スカンクの番号にかけた。二回目の呼び出し音で彼が出た。

「いまどこだ？」おれは訊いた。

「まだマシューズで友だちといる。どうした？」

「グロスターの〈ウォルマート〉の近くのワッフル屋で会えるか？　急がなきゃならない」

「五分で行く。何か道具は必要か？」スカンクは訊いた。言いたいことはわかった。

「ああ。おれもおまえも道具が必要かもしれない」おれは言った。

〈サニーサイド・ワッフル〉レストランに着くと、スカンクがＬＴＤのなかで待っていた。風が彼の髪を乱し、後光のように広げていた。おれはベティの窓を下げて、入ってくれと合図した。

「大事な彼女に誰かがひどいことをしたような口調だったな」スカンクは暖かいベティのなかに落ち着いて言った。

「サム・ディーンが友だちのリサを捕まえてどこかへ連れていった。逮捕するふりをしたようだが、保安官事務所に行ったとは思えない。彼の家に行って、いるかどうか確かめる」おれは言った。

「自分の家に連れていったと思うのか？　捨てられてた子犬じゃあるまいし。家族がなんと言う？」スカンクは訊いた。たしかにそうだ。

「結局サムの家族にかかわることなんだ。彼はこの動画を外に出したくない。リサを人質に取って、おれに言うことを聞かせようとするだろう」

かに四四口径が現われた。

「こっちはどのくらい強くいく？」

「かぎりなく強く」おれは車を出しながら言った。突然、魔法のようにスカンクの手のなかに四四口径が現われた。

「おれたちの意見が一致してることを示そうと思ってな」彼は言った。

サム・ディーンはクイーン郡の北の端に住んでいた。ひん曲がった糸杉が緑の番兵のように両側に立ち並んだ私道の突き当たりだ。その道が終わるところで、二階建てのケープコッドふうの家が訪問客を待っている。壁の青いペンキはこの日塗られたばかりのように真新しかった。車二台用のガレージが家の左側にあり、右側にはキャビンの長い赤いピックアップトラックが駐まっていた。トラックの近くの広い花壇には、枯れかけた百日草とゼラニウムがまだ残っている。おれはベティを駐めた。

「彼女がここにいるのを確かめるまで銃は出さないでくれ」おれは言った。

「ペンチもあるぞ」スカンクが言った。

「何に使う？」

「顔を殴っても、人はまだ嘘をつくかもしれない。だが、指の関節をひとつずつ折っていけば、自分のママがこれまでちんぽを何本なめたかまで話す」スカンクは言った。その論理には勝てないので、おれは黙ってトラックの外に出た。おれたちは小粒の丸石を敷きつめたドライブウェイを渡り、重い気持ちで玄関前の階段を上がった。両腕が腫れて充血している気がした。サムがなかにいることを願った。彼の顔を見てぶん殴り、くるみ割り器で割れるペカンの実のように顔の骨が折れる音を聞きたかった。スカンクは階段の下で足を止め、髪の毛を指で梳いた。髪に入った白い筋とその下の傷跡の近くで指が止まった。それらができた経緯を訊いたことはないし、スカンクのほうから話したこともない。知り合った最初からあったので、聞けば悲惨な話にちがいなかった。

おれはドアを叩いて待った。すぐに足音が近づいてきた。ヴァレリー・ディーンがドアを開けて微笑んだ。

「まあ、ネイサン・ウェイメイカー、どうしたの？　うちに来たのはスーパーボウルのパーティ以来じゃない！」彼女は言った。おれが保安官事務所に入って一週間後に、サムがパーティに招待してくれたのだ。

ヴァレリーがおれに例の提案をしたのもその夜だった。

「ヴァル、サムはどこにいる？」おれは訊いた。彼女の笑みが消えた。おれの口調に嫌なものを感じ取ったのだ。

「ヴィクターと出かけたけど」彼女は言った。

「ヴィクターがここに？」おれは訊いた。彼女は当惑顔になった。

「ええ。ここに来て、ふたりでガレージに行って話して、そのあといっしょにヴィクターの車に乗っていった」彼女が話しているあいだに、おれはドア枠についた二十五セント玉ほどの茶色の汚れに気づいた。ドアのハンドルにも似たような汚れがついていた。おれは兵士、保安官補を経験し、いまは葬儀社の助手として働いている。その汚れが何かはわかった。触れてみた。

完全に乾いていないペンキのような粘り気があった。

「本当にサムとヴィクターが出ていくところを見たんだな？」おれは訊いた。ヴァルは顔をしかめた。

「ヴィクターはここにいないでしょ？　ネイサン、いったいなんなの？　サムになんの用事？」彼女は訊いた。おれはうしろに下がった。

「ヴァル、おれから話さなきゃならないことがあるとサムに伝えてくれ。本当に大事なことだ」

「ええ、わかった。でもほら、わたしもこれから仕事に行かなきゃ……」彼女はことばを切り、そのあとは沈黙が流れた。おれはうしろ向きに階段をおりた。

「引き止めはしない。でも忘れないでくれ。サムと話して、おれが捜してたと伝えてほしい」おれは言った。彼女はスカンクに用心深い眼を向け、またおれに注意を戻した。

「わかったわ、ネイサン、きっと伝える。その……みんな大丈夫なの？」

「そうなるはずだ」おれは言った。ヴァルは微笑んだが、笑みは眼まで届かなかった。彼女はゆっくりと、しかし確実にドアを閉めた。おれたちはトラックに戻り、エンジンをかけて、ドライブウェイを引き返した。

「今度はヴィクターに会いに行くのか？　ぜひともヴィクターと話したいな」スカンクが怖い顔で言った。

「行くつもりだが、ヴィクターは誰とも話さないと思う」おれは言った。スカンクはこちらを向き、車のドアにもたれた。

「どうして？」彼は訊いた。おれは一般道に出て右に曲がった。

「ドア枠とドアのハンドルに茶色の汚れがついてた。あれは血だ、スカンク。ヴィクター・カラーがサム・ディーンの家に行って、サムが牧師のかみさんとセックスしてその横で牧師がマスかいてる動画をおれが持ってると言ったあと、その家のドアに血がついてるというのは、とても偶然とは考えられないだろ？」おれは言った。スカンクはうなってから答えた。

「ヴィクターが無事であることを祈る。しばらくいっしょにすごしたくてたまらんよ」

「すぐにわかるさ」おれは言い、アクセルを踏みこんだ。ベティは道を飛ぶように走った。

クイーン郡でヴィクターの住んでいる場所を知らない者はいない。毎年クリスマスになると、家をライトで飾りまくり、そのあまりのまぶしさで、月を通りかかったエイリアンの眼が見えなくなるほどだ。過去十二年間、十二月になるたびに、地元の新聞がカラー家とその豪華絢爛な電飾の写真を一面に載せている。おれに言わせれば、あれは貧乏白人版のノーマン・ロックウェルの絵だ。

手に怪我をするほどの強さでドアを叩いたが、誰もやめろと言いに出てこなかった。ドライブウェイを引き返したあと、おれはベティのダッシュボードに拳を叩きつけた。次に何をすべきかわからなかった。リサとサムとヴィクターがどこにいるのか、見当もつかない。レスに電話して彼らがいなくなったことを報告するのは論外だ。おれはギアをサードに入れ、ラジオをつけた。愛と幸せについて歌うアル・グリーンのファルセットがスピーカーから流れてきた。そうして数分走ったあと、スカンクが力強いグリーン師の歌を上まわる声で言った。

「ワッフルの店に戻って待つべきだ」

「何を待つ?」おれは言った。スカンクは窓の外を見ていた。

「ふたりのどちらかがおまえに電話をかけてきて、会う場所を指定するのを。彼はなんたらドライブを欲しがってる。だからおまえの友だちを拉致したんだろ？　持ってきてもらいたいはずだ。とはいえ、まずどこか安全と思える場所に着いてからな」彼は言った。

「安全とは？」おれは訊いた。答えはもうわかっていたが、道連れである殺し屋にことばにしてもらいたかった。しかし彼はしたがわなかった。

「ネイト、こういうことのやり方はわかってるだろ。やつは、ただたんにおまえに圧力をかけるだけじゃない」彼は言った。

おれはごくりと唾を飲み、スカンクの車を残してきたレストランに向かった。店に入ると、ターシャというウェイトレスが奥のテーブルに案内してくれた。

「あなたとご友人の飲み物は何にする、ネイト？　待って。当てるから。スイートティー？」彼女はニヤリとした。大きな口にふっくらした唇。コーヒー豆の色の肌はつるんとなめらかだ。

「ああ、それで」おれは言った。

「だろうと思った」彼女は飲み物を取りに行った。スカンクは首を傾け、急いでいなくなるターシャの臀部からおれに眼を移した。

「おまえは三郡エリアの女全員とファックしてるのか？」彼は言った。おれはかぶりを振った。

「彼女はああいう素振りをするだけだ」おれが言うと、スカンクはメニューを持ち上げた。「パンティが床に落ちるところを見られてないかぎり、女はああいうしゃべり方はしない」とメニューを眺めながら言った。おれたちは注文したが、食べ物が出てきても、おれはフォークで皿の上をいじるだけだった。食欲がなかった。

「すべておれのせいだ、な。カーティスもローレントも。おれはカーティスを責めすぎたし、ローレントにはサムのことを突きつけるしかなかった。余計なことをせずに州警察に行けばよかったんだ。そして今度はリサだ。へまにもほどがある。だろ、スカンク？」おれは言った。スカンクはフォークでたっぷりスクランブルエッグをすくって口に運んだ。

「なんでおまえのせいだ？　カーティスはおまえの言うことを聞かなかったから、なるようになった。ローレントについて言えば、誰かが地獄であのあほうの魂を要求したのさ」卵料理を味わって言った。おれはフォークを置いた。

「おまえは神を信じてないと思ってた」おれは言った。

「誰かが地獄に行って当然だと思うときに、神を信じる必要はない。これをもらって病院から出た二週間後」彼は喉の下の傷を指差して言った。「あの腐れ保安官はこの髪をつかんでおれをおばの家から引きずり出し、留置場に放りこんだ。で、デルバート・グリーンと組んで、さんざんおれを殴ったり蹴ったりして、アーノルドたちに復讐したければ自白しろと迫った。おばがあいつらを起訴しようとしたが、どこ吹く風よ。だから死ね。それだけじゃない。もっとひどいこともしてるだろ。おまえの両親が死んだときのことは言うまでもなく。地獄に行かなきゃならない人間もいるのさ、ネイト。それを手伝うのがおれたちの仕事だ。おまえは別にへまをしてない。へまをしたのは、おまえの友だちを連れ去った彼らだ」スカンクは言い、茶をごくごく飲んだ。おれはスカンクが言ったことを考えた。おれたちはいつ、誰が生きて誰が死ぬかの裁定者になった？

「おまえがウォーレン・ヴァンデケラムの息子を撃った夜だ」頭のなかの声がささやいた。

第28章

正午の五分前に、おれの携帯が鳴った。スカンクはふた皿目のスクランブルエッグを食べていた。おれのひと皿目は冷えて固くなっていた。おれは腿に振動を感じて、ポケットから携帯電話を取り出した。発信者は〝キャット・ノワール〟。店内を見まわすと、地元の客が数人、あちこちに坐っているだけだった。おれは画面をタップし、低い声で応じた。

「リサ、どこにいる？　ディーンという保安官補といっしょか？」

「いや、リサじゃない、ネイサン」サム・ディーンが言った。おれは電話を握りしめた。力が入りすぎて、画面が割れる音が聞こえてきそうだった。ガラスの破片が互いにこすれ合うような音だ。

「リサはどこだ」おれは訊いた。サムは電話の向こうで階段を駆け上がったかのように荒い息をしていた。

「もう州警察に電話したのか？」彼は訊いた。

「リサはどこだ、サム」おれは言った。向こうの携帯を動かす音がして、女性の悲鳴が聞こえた。おれは睾丸が胸までよじのぼった気がした。悲鳴はすすり泣きに変わった。

「ここにいる、ネイサン。彼女の人差し指は折れてる。もう一度訊くぞ、州警察に電話したのか？　嘘はつくなよ、ネイサン、でないと彼女の脳みそが壁に散ってロールシャッハテストになる」

「まだだ」おれは答えた。歯を食いしばっていた。携帯を握る力を意識的に弱めなきゃならなかった。

「それはよかった、ネイサン。サムドライブを持ってこい。住所を言うから、ほかのどこへも寄らずに持ってくるんだ。いっしょに誰かを連れてくる気配でも感じられたら、彼女の頭に二発撃ちこんで、逮捕に抵抗したからだと説明する」サムは言った。

「そんなことを人が信じると思うのか？」おれは訊いた。サムはくすっと笑った。

「ネイサン、おれは南部の白人の保安官補で、彼女は黒人のポルノスターだ。みんな信じるとも。いますぐ出発すれば一時には着くな。それより遅れたら指をもっと折りはじめる」

「彼女に二度と触れるな、サム。触れたら――」しかしサムはおれをさえぎった。

「どうする？　おれは本当にわずかなものしか持ってないが、ネイサン、持ってるものは全力で守る。それがおれの手からすり抜けそうになっているなら、おまえのビッチを始末することなどなんとも思わない。これでわかり合えたか？」彼は訊いた。

「そうか、サム。ならおれが口で言うよりずっとうまくできることを、あんたに見せるまでだ」おれは携帯電話に言った。舌が乾き、上口蓋を紙やすりのようにこすった。

「ヴァージニア州アッシュランド、グラスホープ・レーン、三四九四。一時だ、ネイト。ひとりでな」彼は言った。

「ヴィクターはどうした？」おれは訊いた。サムは軋むような音が出るほど鋭く息を吸った。

「くそドライヴを持ってこい」彼は言った。

電話が切れた。おれはGPSに住所を打ちこみ、グーグル・アースに入力した。巨大な敷地のストリートビューが画面に現われた。その敷地に至るまでに長いドライブウェイか私道があり、縮尺を調節してみると、三キロはありそうだった。敷地は三方を鬱蒼とした森に囲まれている。家のまえの円形の車寄せに長く黒い車が駐まっていた。おれはそこにズームインした。

「侵入ポイントは北だけだ。そこから接近して、おれが主要な戦闘員を無力化し、付随的被害を最小にしつつアセットの救出を図る」携帯画面を見ながら言った。

「は？」スカンクが言った。知らず知らず戦術用語を使っていた。

「サムドライブをこの家に持ってこいと言われた」おれはテーブルの向こうに携帯を差し出した。スカンクはそれを取り、しばらくじっと見ていた。またテーブルに置いたときには、嵐のまえの空のように暗い顔になっていた。

「そのナンバープレートに書いてあるのは、おれが見たとおりの文字か？」彼は訊いた。

おれはうなずいた。

「ああ、〝TSHORT〟と書いてある。トマス・ショート。サムは彼女をあのクソ変態の家に連れていったんだ」おれは言った。スカンクは茶をひと口飲んだ。

「この細い道に入るところで、おれをおろせ。おれは森のなかを抜けて、おまえが正面で彼と話してるあいだに裏にまわる。たぶんいるのは、その保安官補と牧師と、おまえの友だちと、昨日の夜、牧師がおまえを襲わせた三人のうちふたりくらいだ。ボディガードは勢ぞろいしてない。観客は少ないほうがいいからな」スカンクは言った。

「三番目のアフリカ系の殺し屋は？」おれは訊いた。スカンクは茶を飲んだ。

「あいつはあの脚じゃ歩けない。だからふたりだけだ。おまえが保安官補と話してるあいだに、おれが連中を片づける」

「不意打ちできると思うか？」おれは訊いた。スカンクの頭の上に嵐の黒雲が集まった。

「おれがおまえの喉を切ったって、声を出そうとするまで気づかないぞ」彼は言った。

「それは失礼した。すると残るはサムだ。牧師は銃を持ってないと思う。彼の妻はいるかもしれない。サムに近づくことができれば、なんとかできる。問題はどうやって近づくかだ」おれは言った。

「ボディチェックされるぞ。武器を持ってれば取り上げられる」

「ああ。彼の気をそらして、しかも狭い場所で人が死なない何かが必要だ。即効性があって強力な何か」おれは言い、両手で顔をこすった。そのとき、駐車場にいた古いダンプトラックが発進した。エンジンのバックファイアで排気管から灰色の煙が噴き出した。おれはその汚染の塊を風が散らすのを見つめた。

「気をそらす方法はあると思う。その茶を飲んでしまえ」スカンクが言い、自分のグラスをあおって空けた。おれたちは紙幣を何枚かテーブルに残した。出がけにターシャがおれに手を振り、スカンクが剃刀のように鋭い肘でおれをつついた。おれはもう否定もしなかった。ふたりでＬＴＤに乗り、短い距離を走った。スカンクはデトロイト製の戦車を古い林道に導いた。木々のあいだから陽が射し、タイヤが松ぼっくりを踏みつぶす音がした。さらに進んで公道から充分離れ、たまたま通りかかった車から詮索の眼を向けられる心配がなくなったところで、彼は車を停め、トランクを開いてから外に出た。おれはあとについて車のうしろにまわり、彼の横に立って口笛を吹いた。

スカンクはトランクを動く武器庫に変えていた。銃身を切りつめたショットガンが少なくとも二挺、ＡＲ‐15タイプのマシンガンが三挺、拳銃も五、六挺あった。釘を全体に打ちこんだ野球のバットと、鍵つきの箱もいくつか。弾薬類が大量に入っているのだろう。スペアタイヤの横には錆だらけのペンチも転がっている。びっしりついているのは錆だとおれは思ったが。

「銃は一挺あれば充分だと言わなかったか？」おれは訊いた。

スカンクは肩をすくめた。

「仕事を始めるまで、どんな道具が必要かわからんだろ。だからとりあえず全部持ってきた。おまえに必要なものはこのなかにあると思う」と言いながら、私設武器庫のなかを探った。ついにそれを見つけ、おれに渡して、腕を組んだ。

「これでいけるか？」彼は訊いた。

「どうしてこんな……まあいい、訊かないでおく。だが、そうだな、いけると思う。あの野郎との距離を詰めるだけの時間を稼げればいい。このなかにテープはあるか？」

「ダクトテープと絶縁テープがある。ゴム手袋と漂白剤も」スカンクは言った。

第29章

アッシュランドは、かつて煙草で稼いだ旧家と、新たな金持ち不動産開発業者や技術専門家が集まった裕福な町だ。おれたちは完璧に整備された道路を走り、とんでもなく豪華な邸宅やオフィスビルのまえを通りすぎた。一九八〇年代のエルトン・ジョンの服装が地味に思える類いの町だった。グラスホープ・レーンはそんな羽振りのいい町でも極めつきの地域で、人々はプライバシーと空間を金で買っていた。ドライブウェイをふたつすぎると、もう次はショート牧師のドライブウェイだが、それぞれは二十キロ近く離れている。この町では樹木までも傲慢で、みなここまで葉を落とすのを拒んでいた。ショート牧師のドライブウェイの入口には、高い煉瓦の柱が左右二本立っていた。右側の柱に郵便箱が埋めこまれ、道は家まで舗装されている。ショート牧師のイエスの商売は大繁盛だ。

おれは車を停めた。スカンクはすでに装備を整えていた。黒いゴム手袋をはめ、いつもの四四口径とアイスピックを身につけ、カウボーイブーツから黒いスニーカーにはき替えている。こちらを向いておれの手を取り、簡易版の黒人の握手《ソウル・シェイク》をした。

「なかに入ったら、地獄に落ちるべき人間もいることを思い出せ」彼は言い、おれの手を放して車の外に出ると、驚いた鹿のようなすばやさで森のなかに消えた。おれはしばらく車のなかに残って、何度か深呼吸をした。このドライブウェイに入ったが最後、後戻りはできなくなる。これから人が傷つく。傷つくべき人間がそうなるように最善を尽くさなきゃならない。ギアの先端についたビリヤードの8番ボールを握り、ドライブに入れた。

コンピュータで見た写真は現実とはちがっていた。トマス・ショート牧師の家は二階建ての煉瓦の邸宅で、玄関の右には噴水、左には扉の中央に馬車小屋ふうの窓のついた車二台分のガレージがあった。そのガレージのまえにクイーン郡のパトカーが駐まっていた。

おれは駐めた車からおり、玄関前の煉瓦の階段を十二段上がって、派手な真鍮製のノッカーを鳴らした。ドア自体はピカピカのオーク材で、やつれた男の姿が反射して見えた。ドアが開き、トマス・ショート牧師が絶望した眼で立っていた。挨拶もせず、手を振っておれを招き入れた。おれたちが葬儀で故人の家族を会衆席にいざなうときと同じやり方で。

おれが入ると、ショートはドアを閉めた。そこは床がタイル張りの小さなロビーだった。空は曇っているが、ドアの上の窓が空の光を強めていた。おれたちはそこから階段をおりて、奥の壁に巨大な石造りの暖炉があるリビングルームに入った。マントルピースに、ショート夫妻がほかの牧師たちや、地元の花形スポーツ選手、州知事とまで写った写真が並んでいた。壁は全面、赤と黒の花柄で、最初は壁紙かと思ったが、よく見ると壁に直接描かれていた。誰かにこのデザインで描かせたのだ。おれは自分を落ち着かせるために部屋の内装をひとつずつ頭に入れていった。さらに装飾品をしばらく見たあと、サム・ディーンとリサに眼をすえた。

サムはリサを美しいコロニアル様式の木製椅子に坐らせ、手錠ふたつでつないで、六発装塡のリボルバーの銃口を彼女の頭に押しつけていた。制式拳銃は腰のベルトのホルスターに入れたままだ。リサは泣いていて、化粧が流れ、悲しい道化師のような顔になっていた。サムのたるんだ顔には長い引っかき傷が三ついていた。

「言っておくが、ミスター・ウェイメイカー、私は決してこうなることは望んでいなかった。もはやすべてが制御不能になってしまった」ショートがつぶやいた。

「黙れ、トミー。彼のボディチェックをしろ」サムが言った。調子が悪そうな声だった。見たところ、おれと同じくらいやつれていた。ショートは言われたとおりにした。おれが両腕を上げると、両手でおれの腰から腿を探っていった。ボディチェックをした経験はあまりなさそうだった。当てにしてはいけないが、まちがいなくこっちに有利な状況だ。

「何も……なさそうだ」彼は言った。

サムはリサの頭にいっそう強く銃を押しつけた。

「サムドライブをよこせ」彼は言った。

「いくら要求されたんです、トミー？　月に五千ドル？　それとも一万？」おれは訊いた。

ショートの暗い顔が血の気を失った。彼はおれの左側に立っていた。ワークアウト用の青いシャツが広い胸にぴっちり張りついている。

「これがどれほどひどい損害を与えるか、きみにはわからない」彼はつぶやいた。

「トミー、こいつの言うことを聞くんじゃない」サムが言った。

「だが、あなたは彼を殺していない。でしょう、トミー？」おれは言った。ショートは何度もまばたきした。

「なんだって？」彼は訊いた。おれは声を低く、平坦に抑えていた。警官の声の使い方を思い出しながら。

「あなたは彼を殺していないが、誰が殺したかは知っていて、その人物を守ろうとしてる。わかります。でも無理ですよ、トミー。ここから抜け出す道はあるが、そこはあきらめなきゃいけない」おれは言った。サムがリボルバーの撃鉄を起こす音がした。

「何をぐずぐずしてる、ネイサン？　誰かを待ってるのか？　ひとりで来いと言ったぞ」

サムの顔は汗で輝いていた。彼は断じて警官の声を使っていなかった。リサは眼でおれに訴えたが、何も言わなかった。

「ヴィクターはどこだ？　あんたのガレージの大型冷凍庫のなかか？　何があった？　おれとローレントの会話を盗み聞きしたヴィクターが、あんたを訪ねて問いつめたのか？　で、あんたはカーティスが問いつめたときと同じように正気を失った？」おれは言った。

サムは笑った。空疎な笑いだった。

「カーティス。あれはおまえが悪いんだ。おまえがクソみたいに興奮させて怖がらせたから。ぜったいパーティのことをネットにさらされると言って大騒ぎだった。おれに電話してきたから、行って落ち着かせようとしたんだが、それがこじれて」サムは言い、首を絞められたようになった。

「ただクソ愉しいことをする。それだけのはずだったのに！」彼は言った。夏に湾で荒れ狂う嵐のように危険な眼になっていた。

「それにおまえは、ヴィクターがおまえにしたことで彼につきまとってた。ヴィクターがヴァンデケラムのファイルを〝なくす〟ことでいくらもらったか知ってるか？　二千ドルとトラックのローンの利子の優遇だ。やつにとって、おまえの両親はそれだけの値打ちしかなかったのさ、ネイサン。だからおまえがスティーヴィを殺しても、おれは責めない。

やらなきゃいけないことをやっただけだ。今度はおれがやらなきゃいけないことをやる。三つ数えるうちにドライブを渡さなければ、このビッチの脳みそを硬材の床一面にぶちまけてやる」彼は言った。ショートはおれの横からうしろに下がって両膝をついた。彼は祈っていた。この期に及んで祈ってやがる。

「一」サムが言った。

おれはズボンのうしろのポケットに手を動かした。

「二」彼は言った。いまやショートは大声で祈っていた。

「主よ、御意《みこころ》のおこなわれんことを。我らはみな塵より出で、みな塵にかえるべきなれば」ショートはうめいた。おれの手がうしろのポケットをかすめた。

「さ……」サムは言いかけたが、家の奥から音が聞こえて数えるのをやめた。おれは背中のくぼみのあたりに手を置いていた。サムは音がしたほうをさっと向いた。誰かが洗濯物の入った袋を落としたような音だった。

「見てこい」彼はショートに言った。牧師はひざまずいたままだった。

「ほら早く、トミー、見てくるんだ！」サムは叫んだ。

続く数分間はパラパラ漫画のページを一枚ずつ見ているかのようにすぎた。すべての瞬間が超高速とスローモーションの混合物に思えた。

サムがまた音のほうへ顔を向けた。

おれはスカンクからもらった閃光手榴弾《スタン》をつかんだ。彼に手伝ってもらって、背中のくぼみのすぐ上に絶縁テープで貼ってあったのだ。手榴弾のピンの金属の輪にテープを通して貼ってもらった。体からはずせばピンが自動的に抜けるように。

おれは手榴弾をサムの少し右に投げた。

サムは周辺視野でそれをとらえ、本能的に銃をおれに向けたが、おれはすでに全力で彼のほうに飛び出していた。

スタン手榴弾が炸裂した。

ＬＴＤの座席にいたときから耳に綿を詰めていたが、爆発音は聴力を奪われるほどだった。おれは眼を閉じた。体はサムに突進していた。銃の発射音は聞こえなかったが、左肩に燃えるような痛みを感じた。手榴弾の熱が上着を通して伝わり、背中を焼いた。おれはそれらを頭から締め出した。すべて。眼を開けると同時にサムに体をぶつけた。銃を持っているサムの左手を自分の右手でつかみ、彼の太腿の引き締まった筋肉に左膝を打ちこんだ。サムは右手でおれを殴ろうとしたが、おれは彼と床に倒れながら部分的に攻撃を防いだ。左腕が燃えていた。部屋は灰色の煙霧に包まれていた。息を吸えば気道が焼け、吐けば刺されるように痛んだ。

おれはサムの手首をつかんでいたが、サムは歯を食いしばって銃をこっちに向けようとした。もみ合いになったが、おれは左腕を曲げることができた。前腕をサムの顔の上に落としたとき、彼がまた銃の引き金を引いた。おれの右耳の横を弾が風を切って飛んでいった。おれは中指に力を入れて彼の手首の先に伸ばし、用心金のなかに突っこんだ。銃口は、まるでおれの右眼の隅に現われたブラックホールだった。サムは引き金を引こうとしたが、おれの指が邪魔になり、傷ついた動物のように吠えた。おれは体を起こして、急速に使い物にならなくなっている前腕をまた彼の顔に落とした。サムの両方の鼻の穴から血が流れ、上唇が腫れてきた。おれは体をもう一度起こそうとしたが、できなかった。左腕は死んだも同然だ。サムが手を伸ばして、おれの額の傷に爪を立てた。

柔らかい肉を裂かれて、おれの世界は痛みだけになった。自分の血の金臭い味が口のなかを満たした。アドレナリンと怒りが体じゅうを駆けめぐって、おれは武者震いした。傷をえぐるサムの指から身をそらし、呼び出せるかぎりの力で頭を振りおろした。おれの額が彼の額にぶつかり、オリオン座にカシオペア座、その他あらゆる星座が見えた。

サムは銃を放した。落ちた銃は床をすべって暖炉のまえまで行った。耳が鳴り、左腕は死んで体からぶら下がる肉の塊になっていたが、おれは右に転がってその銃をつかんだ。そこでやっと、サムがおれより先に銃を取ろうとしなかったことに気づいた。おれは体をねじって暖炉を背に床に坐り、サムに銃を向けた。悲しい顔をした男は、モールス信号でも送るかのように、まばたきをくり返していた。そして腰の横を探った。

「やめろ、サム！　やめるんだ！」おれは叫んだ。手榴弾を投げてからずっと叫びつづけていたことに初めて気づいた。サムはしかし、やめなかった。ホルスターから銃を抜いた。

おれはリボルバーの引き金を引いた。三回。サムの顔が爆発した。スティーヴン・ヴァンデケラムのように。おれ自身の顔も肉と骨の細切れを浴びた。サムの顎の骨の破片を床に吐き出さなければならなかった。サムは横ざまに倒れた。映画で観るように断末魔の苦しみで発砲はしなかった。口があったところから何かがこぼれ出す静かな音がした。おれの左半身は死んだように感じられた。頭上にあったマントルピースの端をつかみ、床から体を引き上げた。思わず唇からうめき声がもれた。中指がひどく痛い。たぶん折れている。ショート牧師は床の上で胎児の恰好になっていた。眼に両手を押し当てて、低くつぶやきながら泣いていた。おれは耳から綿を引き抜いて、よろめきながらリサのほうへ進んだ。彼女は痰を切るような咳をしていたが、生きていた。

おれは立ち止まり、またサムのところへ引き返した。手錠の鍵が必要だ。片膝をついた。スカンクはいったいどこだ？　まさかおれは彼まで殺してしまったのか？　計画では、スカンクがボディガードふたりを片づけ、手榴弾の爆発音を合図にリビングに走りこむことになっていた。

「お祈りする？　たいして役に立たないことはわかってるけど」溶けたバターのような声が言った。顔を上げると、おれのまえにアンジェリン・ショートが立っていた。玄関ドアの左にあるアーチの下だった。彼女のうしろに階段が見えた。二階にいたにちがいない。彼女はニッケル仕上げの小さな三二口径を持っていた。ワトキンスの胸の穴からウォルトが推定した口径だ。その銃をおれの頭に向けていた。

「わたしは祈ったわ、こんなことから抜け出せますようにと。イーソーからわたしたちを救ってと主に祈った。なのに、いまのこれはどう？」アンジェリンは言った。その声とともに悲しみが部屋を満たした。サムと彼からあふれ出た排泄物のにおいを消し去るほどに。おれの背中を血が赤い雨のように流れていた。銃弾は三角筋のいちばん厚いところを貫いていた。

「あなたがワトキンスを殺した」おれは言った。彼女はため息をついた。

「ええ。どうしてわかったの？　トミーやサムじゃなくて、わたしだと」彼女は訊いた。本当に知りたがっているようだった。おれはふらついたが、こらえて体を立て直した。

「わからなかった、少なくとも最初は。ですがあなたは、誰かがイーソーを彼自身のリビングで撃った、つらいことだと言った。それは公開された情報じゃなかったんです。地元の新聞では報道されてなかった。殺人が疑われると書かれていただけで。彼が撃たれた場所を知っていたのは、警察と、遺体を引き取りに行った者たちだけだった。そのあとおれは、彼の聖書のキャリングケースに隠されていたサムドライブを見つけた。あの動画であなたを見れば、あれが動機だったとわかる。サムがあなたに遺体の発見場所をくわしく教えるとは思えなかった。たとえサムが殺人犯だったとしても、イーソーが倒れた場所をあなたに伝える理由はない。だから犯人はあなたしかいなかった」おれは言った。アンジェリンは顔をしかめておれを見た。

「そんなこと言ったのね。憶えてもいなかった。わたし、頭がおかしくなってると思う？」彼女は訊いた。おれの眼はたちまち銃に吸い寄せられた。

「いいえ、まったく」おれは嘘をついた。彼女は不満げに口をすぼめた。

「彼の最後のことばを教えましょうか？　わたしが撃ったあと、こちらを見上げて〝主のことばたる聖書〟とささやいたの。わたしに罪の意識を与えようとしたんだと思う」彼女はため息をついた。体全体ががっくりうなだれたように見えたが、構えた銃は少しもふらつかなかった。

「イーソーはあなたたちを強請っていた。彼のパーティに参加した多くの人を強請った」おれは言った。彼女はうなずいた。

「最初から計画ずくだったの。わたしたち全員を録画して、うちの教会を完全に引き渡さなければ動画を世界にさらすって。わたしたちが一から築き上げた教会をよ。小さな店先から始めて、いまや二千人の信徒を抱え、ヘリコプターまで所有してる教会を！　トミーはこの教会を成功させるために昼も夜も働いた。わたしたちは善きおこないを積んできた。空腹な人たちに食事を提供し、貧しい人たちを助けてきた。トミーはリッチモンドの通りからわたしを引き抜いて、知事公邸まで連れていってくれた。ハル・ストリートで客を取ってたわたしが、州知事たちと正餐をするまでになったのよ。だから、わたしがときどき男を受け入れるのをトミーが見たいからといって、なんだというの？　イーソーは、わたしたちが作り上げたものにずけずけと入りこんで、すべてを手に入れられると思ったみたいだけど、それは無理。そんなことはぜったい許さない」彼女は言った。眼が暖炉の熾火《おきび》のように熱く明るく輝いていた。

「だからあなたは彼を撃ち、サムを呼んだ」おれは言った。

「殺そうと思ってあそこに行ったわけじゃないの。脅して動画を取り上げたかっただけ。でも……ああなったあと、パニックになってサムに電話した。彼はなんとかすると言った。そのとおり、なんとかしてくれたわ」彼女は言った。声に鋭い角が立った。一瞬サムの死体に視線をそらし、またその美しい眼でおれを見すえた。

「主がわたしの祈りに応えてくれるなんて、どうして期待したのかわからない。神はずっとまえからわたしに耳を傾けなくなっていたのに。だから自分でなんとかしなきゃならなかった」彼女は言った。

「銃をおろしてください、アンジェリン」おれは言った。これ以上、誰にも死んでほしくなかった。アンジェリンは両足を肩幅まで広げた。銃を持った手にもう一方の手を添えて安定させ、おれに微笑んだ。

「いいえ」彼女は言った。

そこで銃声が響いた。アンジェリンがどさっと床に倒れた。額におれの人差し指が通るくらい大きな穴があいていた。ぽつぽつと雨の降る音がした。それが雨ではなく、床に落ちる彼女の血と脳漿だったとわかったのは、もっとあとになってからだった。

「もったいない。美人だったのに」スカンクが言った。おれに近づいて立たせてくれた。四四口径を右手に持ち、左手でおれをつかんだ。彼の顔にも血がついていたが、彼自身の血ではなかった。

「今日はこっそり近づく靴をはいてないようだな」おれは言った。スカンクは肩をすくめた。

「なかなか手強い連中だった。手錠の鍵は？」彼は訊いた。

「エホバの聖徒の死はそのみまえにて貴し」トマス・ショート牧師が言った。スカンクとおれは片脚を軸にして、くるりと振り返った。ショート牧師はサムの制式拳銃を持ち、銃口をおれたちに向けていた。スカンクの体が緊張するのがわかった。おれは彼の筋肉質の肩から離れ、ショートのほうに一歩踏み出した。部屋がまわりはじめたので一歩しか進めなかった。それでも右手を差し出した。

「トマス、その銃をこっちへ」おれは言った。ショートが片手で構えた銃はぶるぶる震えていた。彼の血走った眼は頭蓋のなかに引っこんでしまいそうだった。

「彼女はつねに強かった。決断力があった。わかるだろう？　イーソーが私たちを強請ったときにも、ためらわなかった。おお、イエスよ、私はどうすればいいんです！」

「トマス。お願いです。すべて終わった。さあ、その銃を。おれを撃ちたくないでしょう。もちろんおれも撃たれたくない」おれは言った。声を落ち着かせようと努力したが、回転アトラクションに乗っているようで、話すどころか、ただ立っているのもむずかしかった。

ショートは天井を仰いだ。

「神よ、我ほろびなん。心をつくして汝のめぐみを請い求めたり」彼は言った。ほかにも何か言いそうだった。神はその銃をおろすことを望んでいると説得しようかと思ったが、そのチャンスはなかった、スカンクが攻撃を仕掛けるコブラのようにおれのうしろにまわるのを感じた。

「しゃがめ」スカンクはおれの流血中の肩を押して言った。

選択の余地はなかった。世界が横に傾き、おれは崩れるように両膝をついた。銃声が轟き、眼のまえでトマス・ショート牧師が倒れた。彼の持っていた銃が床に落ちて音を立てた。牧師は横から床に倒れ、生気のない片側の眼を大きく開いて、おれを見上げた。もう一方の眼から血がどくどく流れ出した。スカンクはおれの腕を取り、引き上げて立たせた。

「さあ、行かないと」彼は言った。おれは彼のしなやかな体つきを見た。右手にはアンジェリンの三二口径があり、左手でおれをつかんでいた。おれが善き牧師の説得を試みているあいだに、床からその銃を拾っていたのだ。ショートもおれもそれに気づかなかった。

本当にしゃっくりのように速い男だ。

「スカンク——」と言いかけたところをさえぎられた。彼の青い眼は打ち延べたばかりの鋼鉄のように硬質だった。

「ネイサン、これに収拾をつけられるのは、おれたち三人がここからいなくなったときだけだ」スカンクはそう言って、おれを坐らせ、手錠の鍵を見つけようとサムの体を探りはじめた。タクティカルベルトにあった鍵をはずすと、立ち上がり、ショート牧師の死体を見おろした。

「それに、おれはクソ野郎どもに銃を向けられるのは嫌いだ」彼は言った。

スカンクがリサを解放し、ふたりはおれを支えて車まで連れていった。リサの眼は赤く、涙も垂れていたが、彼女はおれよりはるかにいい状態だった。スカンクがトランクを開ける音がした。彼が掃除用具一式と、色褪せ防止成分配合の漂白剤のボトルが入ったバケツを持って家に戻っていくのが見えた。リサはおれと後部座席に残った。スカンクは救急箱から分厚い包帯を取り出しておれの腕に巻き、肩からの出血を止めていた。おれの折れた指には見向きもしなかった。リサはスカンクが家に戻るまえに静かに渡したハンカチで顔をふいていた。

「やっと意味がわかった」彼女は言った。おれは頭をヘッドレストに預けていた。眼は開けたが、首はまわさなかった。

「何が？」かすれ声で言った。

「あなたの胸のタトゥー。ＢＡＭ？　バッド・アス・マザーファッカーね」彼女は言った。

そしておれの胸にもたれて、泣きに泣いた。

第30章

スカンクはおれたちを彼の友だちのところへ連れていった。名前はトレイシー・ハーウッドといい、たまたま地元のコミュニティ・カレッジで看護師になる勉強をしていた。おれを家のなかに入れると、トレイシーとスカンクが弾を摘出し、傷を消毒して縫ってくれた。スカンクはいつもの断固たる調子で、自分は医者ではないが、神経が損傷しておらず、感染症にもかからなければ大丈夫だろうと言った。おれはそこに一週間とどまって面倒を見てもらったが、リサにはその夜のうちに出発するべきだと告げた。

「万が一これがまずい方向に進んで、おれたちが疑われたとき、きみに嫌疑がかかるのはぜったい避けたい。ここを離れるべきだ。ヴァージニアからできるだけ遠くに行くんだ」

おれはトレイシーに傷を縫合してもらいながら言った。リサは抵抗したが、本心からではなさそうだった。その夜の十時にはフライトを変更してロサンジェルスに向かっていた。

スカンクは舌圧子を添え木代わりに彼女の指を固定した。

一カ月ほどたったころ、リサはおれの具合を確かめるためにショートメッセージを送ってきた。その後は何も連絡がない。それがおれたちふたりにとって最善だと思う。

スカンクは、おれが死なないことを確信するまでさらに数日残っていたが、感染症にかかるかどうかを見ているあいだ、現場をどう設定したかを話してくれた。まずおれの血がついていそうな表面を、サムの両手も含めて残らず漂白剤でふいた。それからサムの手に彼の四四口径を握らせた。リボルバーからおれの指紋をふき取ったあと、今度は牧師の手にそれを握らせた。牧師の指紋はすでに制式拳銃についており、アンジェリンの指紋も三二口径に残っていた。スカンクはアイスピックを持ち帰ったが、ボディガードふたりの手も漂白剤でふいた。サムドライブはおれのポケットから取って、同じようにふいたあと、床に落としておいた。そしてスタン手榴弾の弾殻を回収し、マントルピースを含めてリビングの残りの場所をふいた。マントルピースには、おれが血でくっきりした指紋とDNAを残していたのだ。牧師の家には警報装置があったが、監視カメラはなかった。完璧とは言えないものの、三角関係のもつれを示唆する証拠は、主だった関係者を満足させる程度にはそろっていた。

ヴィクター・カラーは、ディーン家のガレージで縛られ、意識を失って防水シートをかけられているところを発見された。彼が見つかった数週間後に、おれはたまたまサンディと〈スミッティ〉で出会った。お互いひとりで食事をしていたのだ。彼女はこっそり、ヴィクターは大便をもらしていたと教えてくれた。おれは笑いすぎてスコーンで窒息するところだった。

ショート家で死体が見つかり、サムドライブの証拠もあって、ついにクイーン郡保安官事務所は州警察の調査を受けることになった。ヴィクターは、ワトキンスの殺害に関連した腐敗の責任をすべてサムとローレントの肩に背負わせることができた。それどころか、サムの不正行為を発見したときに本人に立ち向かおうとした英雄という立場を築くことができた。ヴィクターはまた、州警察の警官たちをおれに振り向けることに全力を尽くした。盗み聞きしたおれとローレントとの会話の内容をすべて話したのだ。結局、彼はいかにも献身的な法執行官らしく見えることに成功した。郡管理委員会はただちにこの恥ずべき事件をバックミラーに映す行動を起こした。彼らはヴィクターを暫定保安官に、サンディを主任保安官補に任命した。

そう、おれも信じられない。

おれはトレイシーの家を出た日に、パリッシュ夫人に会いに行った。少し編集した事件の顚末を話したが、おれとスカンクが数人殺したところは省いた。彼女の顔に落胆が浮かび、おれの喉に塊ができた。夫人は小切手に六千ドルと書いて、机の向こうから差し出した。

「同意してた額より多すぎます、ミセス・パリッシュ」おれは言った。

「同意していたより多くのことをしてくれたでしょう？」彼女は言った。眼と眼が合い、おれのほうが先に視線をそらした。ニュー・ホープ・バプテスト教会はまだ立っているが、いまや抜け殻のようだった。駐車場は、若者たちがビールを飲み、初めてペッティングをする場所として使いはじめている。信徒たちはニュー・ホープが全盛期に呑みこんださまざまな教会に散っていった。その後パリッシュ夫人に会ったのは、クリスマスのときだった。おれが〈コーヴ〉で飲んでいたところへ、彼女が誘いをかけてきたのだ。おれは彼女に比べればぜんぜん酔っていなかったので、丁重に断わった。ふたりとも悲しくなったと思う、それぞれ別の理由で。

おれはスカンクに電話をかけて、もらった謝礼の一部を渡そうとした。彼が不機嫌に黙りこんだので、おれの提案に侮辱されたと思っているのがわかった。

葬儀社にようやく戻ったときには、どうなるかまったくわからなかった。強張った腕を体の横に垂らしてドアをくぐると、ウォルトが机の向こうに坐っていた。十キロほど体重が落ちたように見えた。ウォルトは立って机をまわり、おれのほうに来た。太い両腕でおれを抱きしめ、あまりの強さにおれの頭がポンと飛び出しそうだった。肩の傷はまだ痛んだが、苦痛の叫びをあげそうになるのはこらえた。

「おまえのせいでどれほど恐ろしかったか。イーソーとショート牧師に関するあのテレビの報道、全部見たよ。どこかの道路脇の溝とかに倒れたおまえを引き取りに来てくれという電話をずっと待ちつづけてた」ウォルトは言った。おれをもう一度きつく抱きしめて、放し、事務室に戻っていった。おれはついていき、彼の机のまえの椅子に坐った。ウォルトはオフィスチェアに深々とかけた。

「ウォルト、すまない。戻るつもりはなかったんだ、まだあんたの……」おれは言った。ウォルトがうめき声とも泣き言ともつかないような声をあげたので、最後まで言うことができなかった。ウォルトは机の抽斗を開け、なかから真新しいラムのボトルを取り出した。グラスもふたつ出し、両方にたっぷり注いだ。

「そのことだが、おれの言ったこと、あれは本気じゃなかった……本気で言ったわけじゃ……」おれは手を上げて制した。

「わかってる。もうすんだことだ。あんたは正しかった。やっぱりあんたに全部話すべきだった。危険な目に遭わせたくなかったからだけど、どうもおれはそういうことが苦手だ。ほかにも苦手なことはたくさんあるが」おれは言った。ウォルトはラムのグラスを机の向こうから押し出した。

「ネイサン、いざというときには、おれはおまえに命を預けられる。おまえは弟みたいにいちばん身近な存在だ。戻ってくるな、なんて言うべきじゃなかった。この仕事はたしかに大切だ。それは嘘じゃない。だが、おれたちは血がつながっていて、それは何より大切なことだ」ウォルトは言い、グラスを持ち上げた。おれも自分のグラスを上げた。おれたちはグラスを合わせ、一気にあおった。熱が腹の底まで下っていった。眼も濡れてきて、それもラムのせいだと自分をほぼ納得させた。

「州警察の捜査官がおまえを捜しに来たよ」ウォルトが言った。おれの尻の穴が収縮した。

「そうなのか？」おれは言った。

「ああ。おまえがワトキンス牧師の死について調べてたのを聞いたという話だった。彼の教会の信徒が捜査のことを心配して頼んできただけだと答えといた。ほら、昔おまえは保安官補だったから、いまも仲のいい保安官に捜査の進み具合を尋ねてたわけだ」ウォルトは言った。おれは空いたグラスを見おろした。

「捜査官は信じたと思うか？」おれは訊いた。ウォルトは肩をすくめた。

「まあ、少なくとも戻ってきてない」彼は自分のグラスにまたラムをついだ。おれがグラスを机に置くと、それにもついだ。

ウォルトは持ったグラスの縁越しにおれをじっと見た。

「本当に終わったのか、ネイサン？」彼は訊いた。今度はひと口だけ飲んだ。おれはまたひと息で飲んでグラスを机に置いた。ウォルトは今回、縁ぎりぎりまでラムを注いだ。おれは彼の肩越しに窓の外を見た。ドライブウェイの近くのレッドメープルが最後の葉を落としていた。おれはDNAと繊維の証拠、嘘発見機、静かな郊外の村の邸宅にあった五人の死体について考えた。近づく冬将軍はとんでもなく嫌なやつになる可能性を秘めている。

「わからない」おれは答えた。ウォルトは長いため息をついた。

「おれはおまえを愛してる、わがいとこ。本当に癪に障るやつだが、それでも愛してる」彼は言った。

「おれも愛してる、薄気味悪い葬儀社代表」おれは言った。おれたちはグラスをあおった。

その夜、部屋のベッドに横たわって、ウォルトがつけ直してくれたドアを見ていたとき、おれは携帯電話を取って画面に連絡先のリストを出した。〝サイコ〟を選び、カーヴァーにショートメッセージを送った。短くシンプルな一文だった。

〝彼は単独行動だった〟。数秒後に返事が来た。

〝で？〟

〝あとは個人的なことだった〟と返事を書いた。

おれの携帯電話の履歴が法廷に提出されたら、おれとカーヴァーが陰謀論について話し合っていたと思われるかもしれない。

二日後、カーポートで片腕だけを使って押し箒を使う方法を探っていると、長く黒いキャデラックDTSが駐車場に入ってきた。胸で心臓が早鐘を打ちはじめた。押し箒の柄をあまりにきつく握りしめたので、アルミニウムが変形してきた。車はおれから二メートルほどのところで停まった。運転席のドアが開き、カーヴァーの岩のようにごつごつした体が現われた。太陽は隠れていたが、雲のうしろから色っぽくかわいいデビュタントみたいに顔を出した。影があちこちでめまぐるしく生じたり消えたりした。

「よう、ネイサン。ちょっと来てくれるか?」カーヴァーがくつろいだ調子で訊いたが、おれも彼もそれが質問でないことはわかっていた。おれは箒を落として車のほうへ歩いた。少なくとも今回、カーヴァーは銃をおれに向けていなかった。

カーヴァーが運転席側のうしろのドアを開け、おれは幅のある体を車のなかに入れた。シェイドはまっすぐまえを見ていた。以前と同じカルティエのサングラスをかけているが、服はいかにも高価なダークブルーのスーツと糊の利いた白いシャツ、ネクタイは空色のシルクのペイズリー柄だった。車の色つきの窓から入ってくる淡い太陽の光で、きれいに手入れされた指の爪が輝いて見える。シェイドは完全に不動の体勢で坐っていて、呼吸しているのかどうか、誰かが鼻の下に鏡を持っていって確かめたほうがよさそうに思えた。カーヴァーがおれの横のドアを閉め、運転席に戻った。おれは胸が締めつけられた。キャデラックの静かなエンジン音を除けば車内は静まり返っていた。おれは座席で左に動いたり、右に動いたりした。

「五千だったな？」シェイドが頭を動かさずに言った。

「え？」おれは言った、シェイドは大きな茶色の手を開いた。指の関節が暖炉の焚きつけのような音を立てた。

「イーソーとフェラの情報提供に五千」彼は言った。

「ああ、そうです。あなたはそう言った。でも、その約束はなかったことにしてください。何もしてないんで」苦く酸っぱいものが喉から上がってきて、口のなかに広がった。地雷だらけの野原を歩いている気がした。

「私のことばはすなわち契約だ、ネイサン」シェイドは言った。彼が右手を伸ばすと、カーヴァーが白い封筒を手渡した。シェイドはそれを、後部座席のおれたちのあいだの狭いスペースに置いた。おれはすぐに手を出さなかった。

「ほら。取っておけ。このくらいのことはしたと思うぞ」シェイドはなめらかな深夜のDJの声で言った。おれの胸のなかで羽ばたいていた鳥が、はっと息を呑んだ気がした。

「本当に、何もしてませんよ」おれは言った。シェイドの頭がゆっくりとこちらを向いた。

彼の首の骨がこすれ合う音が聞こえそうなほど、ゆっくりだった。サングラスの磨かれたレンズにおれ自身の姿が映っていた。

「いいから、ネイサン。遠慮するな。われわれはみな人殺しだ」シェイドの口の端が持ち上がった。暗い色の唇のあいだから、マグノリアの花びらのように真っ白な歯がのぞいた。おれの全身に鳥肌が立った。カーヴァーがまえの座席で笑った。

「なんの話かわからない」おれはつぶやいた。シェイドは首を振った。

「だろうな。だからこうして直接、金を渡しに来てやった。きみのやり方が気に入った。また何か頼むことがあるかもしれない。要するに、捜査官が戻ってくることは心配しなくていい」彼は言った。

「いまなんと?」かすれた声が言うのが聞こえた。一瞬遅れて自分の声だとわかった。

「邸宅の大殺戮事件を扱ってる捜査官だよ。わかるだろう、リッチモンドの州警察の連中だ。もう彼らがきみを悩ますことはない、きみの友人のスカンクもな」シェイドは言った。

おれは車の窓の外を見つめた。暗い色が入っているせいで、世界はピカソが描いたような青っぽいモノクロに染まっていた。それともおれはいま脳卒中を起こしているのか。

「それは……ありがとう、ございます」詰まりながら言った。もう彼が何を言っているのかわからないふりをしても意味がなかった。

「けっこう、ネイサン。マザーファッカーのなかにも礼儀正しいやつがいるのはいいものだな。フェラ、あいつは礼儀というものの大切さを理解していない。あれが乗った車は内装をやり直さなきゃならなかった。私は安い草と恐怖のにおいが大嫌いなんでね」彼は言った。カーヴァーがまたくすっと笑った。

フェラ・モンタギューが誰かに見られることは二度とないという予感がした。おれについて言えば、いまやトニー・モンタナ（映画『スカーフェイス』の主人公のギャング）の次に危ないギャングに借りを作ってしまった。かつて片手を切り落とすと脅されたことが、子供だましに思えるほどだ。

「また連絡する」シェイドは言った。出ろとは言わなかったが、おれはそれを逃げ出すチャンスととらえた。

事務所に戻ると、ウォルトが頼りになる旧式の加算器を机の横に置いて、懸命に帳簿に取り組んでいた。

「誰だったんだ？」彼はいましている計算から眼を上げずに訊いた。

「あんたがぜったい会いたくない相手だ」おれは言った。ウォルトは顔を上げた。

「大丈夫か？」そう訊く彼の大きな眼は左右をすばやく見ていた。

「大丈夫。ちょっと部屋で寝てくる。長い一日だった。というか、長い一週間だった」おれは言った。

「ああ、休むといい。棒についたクソみたいに見えるぞ」ウォルトは言って、大切な帳尻合わせに戻った。請求書の支払いをすると、いつも嫌味な調子になるのだ。

まあ、銃撃戦で死にかけたからな、とおれは思った。

ふらつきながら通路を自分の部屋へ歩いた。ズボンのうしろのポケットから封筒を抜いて、開けてみた。紙幣をトランプのデッキのようにざっと広げた。すべて十ドル札と二十ドル札。まとめると、馬も娼婦も窒息させるくらい大きな塊になった。おれの殺人報酬。だが、金とはしょせんそういうものじゃないか？　おれは紙幣を封筒に戻して、フットロッカーを開けた。なかに放りこむと、おれの両親の灰が入っている骨壺の隣に落ちた。おれはしゃがんで壺の蓋を指でなでた。表面は冷たい感触だった。蓋を取って顔に押し当てた。

ベッドに寝て、南北カロライナの王のためにする新たな副業について考えないようにしていると、ドアを軽く叩く音がした。

「おい、こき使って悪いが、おれといっしょに車で出られるか？　トレーラーパークから引き取りを求める電話があった。保安官補の話だと、死んだのは大男らしい」ウォルトが言った。

「ああ、わかった。ちょっと待ってくれ」おれは起き上がり、顔をこすった。

誰かが死体を扱わなきゃいけない。だろ？

ウォルトと出かける準備ができたとき、リサが言っていたことを思い出した。父親が死ぬように祈っていたと。もし神がいるにしても、そういう懇願の一つひとつにすべて応えないなら、さほど万能の存在じゃないと思う。おれたちが人生と呼ぶものの悲劇はそこじゃないか？　祈りはまったく叶えられないか、すべて叶えられてしまうかだ。

この世でもっとも暗い祈りでさえ。

謝辞

初めて採算の取れる物語の出版に力を貸してくれたナディラ・グラッブズに感謝する。ありがとう《グラシアス》、ダンシング・クイーン。

キンバリーがしてくれたこと、しないでいてくれたことのすべてに感謝する。

物語の構造と密造酒について、とめどなく何時間もしゃべりつづける私につき合ってくれたエリク・プリュイットにも。〝グリット・リット〟の面々に拍手！

私が自作の短篇を朗読した〈ノワール・アット・ザ・バー〉に参加してくれた皆さん、ありがとう。こういうイベントが私をよりよい作家にし、私のアルコール耐性を高めてくれる。

この話を語る機会を与えてくれたオースティン・カマチョと〈イントリーグ出版〉の全員にも謝意を捧げたい。運命はまったくおかしな場所でわれわれを見つけてくれる。公演会場の二階のようなところでも。

最後に、十一年生のときの私の英語の教師、ジェフ・ボーン氏に感謝したい。あなたは私の熱に浮かされた書き物を初めて読んで、作家になれるという自信を持たせてくれた。あなたの激励と指導が計り知れないほど大切であることは、当時もこれからも変わらない。ありがとうございます、先生。授業中に私語をして申しわけありませんでした。それでも授業はきちんと聞いていたことをここに誓います。

訳者あとがき

小さな町の腐敗を色彩豊かに描く物語……力強いストーリーテリングが終始輝いている。

——ワシントン・ポスト紙

再版されたS・A・コスビーのデビュー・スリラーは、彼が最初から名匠であったことを証明している。

——ロサンジェルス・タイムズ紙

本書『闇より暗き我が祈り』（原題 *My Darkest Prayer*）は、〝サザン・ノワール〟とも呼ばれるアメリカ南部を舞台とした犯罪小説の旗手、S・A・コスビーの長篇デビュー作である。

二〇一八年、オンライン雑誌に発表した“The Grass Beneath My Feet”という短篇が権威あるアンソニー賞（短篇部門）を獲得して注目されたコスビーは、その後本書を含めて長篇を四作発表し、二作目以降はすでに邦訳も出ている。出版順に、『黒き荒野の果て』、『頰に哀しみを刻め』、『すべての罪は血を流す』（いずれも版元はハーパーコリンズ・ジャパン）で、とくに『頰に哀しみを刻め』は『このミステリーがすごい！ ２０２４年版』海外部門で一位に選ばれたから、まだ皆さんの記憶に新しいかもしれない。

本書について語るまえに、まずこれらの既訳作品についてざっと触れておきたい。

『黒き荒野の果て』（*Blacktop Wasteland*）は、強盗稼業から一度足を洗った男がまた犯罪に巻きこまれていく話で、アンソニー賞、マカヴィティ賞、バリー賞というミステリ主要三賞のほか、数々の受賞を果たした。迫真のカーアクションや、非情でありながらときに詩的な筆致でどこか爽快な読後感を残す一作だった。

ゲイのカップルを惨殺された父親たちが犯人を捜して復讐する次作、『頰に哀しみを刻め』（*Razorblade Tears*）で名声はさらに高まる。前作と同じ三賞を二年連続で受賞したのみならず、ＭＷＡ（アメリカ探偵作家クラブ）エドガー賞、ＣＷＡ（英国推理作家協会）ゴールド・ダガー賞の候補にもなり、日本でも『このミス』海外部門一位となって話題を集めた。ＬＧＢＴＱ＋や父親たちの贖罪など、さまざまなテーマを持つエモーショナルな傑作である。

続く四作目『すべての罪は血を流す』(*All the Sinners Bleed*)は、それまでのように主人公を〝悪〟の側から書くのではなく、保安官という〝善〟の立場から描いた物語だ。その黒人保安官がひと癖もふた癖もある部下を率いて連続殺人犯を追う一方、南部ならではの社会問題にも対峙するのが読みどころだった。こちらもアンソニー賞やエドガー賞に輝き、オバマ元大統領の夏の読書リストにも入ったことでさらに知名度が上がった。『黒き荒野の果て』の原書刊行が二〇二〇年だから、わずか四年あまりでこれだけの業績をあげたのは異例中の異例と言っていい。

そこで本国でも改めて、彼のこの長篇デビュー作にスポットライトが当たることになった。デビュー作には作家のすべてが表れる、とよく言われるが、本書にもそれが当てはまると思う。後続作品との共通点を探りながら魅力を語ってみたい。

まず、話の舞台はヴァージニア州の田舎町である。これはコスビーの全作品に共通し、作者自身もヴァージニア州のニューポート・ニューズ市出身、マシューズ郡育ちだ。アメリカ南部の人種差別は長い歴史を持つ問題だが、都市部より田舎のほうが深刻であろうことは容易に想像がつく。南部社会に浸透しているキリスト教信仰と合わせて、本書でもそれが重要な背景になっている。

古典的な枠組みを使いながら新しさを感じさせるところも共通する。この〝古い革袋に新しい葡萄酒〟の作風は、『黒き荒野の果て』でも顕著だ。依頼人に不審な事件の調査を頼まれ、調べるうちに個人や家族、社会の闇があらわになってくるという本書の筋立ては、まさに昔ながらのハードボイルド私立探偵小説だが、新しさの要因のひとつは、葬儀社で働く主人公の設定だろう。コスビーは専業の作家になるまえにいろいろな職業を経験している。葬儀社の運転手をしていたこともあるので、その経験を初の長篇に活かしたのだろう。

往年のフィクションの私立探偵たちと比べると、本書の主人公ネイトはずいぶん明るくたくましい。ジョークもワイズクラック（気の利いた言いまわし）も、ともすれば過剰なほどで、作者が全力投球しているのがうかがえる（こういう意気込みは、たとえばデニス・ルヘインのデビュー作『スコッチに涙を託して』〔角川文庫〕にも感じられた）。主人公がやたらと強いのもコスビー作品の特徴で、だからこそ痛快でもある。

これと関連して、暴力描写に手を抜かないことも後続作品との共通点だ。本書には、初めて一線を越えた暴力をふるうことをドラッグになぞらえた、次のような一節がある。

ハードドラッグの話になると、彼らはみな同じことを言った。最初の一回が忘れられない、それは心の扉が開くような感覚で、残りの生涯その扉を閉めておくための鍵を探しつづける、と。だが、みじめな真実として、そんな鍵はどこにもない。最初の味を覚えたときに壊してしまうからだ。（中略）おれが感じたことも、それに近かった。扉がいきなり開いて、怒りが解き放たれた。

こうして解き放たれたネイトの暴力はすさまじく、彼は以後たびたびこの衝動と闘うことになる。『頬に哀しみを刻め』の主人公アイクを思い出すかたもいるのではないだろうか。

家族の関係の深さも印象に残る。彼の作品では例外なく家族が重要なモチーフとなる。本書では、ネイトといとこの葬儀社代表ウォルトのやりとりや、ネイトが両親のためにとった行動に、家族の結びつきの強さがうかがえる。あるいは、彼らの固い絆もアメリカ南部の伝統の一部なのかもしれない。

つまり訳者として言いたいのは、コスビーのこれまでの著作に親しんできたかたなら、まちがいなく本書も愉しめるということだ。もちろん単独の私立探偵小説としてもリーダビリティは抜群だし、主人公も陽気でタフな気性なので、この作家をこれから読もうというかたにも向いていると思う。ぜひ彗星のごとく現われた犯罪小説家の世界を味わっていただきたい。

ちょうど一年前になるが、たまたま雑誌の企画でコスビー本人にインタビューする機会を得た。そこで次作（長篇五作目）について尋ねたところ、やはり〝家族〟の物語になるという答えだった。その作品 ***King of Ashes*** は英語圏で本年六月に出版される。ヴァージニア州で火葬場を営む父親が交通事故に遭い、金融ビジネスで成功していた長男が地元に帰って、次男の悪事に巻きこまれるというあらすじがすでにウェブサイト上で紹介されているが、この作家のことだ、ふつうの家族小説になるわけがない。こちらもいずれ邦訳が出ることを期待したい。

二〇二五年一月

作中には、差別的な表現が使用されている箇所がありますが、著者に差別を助長する意図はなく、作品で描かれた文化的背景を忠実に反映したものであることに鑑み、原文のままとしています。

訳者略歴　1962年生，東京大学法学部卒，英米文学翻訳家　訳書『葬儀を終えて〔新訳版〕』クリスティー，『火刑法廷〔新訳版〕』『三つの棺〔新訳版〕』カー，『シルバービュー荘にて』ル・カレ，『レッド・ドラゴン〔新訳版〕』ハリス，『処刑台広場の女』『モルグ館の客人』エドワーズ（以上早川書房刊）他多数

HM=Hayakawa Mystery
SF=Science Fiction
JA=Japanese Author
NV=Novel
NF=Nonfiction
FT=Fantasy

闇《やみ》より暗《くら》き我《わ》が祈《いの》り

〈HM526-1〉

二〇二五年二月 二十 日　印刷
二〇二五年二月二十五日　発行
（定価はカバーに表示してあります）

著者　S・A・コスビー
訳者　加《か》賀《が》山《やま》卓《たく》朗《ろう》
発行者　早川　浩
発行所　株式会社　早川書房
郵便番号　一〇一 - 〇〇四六
東京都千代田区神田多町二ノ二
電話　〇三 - 三二五二 - 三一一一
振替　〇〇一六〇 - 三 - 四七七九九
https://www.hayakawa-online.co.jp

乱丁・落丁本は小社制作部宛お送り下さい。
送料小社負担にてお取りかえいたします。

印刷・三松堂株式会社　製本・株式会社フォーネット社
Printed and bound in Japan
ISBN978-4-15-186501-5 C0197

本書は活字が大きく読みやすい〈トールサイズ〉です。